KB147051

오네 산부인과

오네 산부인과

고다 도모 소설
김해용 옮김

사람은 혼자 태어나 혼자 죽는다.
하지만 살아가는 것도 혼자일까?

차례

일러두기

1. 본문의 주석에서 저자가 단 것은【저자 주】로 표시하였으며, 나머지는 모두 옮긴이 주이다.

2. 본문에서 강조된 서체는 저자의 의도를 존중하여 원서를 그대로 따른 것임을 밝힌다.

진통의 큰 파도에
올라타다

"좋은 파도, 오고 있어? 오고 있어?"

다치바나 쓰구오는 6년 동안의 산부인과 의사 인생에서 한 번도 본 적 없는 광경을 목격하고 있었다.

"하~~~~~압!"

"야호! 좋아, 와카나!"

분만대에서 힘들어하는 임부로부터 약간 떨어진 곳에서, 살짝 뚱뚱한 남자가 바닥에 놓인 작은 서핑보드 위에 올라선 채 두 팔을 벌리고 있었다. '파도타기'라도 하고 있는 듯한 포즈였다. 알로하셔츠 위로, 분만 입회 때 입는 물빛 가운을 걸치고 모자를 쓰고 있다. 아마도 남편일 것이다.

"와카나, 와? 오고 있어?"

와카나라고 불린 임부 쪽 역시 색다른 밤송이머리를 하고 있었다.

똑바로 누운 몸을 분만대에 밀착시키고 두 다리를 벌리고 있다. 입술을 삐죽 내밀고 가늘고 길게 숨을 들이마시더니 눈을 크게 뜨고,

"하~~~~~압!"

마치 노래라도 부르듯 넓고 큰 한숨을 내뱉는다.

"좋아! 큰 파도다!"

아내의 노력에 호응하듯, 살짝 뚱뚱한 남편이 파도타기 포즈를 취한 채 격려했다.

얼마 전까지 대학병원에서의 '평범한 분만'밖에 겪은 적 없는 쓰구오는 어처구니가 없어서 입만 쩍 벌리고 있었다.

"신체의 힘을 빼 주시옵소서."

곱슬곱슬한 갈색 머리를 뒤로 묶은 조산사는 서핑 남편은 쳐다보지도 않고, 임부가 좌우로 벌린 다리 사이에서 묘하게 정중한 말투로 말을 건네고 있었다.

"왔다, 왔다, 왔다! 파도에 올라타, 와카나!"

"하~~~~~압! 하~~~~~~압!"

서핑 남편과 밤송이 임부 사이에서 오가는 목소리에 지

워져 눈치채지 못했지만, 귀를 기울이자 분만실에는 비치 보이스의 〈서핑 USA〉 노래가 흐르고 있었다.

—대체 뭐지, 이건?

멍하니 서 있는 쓰구오에게, 마찬가지로 옆에 서 있던 원장 야나기 유키오가 말했다.

"남편분은 말이죠. 지금 '파도'에 올라타 있는 거예요."

야나기 원장은 당연하다는 듯 그렇게 말하며 하얀 의사 가운 소매를 걷어 올렸다. 나이치고는 마초적인 팔뚝을 가진 그는 팔짱을 낀 채 분만 진행 상황을 조용히 지켜보고 있었다. 턱과 입가에 옅은 수염이 나 있고, 로맨스그레이의 앞머리를 올백으로 넘긴 야나기 원장의 옆얼굴은 진지 그 자체였다.

"'파도'……라고요?"

"그래요, 진통의 '파도'에 부인과 함께 올라타고 싶다고 했거든요."

틀림없이 진통은 바다의 파도와 비슷하다. 몰려왔다가는 밀려가고, 밀려갔다가는 다시 몰려오며, 오랜 시간에 걸쳐 태아를 이 세상으로 밀어내는 '파도'이다.

"애초에 그런 출산 계획을 짰어요. 부부가 서퍼라서, 남편도 그런 식으로 함께 출산하는 느낌을 가져 보고 싶다고

　　　　　　　　진통의 큰 파도에 올라타다

말이에요. 부인도 그거 좋은데! 하고 말씀하셨고."

말을 마치고 야나기 원장은 "타핫!" 하고 웃었다.

쓰구오로서는 이해할 수가 없었다. 아무리 그런 요청을 했다고 해도, 대학병원 같으면 이런 '에어서핑'은 즉시 기각이었다. 결코 출산을 신성한 것이라고까지는 생각하지 않았지만, 이건 너무 장난스러운 것 아닌가.

머리로는 그렇게 생각했어도, 쓰구오가 감정을 드러내는 일은 없었다. 거친 파도가 언젠가는 가라앉듯 마음이 진정될 때까지 기다리는 게 보통이었다.

쓰구오의 곤혹스러운 표정과는 대조적으로 원장은 서슴없이 말을 이어 갔다.

"우리는 되도록 낳고 싶은 방법으로 낳게 해 주고 있어요. 그게 '행복한 출산'과 '행복한 양육'으로 연결되거든요."

무슨 천하태평한 소리를 하고 있는 걸까 싶어 쓰구오는 미간에 주름을 모았다. 전 직장인 '대학병원'과 달리 지역에 뿌리를 내린 '클리닉'은 원장의 재량 하나로 무엇이든 가능하다는 건 알고 있었지만……

쓰구오는 벌써부터 여기로 직장을 옮긴 것에 대해 큰 불안을 느끼기 시작했다.

출근 첫날인 만큼, 야나기 원장에게 인사해야 할 타이밍

이었다. 원장이 불러 어쩌다 보니 쓰구오도 분만실에 왔지만 설마 이런 분만과 마주칠 줄은 꿈에도 몰랐다.

원장은 임부에게 한층 밝은 목소리로 말했다.

"와카나 씨, 좋아요오~. 아기에게 산소를 보내 준다는 이미지로, 크게 심호흡을 하시고요오~."

왠지 갑자기 '언니'스러운 말투°를 쓰고 있는 것처럼 들리는 건 자신의 착각일까.

분만대 위의 밤송이 임부가 힘껏 주먹을 쥐면서 대답했다.

"네! 하~~~~~압!"

발성 연습이라도 하는 듯한, 낯선 호흡 방법은 아마도 클리닉 특유의 분만법일 것이다. 이미지와 호흡법으로 진통의 아픔을 가시게 하는 이른바 소프롤로지식 분만법°°에

°　일본의 남성 동성애자, 즉 게이 중 일부의 과장된 여성 말투를 가리킨다. '언니 말투'를 사용하는 여장하지 않은 게이를 '언니', 일본어로는 '오네オネエ'라고 부른다. 좀 더 폭넓게는 여성스럽다고 느껴지는 말투나 행동, 옷차림을 하거나 여성스럽게 생긴 남성도 포함된다. 약간 비꼬는 뉘앙스가 있는 표현이다.

°°　서양의 근육이완법과 일본의 선, 인도의 요가를 혼합한 무통분만법. 정신과 육체의 훈련을 통해 심신을 안정시켜 출산의 고통을 줄이는 것을 목표로 한다.

　　진통의 큰 파도에 올라타다

기반을 두고 거기에 독자적인 기법을 가미한 것이라고, 쓰구오는 방금 전 원장에게 설명을 들은 참이었다.

"하!" 하고 큰 목소리는 나왔지만 그다지 괴로워하는 것처럼 보이지는 않는다. '아파!' '더는 못 해!' 하고 몸부림치며 아기를 낳는 광경만 봐 왔던 쓰구오에게는 이질적으로 느껴지기까지 했다.

몇 분 후, 진통의 '파도'가 일단, 물러났다.

남편은 서핑보드에서 내려 페트병에 꽂은 빨대로 아내에게 물을 주며 말했다.

"진통의 파도란 건 상당히 멜로하면서도 플랫한 때도 있는 법이야."

서퍼 용어일까, 쓰구오는 전혀 의미를 알 수 없었다.

잠깐의 평온을 되찾은 밤송이 임부가 뭔가 떠올린 듯, 입에서 빨대를 쏙 빼냈다.

"맞다. 지금 이런 내 모습, 사진으로 찍어 줘. 원장님, 같이 찍어요."

임부가 부르자,

"저도요오~? 물론이죵."

또 언니 말투로 대답하는 원장. 아까의 언니 말투는 잘 못 들은 게 아니었나? 쓰구오가 의아해하는데, 원장이 더욱 애교 부리듯 부탁한다.

"늘 있는 일도 아니니까 다 같이 찍어요. 저기, 다치바나 선생, 좀 찍어 주지 않을래요~?"

"어? 아, 네……"

쓰구오는 우물쭈물하면서도 남편에게 스마트폰을 건네 받아, 분만대의 임부를 에워싸며 서는 남편과 원장에게 카메라를 향했다.

"찍습니다……, 네…… 치즈……"

세 사람은 미리 의논한 것도 아닌데, 팟 하고 눈을 크게 뜨고 입을 쩍 하고 세로로 벌렸다. 진통의 아픔을 표현할 생각인 것일까. 뭉크의 「절규」와도 비슷했다. 원장은 굵은 팔뚝을 꺾어 알통을 자랑하는 포즈를 취했다.

"오, 좋아! 'the 진통!'이라는 느낌!"

"요스케, 그거 내 인스타에 올려 줘. 아, 원장님, 올려도 되죠?"

"물론 괜찮고말고라고라! '오네 산부인과에서 출산하다'라고 선전도 한 마디 해 주시고. 잘 부탁해용!"

언니 말투도 거슬렸지만 상당히 오래된 표현을 사용하

　　　　　　　　　진통의 큰 파도에 올라타다

는 사람이었다. '한물간 유행어'라니! 처음 만났을 때는 전혀 몰랐는데, 정말 이상한 원장이네⋯⋯

진통의 파도가 돌아온 건지, 임부의 호흡이 서서히 가빠지기 시작했다. 남편은 아내의 요구에 맞춰 다시 물을 먹여주고는, 마치 일터로 돌아가듯 묵묵히 서핑보드 위에 올라탔다.

잠시 후 갓난아기의 머리카락이 보이기 시작했다.

"이제 얼마 남지 않았사옵니다."

갈색 머리의 조산사가 해괴망측한, 신분제 시대의 귀족 아가씨 말투로 부부에게 말했을 때, 에어서핑에 한창 열이 올라 있던 남편이 무슨 생각을 했는지 갑자기 쓰구오에게 말을 건넸다.

"그쪽 젊은 선생도 같이 탑시다!"

"네?!"

쓰구오가 노골적으로 낭패한 표정을 짓는 걸 변명이라도 하듯, 야나기 원장이 곧바로 대답했다.

"요스케 씨, 제가 타도 될까용~!"

원장이 재빨리 남편에게로 다가가더니 수건이 몇 장 깔린 보드 위로, 무지개색 스니커즈를 신은 채 펄쩍 올라탔다.

"꺄악~! 의외로 많이 흔들리네용~."

"원장님, 분위기 잘 맞춰 주시네요!"

남편이 가볍게 춤추며 손뼉을 쳤다.

"당근이에용~! 저는 인생의 풍파도 이렇게 분위기 맞추며 극복해 왔어용~."

원장은 금방이라도 터질 듯한 미소를 보이며 보드 위에서 두 팔을 벌렸다.

예상치 못했던 광경에 할 말을 잃은 쓰구오는 창밖으로 시선을 보냈다. 멀리, 출렁이는 바다가 보인다. 분만실에 흐르는 〈서핑 USA〉를 들으며, 오늘 하루가 어떻게 끝날지 생각해 보았지만 쓰구오로서는 전혀 상상조차 할 수 없었다.

태아의 목소리를 듣는
산부인과 의사

　　원장이 문득 보드에서 내려와 태아 심박 모니터로 다가
갔다. 얼굴에는 미소를 그대로 띤 채 잠깐 시선을 화면에 주
더니, 작은 목소리로 조산사에게 말했다.

　　"이제 곧 태어날 테니…… 이대로 가죠."

　　쓰구오는 눈치챘다. 태아 심박수는 1분 동안 110～160
이 정상인데, 지난 몇 분 동안 100까지 내려가는 게 보였다.

　　태아의 심박은 분만 중에 가장 신경 써야 하는 요소의
하나다. 아까도 위험한 순간이 있었으므로 더욱 신경이 곤
두섰다. 다만, 이미 갓난아기의 머리카락이 보이기 시작했
으니 지금은 그렇게까지 걱정할 상황은 아닌 듯했다.

쓰구오가 그렇게 생각했을 때 산모가 통증을 피하려고 몸을 뒤트느라 배 근처에 대어 놓았던 태아 심박을 계측하는 장치가 미끄러져 떨어졌다.

산모의 벌린 다리 사이를 조산사가 들여다보며 쓰구오에게 부탁했다.

"다치바나 님, 송구합니다만 모니터를 다시 붙여 주시지 않겠습니까."

묘하게 정중한 부잣집 외동딸 말투와 그 빨아들일 듯한 촉촉한 눈빛에 퍼뜩 놀라 쓰구오는 조산사를 비로소 자세히 쳐다보았다. 20대 중반쯤일까. 눈이 둥글고, 왠지 모르게 기품이 느껴지면서도 여성적인 매력이 있었다.

─귀여운 분이네……

자신도 모르게 다시 보고 싶어지는 마음을 서둘러 억누르며 쓰구오는 옆에 떨어진 장치를 다시 붙였다.

그때 쓰구오의 머릿속으로 작은 남자아이의 맑은 목소리가 울려 퍼졌다.

(이얏호!)

─아아, 오랜만에 듣는군.

태아의 목소리를 듣는 산부인과 의사

쓰구오는 아무런 동요 없이 그렇게 생각했다.

물론 그 목소리는 이 분만실의 다른 누구에게도 들리지 않는다.

"하~~~~~압!!"

"야호~!!"

부부의 우렁찬 외침에 맞춰,

(영차~!!)

하는 메아리 같은 목소리가 다시 쓰구오의 머릿속으로 들려온다.

—이 정도로 기운찬 목소리면 괜찮을 거야. 단순한 조발 일과성 서맥°이야.

쓰구오는 안심했다. 심박수가 떨어지긴 했지만 태아에게 문제는 없다……

마치 텔레파시처럼 갑자기 머릿속으로 날아 들어온 것

°　【저자 주】자궁 수축에 따라 심박수가 약간 감소하거나 회복하는 형태로, 일과성 심박수가 감소하는 것. 일반적으로는 정상으로 본다.

은, 그렇다, 배 속 태아의 목소리였다.

쓰구오는 어린 시절부터 '태아의 목소리를 들을 수 있
는' 특수한 능력을 가지고 있었다.

왠지는 모르겠지만 임신 8주 정도가 지난 임산부 가까
이 가면, 혹은 배를 만졌을 때 쓰구오는 태아의 메시지를 알
아들을 수 있었던 것이다.

초등학교 저학년 무렵의 어린아이 목소리처럼 들리는
경우가 많았고, 그 말투로 성별도 알 수 있었다. 혼잣말처럼
중얼거리는 아기도 있고 거의 아무 말도 하지 않아 걱정스
럽게 만드는 아기도 있었다. 거기에 패턴이나 논리는 존재
하지 않는다.

이 능력으로 임산부와 태아의 이상을 일찌감치 눈치채
는 경우도 있기는 했지만, 대부분이 '엄마, 이제 곧 만나요'
같은 의료와는 전혀 상관없는 내용이어서 쓰구오가 일일이
귀를 기울인 적은 아직까지 거의 없었다.

말하는 걸 좋아해서 쓰구오에게 쉴 새 없이 말을 거는
아기도 있었기 때문에 오히려 진찰에 방해된다고 생각하는
일도 있었다. '옹알옹알옹알' '아부아부부' 같은 의미를 알
수 없는 말에 고민한 적도 있었던 만큼, 실제로는 도움이 되

지 않는 측면이 더 많았다.

　이 스위치를 꺼 두면 좋을 텐데. 쓰구오는 수없이 그렇게 생각해 왔다.

　밤송이 임부의 배 속 아기에게서 들뜬 목소리가 계속 들려왔다.

　(금방 갈게요～～～～! 아빠, 엄마, 기다려요～!)

　너무 흥분해서 억제가 안 되는 큰 목소리가 쓰구오의 머릿속에서 쩌렁쩌렁 울려 퍼진다.

　"원기 왕성한 남자아이네……"

　쓰구오는 한쪽 눈썹을 들어 올리며 무심코 중얼거렸다. 누구에게도 들리지 않을 혼잣말이었을 텐데, 갈색 머리의 조산사가 힐끗 쓰구오를 보았다. 그 시선을 느낀 쓰구오는 들었는지도 모른다 싶어 어색하게 헛기침을 했다.

　태아의 목소리를 들을 수 있다는 것은 의사가 되고 난 후 누구에게도 말한 적이 없다. 머리가 어떻게 된 거 아니냐는 소리를 듣고 싶지 않아서 쓰구오는 늘 '평범'하게 보이려고 노력해 왔다. 그렇게 무의식적으로 생각하게 된 것은 어린 시절부터 '이상한 짓 하지 마' '제대로 해'라는 말을 어머니에게서 끊임없이 들었기 때문일까.

하지만 방금 전 쓰구오에게 시선을 주었던 조산사가 아무 일도 없었다는 듯 임부에게 말을 걸자, 쓰구오는 가슴을 쓸어내렸다.

"머리가 나왔어용~. 이제 곧 만날 수 있어용!"

원장이 큰 목소리로 격려하자,

"정말입니까?" 하고 남편은 보드에서 내려 머리맡의 의자에 앉더니, 곧바로 임부의 손을 잡았다.

"힘내, 와카나!"

"하~~~~~압!"

짧은 머리칼 사이에 송골송골 땀이 맺힌 임부가 용감하게 호흡을 한다. 말 많던 남편도 언제부터인가 진지한 표정으로, 아내를 위해 기도하듯 눈을 감고 있었다.

"하~~~~~압!"

"드디어, 태어나용!"

"나오십니다!"

원장에 이어 조산사가 마치 고귀한 인물이 등장하기라도 하듯 알리자,

(간다~!!)

하는 목소리가 쓰구오의 머릿속에서 물살처럼 번지고, 약간의 양수와 함께 갓난아이가 쑤욱 하고 나왔다.

헉…… 헉……

응애! 응애! 응애!

"태어나셨습니다! 16시 22분이옵니다!"

"축하해용~! 건강한 사내아이예용~!"

조산사와 원장이 부부에게 말했다.

"아! 드디어 만났네!"

밤송이머리의 산부産婦는 온몸의 힘을 빼고 분만대에 등을 맡겼다.

"오오! 수고했어, 와카나!"

남편이 감탄사를 올리며 산부의 머리를 쓰다듬어 주자, 마치 바다에서 막 나온 듯 밤송이머리에서 땀이 후드득 튀었다.

갓 태어난 아기를 보며 원장은 무섭게 웃기 시작했다.

"이래서였나! 당신들 아기, 초베리굿이에용!"

"정말, 보기 드문 일이옵니다!"

조산사도 같이 웃음을 터뜨린다.

"왜, 왜 그러세요?"

부부는 서로의 얼굴을 쳐다보면서 동시에 물었다.

"저기 요스케 씨, 사진 찍어 드릴까요?"

원장은 장갑을 벗고 남편이 내민 스마트폰을 받아 들었다. 찰칵하고 아기 사진을 찍어 부부에게 화면을 보여 준다. 그것에 시선을 맞춘 서퍼 부부는 가만히 들여다보다가,

"푸하하하하하하하!"

하고 호쾌한 웃음을 터뜨렸다.

쓰구오도 덩달아 화면을 들여다보니, 왠지 갓난아기는 두 손으로 탯줄을 꼭 잡고 있었다. 마치 타잔이 이 나무에서 저 나무로 옮겨 갈 때처럼.

갓난아기는 손바닥에 뭔가가 닿으면 반사적으로 움켜쥐는 특징이 있다. 아마도 근처에 있던 탯줄을 무의식적으로 잡는 바람에 산소와 혈류를 본의 아니게 차단했고, 그것이 심박수 저하로 이어진 것인지도 모른다.

"두 분처럼 아주 유쾌하게 태어났는걸요~."

"태어날 때부터 신나게 태어나다니, 최고야! 이름은 유쾌라고 짓자!"

남편이 말하자,

"좋네!"

하고 밤송이 산모…… 아니, 엄마는 깔깔대며 즐거운 듯 웃었다.

탯줄을 자른 후 따뜻한 갓난아기용 진찰대에서 조산사가 양수와 혈액을 닦아 주었다. 몸무게와 키 등의 측정을 마친 갓난아기는 수건에 감싸여 엄마에게 돌아왔다.

"어서 오렴."

자신의 아기 쪽으로 두 팔을 벌리며, 엄마는 피곤한 얼굴에 환한 웃음을 지어 보였다. 옆에 있던 서퍼 남편도 감개무량한 표정으로 자신의 아기를 들여다본다. 열 달, 배 속에서 크던 아기를 맞이한 부부는 저마다 눈물을 글썽이고 있었다.

하지만 쓰구오는 오랜만에 보는 분만 광경을 마치 가면이라도 쓴 듯한 표정으로 담담히 지켜보았다.

쓰구오에게 있어 출산이란 일상적인 것이자…… 하나의 트라우마이기도 했다.

생명의 탄생을 축하하는 아카펠라

원장이 산후 조치를 마쳤을 무렵, 갑자기 직원 두 명이 축복의 말을 건네는 것과 함께 웃으며 분만실로 들어왔다.

한 사람은 백합이 프린트된 초록색 원피스로 몸을 감싼 마흔 중반의 날씬한 미녀. 가슴 아래까지 오는 윤기 나는 긴 생머리와 눈 바로 위에서 싹둑 자른 앞머리가 어딘지 모르게 미스터리한 분위기를 풍기고 있었다.

또 한 사람은 작은 체구의 동안에 어울리지 않게 일자 수염이 난 청년. 쓰구오와 마찬가지로 물빛 의사 가운을 걸치고 있는 걸 보아 의사인 모양이었다.

대체 무슨 용무일까. 이 클리닉에는 온통 이상한 것투성이라고 쓰구오가 생각한 순간, 원장이 "원, 투!" 하고 손가락을 튕기자 그 자리에 있던 쓰구오 이외의 직원 모두가 노래를 부르기 시작했다.

　　　　　"해피 버스데이~ 투~ 유~ ♪"

"우와아!"
서퍼 부부가 감격하며 소리쳤다.

　　　　　"해피 버스데이~ 디어 베이비~,
　　　　　마마~ 파파~! ♪"

　그것은 아카펠라로 부르는 생일 축하 노래였다. 원장이 오페라 가수처럼 온몸을 움직이면서 기분 좋게 리드보컬을 맡고 있었다. 몇 겹으로 포개진 소리의 바이브레이션에 쓰구오는 자신도 모르게 슬쩍 눈을 감고 음미했다.

　　　　　"해피 버스데이~ 투~ 유~~~~! ♪"

　노래를 마친 원장 일행이 정중하게 인사를 하자 서퍼 부부는 열광적으로 박수를 쳤고, 쓰구오 역시 자연스레 따라서 박수를 쳤다. 간이침대 속 신생아도 마치 자신의 탄생을 축하하듯 손발을 버둥거렸다.

"너무 좋아! 이게 듣고 싶었어요. 정말 고마워요!"

"이상, 오네 산부인과의 명물, 아카펠라 동아리였습니다~."

두 팔을 벌린 원장에게 쓰구오가 지체 없이 물었다.

"아카펠라 동아리요?"

지금까지 침묵하고 있던 쓰구오가 갑자기 말을 하자, 원장이 반짝 눈을 빛냈다.

"그래요! 다치바나 선생도 같이 부르지 않을래요?"

원장의 말에 "앗!" 하고 놀라는데, 머리 긴 미녀가 옅은 보라색의 스타일리시한 안경을 들어 올리며 쓰구오 쪽으로 몸을 돌렸다.

"이분이 다치바나 선생님이군요. 처음 뵙겠습니다, 임상 심리사인 쓰바키야마 미호입니다."

허스키했지만 여성스러움이 느껴지는 목소리였다.

이어 작은 체구의 청년도 팔짱을 낀 채 가볍게 인사했다.

"안녕하세요. 저는 비상근 의사인 간다 란마루라고 합니다. 잘 부탁해요."

생명의 탄생을 축하하는 아카펠라

밑으로 처진 눈썹이었지만 얼굴은 제법 잘생겼다.

"새삼스럽습니다만, 저는 아와야 에리카라고 하옵니다."

분만 과정을 도왔던 조산사가 두 손을 앞으로 모으며 고개를 깊이 숙였다. 짙은 분홍색 스크럽° 밖으로 금방이라도 터질 듯한 큰 가슴이 눈에 들어왔다. 매끈한 피부, 부드러운 곡선을 그리는 보디라인이 어딘지 모르게 나른함마저 느끼게 한다.

원장이 "마침 잘됐네" 하고 손뼉을 치며, 서퍼 부부에게도 말을 건넸다.

"우리끼리만 이야기해서 미안해요. 아까 잠깐 소개했지만, 이쪽은 오늘부터 여기서 근무하게 된 다치바나 선생. 잘부탁해용~."

"아, 다, 다치바나 쓰구오입니다. 오, 오늘부터, 여기서 신세 지게 되었습니다……"

쓰구오는 상기된 목소리로 인사했다. 처음 보는 사람과 이야기할 때는 늘 가슴이 뛰고 만다.

"오늘이 첫날인가요? '언니 산부인과' 최고예요!"

분만 입회용 모자를 벗고, 단발머리를 드러낸 서퍼 아빠

°   의료용 유니폼.

가 엄지손가락을 치켜세웠다.

　—'언니 산부인과'?

　쓰구오는 '오네 산부인과'를 잘못 들었나 하고 고개를 갸웃거렸지만 원장의 질문에 의문은 이내 지워졌다.

　"다치바나 선생, 노래 싫어해요?"

　"아뇨, 원장님. 저는……"

　쓰구오는 자신도 모르게 우물거렸다.

　원래 쓰구오는 노래를 좋아했다. 하지만 오늘이 이 클리닉에 출근한 첫날인데. 이렇게 갑자기 '아카펠라 동아리'에 들어오라니…… 뭐라고 대답하면 좋을지 알 수 없었다.

　이럴 때 마음속으로는 원하지 않아도 분위기상 "좋아요" 하고 대답하는 사람도 있지만, 쓰구오는 그다지 처세에 능하지 못했다.

　게다가 '그 사건'이 있은 후, 쓰구오는 노래 부를 마음 따위 생기지 않게 되었다.

　요령 좋게 거절하지 못하고 우물쭈물하는 쓰구오와 이때다 싶었는지 계속 압박하는 원장의 대화를 재미있다는 듯 지켜보던 밤송이 엄마가 문득 뭔가 생각났는지 끼어들었다.

　　　　　　　　생명의 탄생을 축하하는 아카펠라

"그러고 보니, 오케이 씨는요? 빨리 우리 아기 보여 주고 싶은데!"

"오늘은 오후 근무이신지라, 이제 곧 오실 때가 되었사옵니다."

조산사인 아와야 에리카가 자세를 바르게 하며 말하자,

"아깝다, 오케이 씨 노래도 듣고 싶었는데."

서퍼 아빠가 장난스러운 표정으로 볼을 샐쭉거렸다.

"오케이 씨가 노래하면, 맞아, 하모니가 정말 독특해지죠!"

젊은 의사인 간다 란마루가 농담처럼 한 말에 그 자리가 한바탕 들끓었다.

쓰구오만이 대화에 끼지 못하고 조용히 듣고 있는데, 원장이 쓰구오에게 말했다.

"오케이 씨는 우리 간호부장이자 조산사예요. 절망적인 음치죠~."

그 순간 에리카의 원내 PHS°가 울렸다. 그녀의 얼굴이 순식간에 긴박한 표정으로 바뀐다.

"원장님! 오케이 씨 전화이옵니다!"

○   personal handiphone system. 간이형 휴대전화 시스템.

"무슨?"

"역에서 파수°된 경산부°°님을 모시고 올 모양입니다! 진통도 있으시답니다! 가시죠!"

○   분만 때 양수가 터져 나오는 일.
○○   아기를 낳은 경험이 있는 여자.

신장 190센티미터의 조산사

"분만 준비해요!"

"임부님 이름을 알았습니다. 모테기 아유미 씨예요!"

"뭐야, 아까 전화로는 택시 타고 온다고 했는데!"

"분만 대기 진료 목록에 모테기 씨가 있나요?"

"있습니다! 오늘로 39주 2일, 경산부이며 경과는 문제없었습니다! 감염증도 없고요!"

원장과 모여 있던 스태프들이 즉시 움직이기 시작했다.

원장이 정면의 현관을 향해 달려가자 쓰구오도 뒤를 따랐다.

역에서 파수되고, 진통도 시작됐는데 마침 출근 중인 조

산사가 그 자리에 있었다니, 거의 보기 힘든 불행 중 다행이
었다.

역에서 오려면 급경사 언덕이 끝나고, 좌우로 느티나무
가로수가 늘어선, 클리닉 정문으로 이어진 길을 지나야 한
다. 쓰구오는 수평선을 가만히 바라보며, 택시가 도착하기
를 기다렸다. 스태프들도 진지한 표정으로 솜씨 좋게 준비
를 진행하고 있었다.

"아! 왔다!"

스태프의 목소리에 긴장된 분위기가 감돌았다.

그런데 저 앞에 보이는 것은…… 택시가 아닌 사람. 하
얀 블라우스를 입은 여자, 였다. 게다가 배가 불룩한 임부를
'공주님 안기'를 하고 달려온다. 분홍색 미니스커트를 말아
올리고, 아스팔트 위를 게가 정면으로 돌진하듯, 하이힐 차
림으로 질주해 왔다.

"우오오오오오오오오오오!!!!!"

거친 함성을 지르면서, 도깨비 같은 얼굴을 하고 그 여
성은 일직선으로 다가왔다. 달려오는 그녀의 등 뒤에서는
모래먼지가 뭉게뭉게 피어오르는 듯했다.

가까워지면서 점점 뚜렷하게 보이는 것은 신장 190센티

미터는 됨 직한 커다란 체구의 여성. 아니, 그것은 '여성'의 힘이 아니었다. 스커트 밑으로 보이는 울퉁불퉁하면서도 우락부락한 다리…… 임부를 사뿐히, 게다가 떨어지지 않도록 빈틈없이 들어 올린 통나무처럼 굵은 팔뚝……

그것은 분명 '여자 모습을 한 남자'였다!

—저게, 조산사?!

쓰구오는 움찔했다.

오네 산부인과에 출근한 첫날, 벌써 몇 번이나 이런 일을 겪는 것일까. 어쨌든 지금 쓰구오는 오늘 하루 중에서 제일 놀란 상태였다.

"오케이 씨!"

스트레처°를 밀면서 다가간 젊은 의사 간다 란마루가 그보다 머리 두 개는 더 큰 '여자 모습을 한 남자'를 그렇게 불렀다.

"서둘러요! 분만실로 바로 들어가죠!"

숨을 헐떡이면서도 '오케이 씨'는 낮고 탁한 목소리로 정확히 지시했다.

° 부상자 등을 나르는 이동용 침대 또는 환자 이송용 침대차.

쓰구오는 멍한 상태로, 그 모습을 그저 바라보고만 서 있었다. 원장과 란마루가 달라붙어 임부를 스트레처에 태워 옮긴다. '오케이 씨'도 나란히 달려가면서 옆으로 누운 임부의 엉덩이 부근을 누르고 있었다.

스트레처가 쓰구오 옆을 통과한 순간, 쓰구오의 머릿속 깊은 곳에서 의젓한 아기의 목소리가 메아리쳤다.

(엄마! 빨리 만나고 싶어요!)

태아의 목소리에 퍼뜩 정신이 들어 쓰구오는 서둘러 모두의 뒤를 따라갔다.

'언니 산부인과'에 잘 오셨어요!

클리닉으로 실려 온 임부는 분만대로 올라간 직후 무사히 출산했다. 귀여운 여자아이였다.

연락을 받고 급히 도착한 남편은 눈물을 글썽이며 오케이에게 인사했다.

"정말 고맙습니다! 오케이 씨는 생명의 은인이에요!"

"우연히 같이 타고 있어서 정말 다행이었어요."

오케이는 조금 전의 절박했던 모습과는 달리 얼굴 가득 웃으며 남편의 손을 꽉 잡았다. 원장도 온화한 표정으로 말을 건넸다.

"건강하게 태어나서 다행이에용!"

"정말 고맙습니다! 고맙습니다!"

오케이를 에워싼 채 야단법석을 떠는 모습을 쓰구오는 멍하니 바라보고 있었다.

아무래도 마음에 걸리는 건, 나뿐인가……

오케이는 척 보기에도 흔히 '언니'라고 불리는 유형의 사람이었다.

평균적인 남성보다 훨씬 큰 키와 근육질의 몸은 완전히 남성. 하지만 쓰구오에게는 진한 화장과 옷으로 '여성이 되려는 사람'처럼 보였다.

쓰구오는 지금까지 '언니' 조산사가 있다는 말은 들어본 적이 없고, '그런 유의 사람'과 이야기해 본 적도 없었다. 텔레비전에서 보는 게이 탤런트들에게는 솔직히 시원시원한 말투 때문에 호감을 갖고는 있었지만, 어디까지나 먼 세계의 이야기였다.

편견을 갖고 있다고는 생각하지 않았지만 어떻게 대하면 좋을지…… 고민스러웠다.

하지만 이 클리닉에서는 스태프는 물론이고 환자들조차 그런 것은 신경도 쓰지 않는 듯했다.

—대체, 왜지?

이윽고 원내는 안정을 되찾았다. 복도 창문으로 오렌지색 하늘이 보인다. 벌써 해가 지기 시작했다는 걸, 쓰구오는 눈치챌 틈도 없었다.

직원실로 돌아가 퇴근할 준비를 하려고 쓰구오가 복도를 걸어가고 있는데,

"에쥐!"

큰 재채기 소리가 들려왔다. 오케이가 여자 화장실에서 막 나오는 참이었다.

"저기…… 수고 많으셨습니다."

쓰구오는 쭈뼛쭈뼛 모기만 한 목소리로 말하고 그냥 지나가려 했다.

"다치바나 선생님, 오랜만이에요."

오케이가 한 의외의 한 마디에 쓰구오는 멈춰 섰다.

"나, 기억 안 나요?"

쓰구오는 어리둥절하여 조심스럽게 돌아보았다. 190센티미터 가까운 오케이가 172센티미터에 비쩍 마른 쓰구오를 내려다본다. 역시, 크다. 희미하게 풍기는 샴푸 냄새가 다시 그 이질적인 분위기를 드러내고 있었다.

"그게…… 죄송합니다만, 어디서…… 만난 적이 있던가요……?"

쓰구오에게 아는 '언니'는 없다. 이런 특징적인 사람을 보았다면 절대 잊을 수 없을 것이다.

그때 오케이가 갑자기 쓰구오의 등짝을 퍼억 하고 때리고는, 새빨간 립스틱을 바른 입술 사이로 잇몸을 드러내며 씨익 웃었다. 울고 싶을 만큼 등짝이 아팠다.

"아이참, 하쿠아이 대학병원요. 다치바나 선생님이 인턴이었을 때, 비뇨기과에서 함께 일했던 모치즈키예요. 여전히 초식남이군요."

"모치즈키…… 씨라고요……?"

쓰구오는 희미한 기억의 실을 더듬어 갔다.

―모치즈키, 모치즈키……

선 굵은 이목구비, 큰 덩치에 모아이상 같은 위압감. 으스름달이 엷은 구름 사이로 얼굴을 내밀듯 서서히 한 사람의 윤곽이 떠올랐다.

―아아, 틀림없다! 그 사람이다……

가식 없는 말투로 "부잣집 도련님은 도움이 안 된다니까!"라고 말하며 쓰구오를 자주 혼내던, 남자 간호사 모치즈키다!

"아아…… 그, 모치즈키 씨!"

이름은, 생각나지 않았다.

'언니 산부인과'에 잘 오셨어요!

진한 아이섀도를 칠한 눈이 쓰구오를 찬찬히 훑는다.

"생각났어요?"

"어, 네…… 하지만……"

"그때는 남자였으니까."

그렇게 말하며 오케이는 씨익 웃었다.

─그 '모치즈키 씨'와 이 '오케이 씨'가 동일인물?

─언제부터 '언니'가 된 거지???

돌이켜 보면, 대학병원 시절의 '모치즈키 씨'도 큰 체구에 비해 섬세하고, 동작이나 말투가 다소 여성스러운 구석이 있었던 것 같은 기분이 들기도 했다.

쓰구오는 기억을 더듬듯 오케이의 얼굴을 시선으로 덧씌워 갔다.

"당신, 내 얼굴을 너무 보는데. 성희롱이에요."

"아! 죄, 죄송합니다!"

"언제부터 여자가 된 거지, 하고 생각했죠?"

"아니……"

"실례예요!"

"아, 아니, 아, 죄송합니다……"

"미안하죠? 저는 태어나면서부터 여자였어요! 신의 장난이었던 거죠!"

쓰구오는 오케이의 박력에 압도되어 대답할 말을 찾지 못했다.

"그런데 당신, 여기가 어떤 클리닉인지 알고 온 거예요?"

─어떤 곳이냐니…… 여기, 출산을 돕는 산부인과잖아?

어리둥절한 표정의 쓰구오를 보며 오케이가 쿡 하고 웃었다.

"어머, 역시 몰랐구나."

"……무, 무슨 말씀이시죠?"

"당신은 이 클리닉에서 아마도 단 하나뿐인 '스트레이트'일 거예요."

"스, 스트레이트? 뭔가요, 그게……?"

"남자면 여자, 여자면 남자를 좋아하는 것. 즉 '이성애자'를 말해요."

"이성애……?"

─내가 단 하나뿐인 '스트레이트'라면…… 그럼 다른 사람은 모두……

'언니'라는 거야???

"원장님 지인의 소개로 헤테로(스트레이트) 의사가 올 거라는 말은 들었지만 설마 당신이 여기 올 줄이야!"

"저, 저기⋯⋯"

"오네 산부인과라는 이름부터가 걸작이잖아요. 그래서 이 동네 사람들은 모두 여기를 '언니 산부인과'라고 부르는데."

─앗? 아앗?

쓰구오는 자신도 모르게 튀어나올 뻔한 소리를 억지로 삼키듯 손바닥으로 입을 가렸다.

"다치바나 선생님, '언니 산부인과'에
잘 오 셨 어 요."

오케이는 대담한 미소를 지으며, 아무 말도 못 하고 서 있는 쓰구오에게 윙크를 날린 후 가 버렸다.

복도에 혼자 남은 쓰구오는 오늘 최고가 아니라 이번 달, 아니 올해 최고의 충격을 받고 비실비실 몸을 벽에 기댔다.

― 언니…… 산……부인……과?

쓰구오는 산부인과 의사로 재기를 도모하기 위해 '오네 산부인과'에 왔다. 여기에서 '그 사건'으로 잃어버린 것을 되찾으려 했다. 그런데……

쓰구오는 스르륵 벽에서 미끄러져 바닥에 주저앉았다.

창밖에는 밤이 슬금슬금 몰래 다가오고 있었다.

절망으로부터의
재출발

"쓰구오…… 쓰구오……"

멀리서, 희미하게 나를 부르는 목소리가 들린다.

—엄마……?

모습은 안 보이고, 흐릿한 목소리. 하지만 틀림없이 엄마다. 지금보다 훨씬 오래전, 어린 시절에 들었던 엄마의 목소리.

"건강하게 태어날 거야……"

작은 나는, 미지근하고 투명한 물속에서, 몸을 둥글게 말고 떠 있다.

—엄마…… 어디 있어?

나는 주위를 둘러보며 필사적으로 엄마의 모습을 찾는다. 불안하고, 외로워 금방이라도 울음이 나올 것 같은 감정이 몰려온다. 그러자 이번에는 귓가에서 낮고 엄한 엄마의 목소리가 들렸다.

　"너는 산부인과 의사가 되어 내 뒤를 이을 거야."

　그 순간 미끄덩거리는 베이지색 벽이 다가왔다. 내 작은 몸은 짓눌려 숨쉬기가 힘들다. 더 견디지 못하고 몸을 뒤척거리자, 순간 눈앞이 환해지고 빛의 소용돌이에 빨려 들어간다.

　갑자기 칠흑 같은 어둠 속으로 내동댕이쳐진다. 주위를 둘러보자, 머리 위로 스포트라이트에 비친 흰옷 입은 사람들이 바쁘게 움직이고 있다. 음울한 회색 벽으로 둘러싸인 복도를 스트레처가 엄청난 속도로 지나간다.

　정신 차리고 보니 나도 의사 가운을 입고 있었다. 더 이상 갓난아기는 아닌 듯했다. 손을 보자 마른 어른의 그것이었다. 수많은 임부, 갓 태어난 아기, 분만대, 수술대가 내 앞을 어지럽게 오가고 있다.

　"그런 기사가 나왔으니 다치바나 선생도 산부인과 의사로서는 끝이야."

"그 사람이 잘못한 건 아니잖아. 운이 없었어."

"또 닥터 한 명이 몬스터 환자에게 당한 건가……"

한 사람 한 사람의 목소리가 날카로운 강철 화살이 되어 몸 여기저기에 박힌다. 고통으로 신음하며 도망치려 했지만 꼼짝도 할 수가 없다.

─도와줘……

눈물과 식은땀으로 범벅이 된 내 앞을 갑자기 무시무시한 얼굴의 남자가 막아섰다. 증오로 가득한 충혈된 눈으로 나를 노려보며 그 남자는 말했다.

"당신이 내 아내를 죽였어! 이 살인자!"

쓰구오는 남자의 말에 벌떡 일어났다. 땀을 심하게 흘렸다. 침대가 흥건히 젖어 있었다.

커튼도 아직 달지 않은 창에서는 아침 햇살이 들이치고 있었다. 이미 방 안을 환히 비추기 시작했지만 쓰구오의 마음은 어둠 속에 잠겨 있었다.

─늘 꾸는 꿈…… 아니, 꿈이 아니야. 다시 생각하고 싶지 않은 현실.

쓰구오는 아직 남아 있는 괴로움을 떨쳐 내듯 삐걱거리는 침대에서 일어나 베란다 쪽으로 나 있는 창문을 열었다.

눈앞에 조용히 파도치는 바다가 펼쳐져 있었다.

눅진한 공기가 희미한 바다 냄새를 모아, 3층짜리 맨션 꼭대기 층에 있는 쓰구오의 방 안으로 날아든다. 여기에서는 해안가 지형을 알 수 있을 만큼 광범위하게 바다를 내려다볼 수 있었다. 따뜻한 태양 덕분에 수면이 황금빛으로 보인다.

여기는 오네시. 도쿄에서 차로 한 시간 반 거리에 있다. 바다에서 깎아지른 듯 급격한 언덕에, 컬러풀하면서 화려한 집들이 줄지어 들어서 있다. 산을 등진 채 바다와 맞닿아, 온난한 기후의 혜택을 누리고 있는 조용한 곳이다.

쓰구오는 물의 흐름을 가까이서 느낄 수 있는 장소를 옛날부터 좋아했다. 오네로 이사 오기로 결심한 것은 얼마 전 부동산업소 소개로 이 집을 찾았을 때로, 창밖의 경치가 마음에 들어 그 자리에서 임대를 결정했다. 지은 지 30년 이상 되어 낡았고, 약간 좁은 2DK°였지만 서른두 살의 독신에게는 충분했다.

세찬 물살로 샤워를 하자 아까의 악몽도 땀과 함께 씻겨

°   두 개의 방과 서로 연결된 주방이 있는 구조.

절망으로부터의 재출발

가는 듯했다. 안 좋았던 일은 이대로 모두 배수구로 흘러가 버리면 좋겠는데. 그렇게 생각했지만 가슴 깊은 곳에 여전히 박혀 있는 어두운 감정이 그리 쉽게 사라질 리 없다는 것을 쓰구오는 잘 알고 있었다.

"랄라라……"

쓰구오는 되살아날 것 같은 악몽을 떨쳐 버리듯 목소리를 내 보았다. 저음이 기분 좋게 들리는 음성이었다. 하지만 아무리 애를 써도 쓰구오의 머릿속에는 아무런 멜로디도 흐르지 않는다.

─그러고 보니 노래 같은 거…… 정말 오랫동안 안 불렀네……

콧노래조차 잊어버렸다는 것을 쓰구오는 깨달았다. 그 계기가 된 '사건'으로부터 9개월 정도가 지나고 있었다.

쓰구오는 욕실에서 나와 하얀 셔츠를 입었다.

테이블 위에는 먹다 남은 편의점 도시락이 그대로 놓여 있었다.

─그나저나 어제는 정말 놀랐어.

쓰구오의 새로운 직장 '오네 산부인과'에 첫 출근 하여 목격한 광경. 밤송이 임부와 서퍼 남편. 출산을 마친 후 다 같이 아카펠라를 부르고, 예전 직장에서 함께 일했던 남자

간호사 모치즈키 씨는 '오케이 씨'라는 '여자'가 되어 있었다. 너무나도 비현실적인 상황에 머릿속을 정리할 틈도 없이 어젯밤엔 자기도 모르는 사이 침대에 파묻혔다.

　―'오네 산부인과'는, 어떤 곳일까……

　쓰구오는 거울에 비친 자신의 얼굴을 들여다보았다. 밋밋한, 별다른 특징 없이 우유부단할 것 같은 얼굴. 홀쭉한 볼과 높지 않은 뭉툭한 코가 의사로서의 화려함이나 카리스마와는 무관하다는 것을 잘 대변해 주고 있었다.

　산부인과 의사로서의 재출발, 그것을 위해 적극적으로 노력할 생각은 없다. 기대도 별로 하지 않는다. 이미 아주 오랫동안 기쁨이나 즐거움 같은 그런 감정조차 잊고 있었던 것이다.

　어느 클리닉이든 의사의 일은 그리 다를 것은 없다. 동료와도 나름대로 거리를 두면서 문제 일으키지 않고 지낼 것이다.

　―어디든 상관없어. 나에 대해 알지 못하는 곳으로 갈 수만 있다면……

　그렇게 생각했는데, 예상과는 한참 벗어난 재취직 자리였다.

　쓰구오는 손목시계를 차고 현관으로 서둘러 갔다.

　절망으로부터의 재출발

집의 문을 열자 쓰구오의 어두웠던 기분을 비웃듯 햇살이 눈부시게 내리쬔다.

'스트레이트'가 '마이너리티'

"헉, 헉, 흐으으응!"

아침의 원장실에서는 근육질의 원장이 한창 트레이닝에 빠져 있었다. 머신의 수축음과 함께 원장의 거친 숨소리가 귀에 와 닿는다.

얼굴을 찡그리며 팔을 뻗는 원장의 시선 끝 벽에는, 인기 개그맨 콤비 오드리의 와카바야시 마사야스가 보란 듯활짝 웃고 있는 특대 포스터가 붙어 있었다.

원장실 문을 열기 전까지는 묻고 싶은 것도, 하고 싶은 말도 산더미 같았다. 하지만 노란색 탱크톱을 걸친 야나기원장의 울퉁불퉁한 이두박근이 눈에 들어온 순간, 쓰구오는 무슨 말을 어떻게 꺼내면 좋을지 알 수 없게 되고 말았다. 크게 틀어 놓은 퀸의 〈위월록유〉에도 압도되었다.

쓰구오는 어제 퇴근할 때 오케이에게 이 클리닉 안에서 쓰구오만이 어쩌면 유일한 '스트레이트'일 거라는 말을 들었다. 그리고 이 '오네 산부인과'는 지역 주민들로부터 '언니 산부인과'라고 불리고 있다는 말도…… 다시 생각해 보면 분만실에서의 원장도 역시 언니 말투였다.

―면접 때, 원장은 그런 말은 한 마디도 하지 않았잖아. 이런 이상한 곳인 줄 알았다면 굳이 여기서 일할 생각도 안 했을 텐데.

쓰구오는 생각했다.

―아니, 잠깐만. 애당초 야나기 원장을 소개해 준 사람은 엄마야.

쓰구오의 어머니는 같은 산부인과 의사인 야나기 유키오 원장의 오랜 친구였다.

―엄마는 알고 있었을까? 아니, 알았으면 이런 클리닉을 소개해 줬을 리 없어.

쓰구오는 어머니가 평소 자주 하던 말을 떠올렸다. 사람을 깔보는 듯한 발언도 서슴지 않는 어머니라면, '언니'라는 말만으로 더러운 것이라도 본 듯한 표정을 지었을 것이다. 어머니는 틀림없이 몰랐을 것이다.

게다가 한 가지 더 알 수 없는 게 있었다. 오케이는 외모로 보아 '언니'였지만, 원장이나 다른 스태프는 겉보기에 그리 이상한 점은 없는 것 같았다.

—나만 스트레이트라는 게 대체 어떤 의미일까.

아무튼 전혀 알 수가 없었다. 그래서 원장에게 물어봐야겠다는 생각으로 아침에 출근하자마자 원장실에 온 것이었다.

원장은 트레이닝을 멈추고 땀을 수건으로 찍어 누르면서, 싱긋 웃는 얼굴로 쓰구오를 향해 돌아섰다. 아직도 숨이 거칠었다.

"저기…… 어제, 모치즈키 간호부장에게, 들었는데…… 저……"

원장은 리모컨으로 BGM을 신디 로퍼의 〈트루 컬러즈〉로 바꾼 후, 작은 냉장고에서 프로테인이 든 셰이커를 꺼내 찰랑찰랑 흔들기 시작했다.

"다치바나 선생과 오케이는 하쿠아이 대학병원에서 함께 일한 적이 있다면서요."

뚜껑을 열고 쭈욱 프로테인을 마신다.

"그, 그거요! 아니, 그것뿐만이 아니라……"

"아아, 그래요, 그래. 오케이는 그때 남자였어요."

"마, 마, 맞아요! 그래서, 언니가, 여기에는……"

원장은 쓰구오의 말을 들으면서도, 벽에 걸린 전신거울 앞에 서서 근육 상태를 확인하듯 천천히 팔을 움직였다.

"역시 혼합 프로테인보다 순수한 모유가 더 좋으려나~. 그래, 여기, 이두박근의 긴 부위가 아직 한참 모자란 거 보이죠?"

"……네에."

이것저것 묻고 싶은 마음만 허공을 맴돈다. 원장은 쓰구오의 상태 따위는 신경도 쓰지 않는 듯했다. 쓰구오가 어깨를 내려뜨리고 있자니, 원장은 쓰구오의 그 어깨 위로 손을 얹으며 당당히 가슴을 폈다.

"우리는 말이에요, LGBT에 프렌들리한 클리닉이에요."

"L, G, B, T……"

"모르나요?"

"그 용어는 알고 있습니다만……"

"L은 레즈비언, G는 게이, B는 바이섹슈얼, T는 트랜스젠더. 그런 섹슈얼 마이너리티(성적 소수자)인 사람들을 우리는 적극적으로 고용하고 있어요."

원장은 그렇게 말하고 검은 윤기가 흐르는 가죽 소파에 몸을 파묻었다. 앉으라고 했지만 왠지 앉고 싶은 마음이 들지 않은 쓰구오는 그냥 선 채 등을 말고 있었다.

"덧붙여 나는 게이예요."

―게, 게, 게, 게이?!

쓰구오는 순간 당황했다. 얼굴을 직접 맞대고 그런 고백을 듣는 것은 쓰구오 평생 처음 하는 경험이었다. 게이라면 남자를 좋아한다는 것…… 근육질 탱크톱 차림의 원장이 갑자기 새로운 존재처럼 느껴졌다.

원장은 트레이닝 머신의 정면 벽에 붙은 개그맨 오드리 와카바야시의 포스터를 사랑스러운 듯 바라보며 말했다.

"또 덧붙이자면, 나는 둥근 얼굴의 동안 취향이에요."

마르고 긴 얼굴의 자신은 자기 취향이 아니라는 뜻일까.

―다행이다……

순간 그런 생각을 하는 쓰구오의 속마음을 아는지 모르는지, 원장은 계속 이어 말했다.

"다치바나 선생은요?"

"어? 저, 저는 보통입니다!"

"'보통'이라뇨?"

　　　　　　　'스트레이트'가 '마이너리티'

원장이 정면으로 바라보는 바람에 쓰구오는 말을 더듬
었다.

"어…… 그게……"

'보통'이라고 무심코 말한 것을 후회했다. 이러면 마치
원장을 '보통이 아니다'라고 생각하는 것 같지 않은가. 그렇
다고 어떻게 대답해야 했는지는 판단이 서지 않았다.

패닉 상태에 빠진 쓰구오에게 원장은 즐거운 표정으로
말을 건넸다.

"'스트레이트'라는 건가요?"

"앗, 네…… 그겁니다."

쓰구오는 서둘러 고개를 위아래로 흔들었다.

하지만 그 후의 원장 말에 또다시 의문이 솟구친다.

"뭐, 그런 의미로 보면 이 클리닉은 '섹슈얼 마이너리티'
인 사람들이 '보통'이고, 세상 사람들이 일반적으로 말하는
'스트레이트'인 사람이 '마이너리티'라고 할 수 있을지도 모
르죠."

―'섹슈얼 마이너리티'가 '보통'이고, '스트레이트'가 '마
이너리티'?

아직도 쓰구오는 선뜻 의미를 파악할 수 없었다.

"그, 그, 그렇다면 말입니다만, 스태프 전원이, 그……"

"맞아요, 맞아. 지역 주민들이 언제부턴가 '언니 산부인과'라고 친밀함을 담아 불러 주게 됐죠."

원장이 기쁜 듯 그렇게 말하면서 카펫 위에서 화려한 색깔의 스니커즈 끈을 다시 묶었다.

"그 말씀은 그러니까…… 모두가…… '언니'라는 건가요?"

갈팡질팡하는 눈빛으로 진지하게 묻는 쓰구오의 모습에 원장은 자신도 모르게 웃음을 터뜨렸다.

"아니, 아니, 그렇지는 않아요. 아까도 말했다시피, '섹슈얼 마이너리티'에는 여러 사람들이 있어요. 나는 '언니'가 아니라 '게이'예요."

원장이 부드럽게 수정해 주어 쓰구오는 괜히 골탕 먹은 기분이 들었다.

"'언니'……가 아니라고요……?"

"응. '언니'라고 부르는 걸 싫어하는 사람도 있으니까 우리 '업계'에서는 오케이 씨 같은 사람들을 '여성' 또는 'MTF Male To Female'라고 불러요."

―'언니'라고 불리는 것을 싫어한다고? '남색男色'이라는 호칭에 차별적인 의미가 포함돼 있는 건 그 어원으로 보아도 쉽게 상상이 가. 하지만 '언니'라는 말에는 상대를 존

중하는 의미도 포함되어 있는 것 같은데……

쓰구오의 의문엔 아랑곳하지 않고 원장은 말을 이었다.

"오케이는 성별적합수술을 받고 호적상으로도 여성이 됐어요. 임상심리사인 쓰바키야마 미호도 그렇고."

"네? 그 사람도…… 성전환……"

어제 분만실에 들어와 아카펠라를 부르던 여성스럽고 날씬한 미녀. 도저히 남자의 삶을 부여받은 것처럼은 보이지 않았다.

"다치바나 선생, 요즘은 더 이상 '성전환'이라고 말하지 않고, '성별적합수술'이라고 부르고 있어요."

"성별…… '적합'이오?"

"그래요. 성을 전환하는 게 아니에요. 원래부터 가지고 있던 마음속 성에 신체를 적합하게 만들기 위한 수술이라는 의미죠."

"그러니까…… 게이 중에서도 수술을 받은 사람과 받지 않은 사람이 있다는 건가요?"

"아니, 아니에요. 게이와 MTF는 완전히 달라요. 좋아하는 성별이 남성이라는 건 똑같지만 그녀들 MTF는 마음속 성이 여성이라, 여성으로서 남성을 연애의 대상으로 삼는 거예요. 아니다, MTF 중에도 동성애자가 많으니까 반드시 그렇다고는 할 수 없겠네."

"네?"

낯선 말의 홍수에 머리가 카오스 상태로 변한 쓰구오. 원장의 꼼꼼한 설명도 오른쪽에서 왼쪽 귀로, 왼쪽에서 오른쪽 귀로 그냥 통과해 간다.

"뭐, 아무튼. 우리 게이는 남성을 좋아하지만 여성이 되고 싶은 건 아니에요."

원장은 소파에서 일어나, 방에 설치된 작은 수도를 통해 양철 물뿌리개에 물을 담기 시작했다.

"그리고 어제 인사한 젊은 의사 간다 란마루는 신체의 성이 여성이고 마음의 성이 남성인 'FTM^{Female To Male}'이에요."

"그 사람이오?"

쓰구오는 입가의 일자 수염과, 그와는 대조적이던 란마루의 동그란 눈을 떠올렸다.

"그도 성전환…… 아니, '성별적합수술'을 받았다는 건가요?"

"아니, 란마루는 수술은 받지 않았어요. 그래서 호적상의 성별은 여성이죠."

"그, 아니, 그 사람이, 여성…… 정말, 몰랐습니다……"

"어제 분만 때 같이 있었던 조산사 아와야 에리카는 레즈비언. 마음도 몸도 여성이고, 여성으로서 여성을 좋아하죠."

—그 미인 조산사가 동성애자……

"아, 지금 다치바나 선생에게 한 이야기는 모두에게 허락을 받고 하는 거지만, 사적인 문제니까 입에 지퍼 채울 것."

쓰구오는 머리가 어질어질하여 마지막 말은 귀에 거의 들어오지 않았다.

원장은 실내의 관엽식물에 물을 주면서, 이 클리닉의 직원 대부분이 레즈비언, 게이, 바이섹슈얼, 트랜스젠더 등 일종의 섹슈얼 마이너리티 당사자이며, '언니 산부인과'라는 것은 어디까지나 여기, 오네시 주민들이 친밀함을 담아 부르는 별명이라고 설명했다.

"원장님은…… 저기, 어째서 이따금 언니 말투를 쓰시는 건가요?"

"아, 그게, 그러는 편이 더 잘 통할 것 같아서 쓰다 보니 그만 버릇이 돼 버렸어요."

후후 하고 시치미를 떼는 원장에게 쓰구오는 작정하고

물어보았다.

"저…… 왜 그런 사람들만 채용하는 거죠?"

"나 자신이 게이라서 이해하기가 편하고, 응원하고 싶은 마음도 있었을 거예요. 다들 여러 가지로 힘들었으니까……"

─그야, 그럴 테지만……

"하지만 말이에요, 다들 우수한 사람들이에요. 오케이는 원래 간호사였지만 성별적합수술을 받고 호적상으로도 여성이 됐기 때문에 조산사가 됐어요. 아시다시피 조산사는 여성이 아니면 딸 수 없는 자격이니까. 오케이는 일본 최초의, 남성으로 태어난 조산사예요. 그리고 지금은 우리 간호부장이죠."

─아아! 그러고 보니 옛날에 그런 뉴스를 본 적이 있다! 어떤 남성이 성전환……이 아니라, 성별적합수술을 받고 조산사가 됐다는. 설마 모치즈키 씨가 그 사람이었다니.

"그녀는 어느 누구보다 많은 노력을 했어요. 그런 티는 내지 않지만."

원장은 차분히 말하면서 다시 소파에 앉았다. 그것은 상당한 노력이 필요했을 것이다. 그것은 안다. 하지만…… 하지만.

"저기, 환자분들은…… 그게…… 놀라지 않으세요?"

"처음에는 놀랐겠죠. 어쨌든 키가 그러니까."

들고 싶은 건 신체의 크기가 아니다. 성별적합수술을 했다 해도 원래 남성이었고 외모가 언니인 조산사에게, 분만 도움이나 검진 같은 상당히 민감한 영역을 허용하는 것은 환자들에게 저항감을 주지 않을까.

아니, 하지만 어제 환자들만 보면 언니라고 해서 특별 취급을 하는 것 같지는 않았다. 오히려 일반 병원보다 친밀한 느낌이었다. 혹시 과잉반응을 하는 건 나뿐인 걸까.

─혹시 나는 차별의식을 가지고 있는 건가?

─애당초, 엄마와 아는 사이라고는 했지만 원장은 왜 나를 채용한 걸까?

쓰구오가 머릿속으로 이리저리 생각을 굴리고 있는데 이번에는 원장이 물었다.

"역시, 이런 곳이라 걱정돼요?"

"아뇨……, 그냥 좀 놀라서…… 게다가 '보통'인 건 나뿐인가 싶기도 하고…… 아, 아뇨, '보통'이란 건 그런 의미가 아니고……"

횡설수설하고 있는 쓰구오를 원장은 따뜻한 시선으로 바라보았다.

"우리 스태프들이 훌륭한 건 말이에요……"

원장은 말하면서 소파에서 일어나 창문 앞까지 간 뒤, 레이스 달린 커튼을 가볍게 젖혔다.

갓 돋은 새싹들이 싱그러운 신록을 바람에 나부끼고 있다. 환자 가족들일까. 정원에서 놀던 여자아이가 창문에 찰싹 얼굴을 대고 이쪽을 들여다보고 있었다. 원장이 콧구멍을 벌름거리며 익살스러운 표정을 지어 보이자 여자아이는 꺅꺅하고 간지럼을 타듯 웃으면서 엄마가 있는 쪽으로 달려갔다. 원장은 몸을 돌리며 원래의 표정으로 돌아왔다.

"사람들 마음에 다가갈 수 있다는 점이에요."

"마음에 다가간다고요?"

"그래요. 역시 우리 섹슈얼 마이너리티는 여러 상황에서 힘든 경험을 많이 했으니까요. 그들이나 그녀들은 타인의 고통을 이해하는 데 있어 더 뛰어난 부분이 있을지도 몰라요."

"……타인의 고통을 이해한다."

"이 세상에서 늘, 무엇이 보통이고 보통이 아닌지 그런 장벽과 마주한 환경에서 살아왔어요. 틀림없이 그런 경험이, 어떤 사람의 어떤 상황에도 상상력을 발휘해 사람들 마음에 다가가는 원천이 되는 거라고 생각해요. 나는 말이죠,

　　　　　　　　'스트레이트'가 '마이너리티'

그게 의료 종사자로서 정말 소중한 능력이라고 생각해요."

쓰구오는 어쩐지 쑥스러워져, 자신도 모르게 시선을 돌렸다.

쓰구오가 대학병원에서 근무할 당시엔, 격무로 몸과 마음의 여유가 사라졌다거나, 환자의 마음을 헤아린다는 의식이 완전히 희박했었기 때문이었다. 그리고 쓰구오는 환자의 마음에 다가가는 게 가장 힘든 부류에 속하는 사람이었다.

─실제로 '그 사건'도……

쓰구오의 가슴이 강하게 옥죄어 오며, 그 아픔이 되살아났다.

─그때, 어떻게 했으면 됐을까. 환자의 고통을 이해할 수 있었다면 다른 결과가 나왔을까. 뭔가 달리 내가 할 수 있는 일이 있었다는 말인가……

"다치바나 선생, 참으로 힘든 경험을 했죠."

원장이 그렇게 말한 순간, 왠지 코끝이 찡해 눈물이 나올 것 같았다.

"아뇨, 저는……"

쓰구오가 대충 얼버무리려는데 원장이 따뜻한 말투로

말했다.

"자네는 분명, 이 클리닉에서 다시 일어설 수 있을 거야."

그 한 마디는 쓰구오의 마음 깊은 곳으로 따뜻하게 번져 갔다. 마음 어딘가에서 줄곧 기다리고 있던 말이었는지도 모른다.

"같이 잘해 보자는 게 아니야. 여기 모두가 분명 힘이 돼 줄 거야."

원장이 쓰구오의 어깨 위로 슬쩍 손을 올렸다.

언니 말투를 교묘히 남발하고, 옛날 유행어로 익살을 떨던 어제의 야나기 원장과는 달랐다. 대지를 따스하게 비추는 태양처럼, 환하게 웃는 얼굴이었다.

"원장님……"

생각해 보면 처음 만났을 때도 쓸데없는 질문은 전혀 하지 않고 자신을 받아 주었다. 어쩌면 원장은 쓰구오의 마음속 깊은 부분을 배려해 준 것인지도 몰랐다.

아까까지 머릿속을 가득 채우고 있던 의문과 불안은 단하나도 해결되지 않았다. 게다가 이 '언니 산부인과'라고 불리는 클리닉에서 잘해 나갈 수 있을지도 전혀 자신 없다.

　　　　　　　'스트레이트'가 '마이너리티'

하지만 모든 것을 받아 주는 듯한 원장의 눈빛과 말에 쓰구오는 큰 안도감을 느꼈다.

―'언니 산부인과'라……

어차피 자신이 있을 곳 따위는 없었다. 이제 와서 이것저것 따져 봤자 별수 없다. 이 야나기 유키오라는 원장을 따라가 보자.

"정말 고맙습니다…… 잘, 부탁합니다."

쓰구오는 마음속으로 납득한 대로, 진심 어린 인사를 한 후 원장실에서 나왔다.

핏기 가신 소시지롤

"대학병원에서 함께 일할 때, 의욕 없는 부잣집 도련님이라고 생각했었는데, 그때와 별로 달라진 것 같지 않던걸."

오케이가 분홍색 하트 무늬 보자기를 풀고 도시락 뚜껑을 열면서 말했다. 직접 만든 닭고기 튀김과 달걀말이, 구운 머위 조림에 죽순 주먹밥이 보기 좋게 가득 들어 있었다.

직원실에는 모두 네 개의 다양한 색깔을 띤 테이블이 놓여 있었다. 오케이와 FTM인 젊은 의사 간다 란마루 외에 직원 몇 명이 점심 식사를 하고 있었다.

란마루가 작은 스푼으로 딸기 요구르트를 뜨며 말했다.

"그래도 상근 의사는 원장님뿐이니까 다치바나 선생이

와 줘서 다행이지 않은가요."

"그런 타입은 말이에요, '이런 작은 클리닉 출산은 시시해. 어려운 환자는 큰 병원으로 보낼 테니 일할 맛이 안 나'하고 생각하는 법이에요."

"뭐, 같은 의사로서 아주 이해 못 할 건 아닌데."

란마루는 평소에는 오네 시립병원에서 근무하다가 일주일에 이틀만 오네 산부인과로 온다.

"뭐라고요? 농담하지 마요."

오케이는 씹고 있던 튀김의 일부를 입 밖으로 튀어 가며 말했다.

"그치만 여자에게 출산은 평생의 큰일이잖아요? 그래서 고민도 가지가지, 감동도 가지가지죠. 나도 물론 알고 있어요. 한 인간이 태어나는 거니까요. 그걸 시시하다느니, 매일 똑같은 일의 반복이라느니, 그렇게 생각한다면 그거야말로 상당히 별난 거죠."

"에이, 처음에는 당신도 건방진 꼬마 녀석이었으면서."

"꼬마 녀석, '녀석'…… 음, 듣기 좋은 말이네."

"뭐가?"

"남자한테만 허용되는 말이잖아요."

"……당신, 눈물 글썽이지 마. 얼마든지 말해 줄게. 이 꼬마 녀석아!"

"고맙습다! 엄청 단련된 덕분에 나도 많이 바뀌었답니다."

"누가 누구를 바꾼다고. 자기가 먼저 바꾸려고 하는 자만이 바뀌는 거예요."

"맞아요! 우리, 성별도 바꿨으니까!"

크하하하하, 하고 호탕하게 웃다가 오케이는 서둘러 입에 손을 대고, 오호호호, 하고 고상한 것으로 수습한다. 한편 란마루는 하하하, 하고 웃었지만 몸이 여성이기 때문인지 자연스럽게 높고 귀여운 목소리가 나온다. 그것을 의식했는지, 도중에 의도적으로 목소리를 낮추며 와하핫, 하고 웃음을 바꿨다.

란마루에게 '남자답다는 것'은 가장 중요한 사항이었던 것이다. 호르몬 치료로 팔에 살짝 난 털 하나에도 일희일비하며, 입가의 수염을 일자로 깔끔히 손질하고 머리를 삐죽삐죽하게 만들어 158센티미터의 키를 조금이라도 더 커 보이게 노력하는 것도, 목울대가 튀어나오지 않아 고민하는 것도 모두 남성 외모에 대한 동경 때문이었다.

그때 쓰구오가 갈색 비닐봉투를 들고 들어왔다. 오케이 일행이 시야에 들어오자, 꾸벅 인사를 한다.

조금 떨어진 빈자리에 혼자 가서 앉는다. 봉투에서 소시지롤과 캔 커피를 꺼낸다.

란마루가 다 먹은 요구르트 용기를 쓰레기통에 버렸다.

"후, 잘 먹었다."

"뭐예요, 당신, 정말 그것만 먹는 거예요?"

"배가 너무 불러서……"

"진짜 소식이네."

"한 번이라도 좋으니까 남자답게 '곱빼기 한 그릇' 하고 주문해 보고 싶어요……"

쓰구오의 귀에도 두 사람의 대화는 어렴풋이 들려왔다.

그때 란마루가 갑자기 화제를 바꿨다.

"오케이 씨, 그런데 '공사' 후 순조롭게 진행되고 있어요?"

―'공사'? 어디 수도라도 고장 난 걸까.

쓰구오는 귀에 들어오는 말을 멋대로 해석하면서, 묵묵히 소시지롤을 씹기 시작했다.

"정말, 힘～들었어요～. 아픈 게 말도 못 해요."

"역시 힘들구나, 다이레이션."

―아프다고? 다이레이션?

"그래요, 퇴원하고 나서도 한동안 계속해야만 해요."

―'다이레이션dilation'이라면, 모치즈키 씨가 혈관확장술 같은 걸 받기 위해 최근 입원이라도 했었다는 건가. 건강해 보이는데 의외로 동맥경화가 있는 걸까?

쓰구오는 그런 생각을 하면서 소시지롤을 입에 넣었다.

"하지만 조질한 후에는 그렇게 하지 않으면 애써 만든 구멍이 또 막혀 버리거든요~."

―조질? 또 알 수 없는 단어가 나왔네……

"몸은 '상처'로 인식하니까요. 상처 부위를 막고 치료하려는 거죠."

"'상처'가 아니에요, '질'이에요! '질!'"

―조질, 조질…… 앗, 질을 만든다造膣! 아아아, 조질!!

쓰구오는 뒤로 나자빠질 뻔했다. 오케이 일행은 수도 공사나 동맥경화에 대한 이야기를 하고 있는 게 아니었다. 자신의 신체 성별을 바꾸는 수술을 '공사'라고 부르며, 질을 인공적으로 만드는 조질에 대한 이야기를 하고 있었던 것이다!

쓰구오는 의사의 지식으로, 그런 수술이 있다는 것은 알고 있었지만 실제로 수술한 사람의 이야기는 들어 본 적이 없었다.

다이레이션이란, 조질술에 의해 인공적으로 구멍을 뚫

어 만든 질이 닫히지 않도록 수술 후 일정 기간, 막대기 같은 것을 계속 집어넣는 시술을 말한다.

쓰구오는 문득 손에 들고 있던 소시지롤로 시선을 떨구었다.

"그래서, 이렇게 손거울로 구멍 위치를 확인하면서 하루에 세 번, 한 시간씩 다이레이터를 넣어 주는 거예요."

"정말 무지 힘들겠네요."

"보통 아픈 게 아니에요~. 출혈도 있고."

"그래도 역시, 만들고 싶었던 거잖아요."

"맞아요. 그때를 위해 돈을 모아 태국까지 간 거예요. 아무리 아파도 나는 참아 낼 수 있다! 매달 오는 '그날'을 위해!"

"왠지 나도 공사하고 싶어지네요!"

오케이는 '그날'을 꿈꾸며, 두 손을 가슴에 포개고 하늘에 기도하는 포즈. 란마루는 이얍, 하는 기합과 함께 오케이에게 박수를 보낸다.

쓰구오는 먹다 만 소시지롤을 가만히 바라보았다. '다이레이션'을 머릿속 영상으로 띄우자, 핏기가 서서히 가신다. 그리고 크게 한숨을 내뱉으며, 슬쩍 봉투에 집어넣고 캔 커피를 모두 비웠다.

쓰구오는, 확실히 자신은 여기서 '마이너리티'구나 하고 절실히 느꼈다. 야나기 원장은 쓰구오가 이 클리닉에서 다시 일어설 거라고 말해 주었지만, 지금으로서는 그 길로 가는 실마리는 전혀 찾을 수 없을 것 같았다.

쓰구오는 직원실에서 몰래 나왔다. 그 뒷모습을 란마루와 함께 웃고 있던 오케이가 곁눈질로 바라보고 있었다.

'행복한 출산으로, 행복한 인생을!'

쓰구오가 '언니 산부인과'에 온 지 보름이 지났다. 장마가 가까워 습한 공기가 가득하다. 첫날부터 자신의 눈을 의심할 만한 일만 계속되어 차분히 클리닉 안을 둘러볼 여유가 없었는데, 다시 보니 여기는 건물조차 이상한 곳이었다.

메인 건물은 하얗고 커다란 돔 형태였는데, '자궁'을 상상하며 지었다고 한다. 그 좌우로 한 동씩 배치된 둥근 건물이 '난소'이고, 수술실과 분만실 등이 있다. 연결 통로는 '난관'. 진찰실과 병실, 케어룸 등이 나란히 있다.

'자궁 돔'에는 오픈 카페, 무료 대출 도서관, 장난감과 정글짐이 설치된 실내 놀이 코너 등이 있다.

그중에서도 '탯줄'을 모티프로 한 커다란 미끄럼틀이 아이들에게는 인기였다. 계단으로 중간 2층까지 올라가 구불구불 곡선을 그리는 튜브 속을 미끄러져 내려온다.

널찍한 잔디밭과 연못이 있는 정원은 다양한 꽃과 목련 등의 나무가 심어져, 환자가 아닌 사람들도 자유롭게 드나들 수 있다. 유모차를 밀면서 산책하는 엄마, 돗자리를 깔고 도시락을 먹는 가족, 비슷한 개월 수의 갓난아기를 안고 담소하는 새내기 엄마들. 그런 웃음으로 가득한 광경이 이 클리닉의 일상이었다.

야나기 원장은 '행복한 출산으로 행복한 인생을!'이라는 말을 모토로 삼고 있다.

"물론 출산도 중요하지만 아기를 낳은 후의 인생이 훨씬 더 길어요. 태어난 후에도 의료인과 적절한 관계를 지속하는 게 보다 좋은 양육과 보다 충실한 인생을 보낼 수 있는데 도움이 될 거라고 생각해요."

이를 위해 지역 주민들의 기반이 되는 '보금자리'를 만들고 싶었다고 한다. 실제로 여기는 마치 국립공원 안에 클리닉이 있는 것 같았다. 살짝 높은 언덕 위에 자리해서, 멀리 바다를 내려다볼 수도 있고, 뒤로는 작지만 숲도 있다.

'행복한 출산으로, 행복한 인생을!'

요즘 시기엔 창포가 군생하고 있었다.

쓰구오는 휴식시간이 되면 정원 벤치에 혼자 앉아 있기를 좋아했다.

신록은 하루하루 여름을 향해 가며 그 색깔이 짙어지고 있었다. 화단에는 분홍색과 빨간색, 노란색 장미가 아름답게 피어 있다. 생명을 느낄 수 없는 대학병원 건물 안에서 하루의 대부분을 보내던 시절이 한참 먼 옛날처럼 느껴졌다.

'언니 산부인과'의 직원들과는 그럭저럭 지내고 있었다. 사무나 조리, 세탁 직원을 포함하면 총 30명 정도 되는 직원이 여기에서 일하고 있다. 쓰구오를 제외한 대부분이 섹슈얼 마이너리티라고 했지만 겉보기만으로 확실히 알 수 있는 사람은 오케이 정도였다.

여성 직원처럼 보여도, 남성으로 태어난 MTF인지, 아니면 레즈비언이나 바이섹슈얼인지, 외모만으로는 전혀 알 수 없었다.

남성 직원도 마찬가지였다. 부모 교실에서 출산 요가나 수영을 담당하는 스포츠 강사는 말이나 행동에서 얼핏 여성적인 면이 보였지만, 외모는 서글서글한 훈남. 그는 게이일까, 여성으로 태어난 FTM일까. 아니면 여기에서는 마이너리티인 '스트레이트'일까……

클리닉에서는 굳이 LGBT 당사자인 직원이 많다는 것을 전면에 내세우는 건 아니어서, 어쩌면 환자들 중에는 오케이 아닌 다른 직원이 성소수자인 사실을 모르는 사람도 있을 것이다.

물론 업무 면에서는 당연히 모두가 제 나름의 역할을 수행하고 있다. 쓰구오가 의사로서의 업무를 해 나가는 데는 아무런 문제도 없었다.

원장은 매일 언니 말투와 옛날 유행어를 교묘히 구사하며 환자와 직원의 웃음을 끌어냈다. 원장실에서의 트레이닝은 일과나 다름없어서, 거울로 자신의 몸을 집어삼킬 듯한 시선으로 확인하고, 벽에 붙여 놓은 오드리 와카바야시 포스터를 황홀하게 바라본다. 원내에서도 의사 가운을 벗고 탱크톱 차림으로 당당히 돌아다니는 것 역시 근육을 자랑하기 위해서인 듯했다.

조산사인 레즈비언 에리카가 "진통이 오셨습니다!" 하고 기묘한 표현을 구사하는 게, 상상을 초월하는 집안 교육 때문이라는 것도 서서히 알게 되었다. 본가는 대대로 전통 화과자집을 경영하고 있고, 매일 운전기사가 차에 태워 출근시켜 준다.

의사인 란마루는 여전히 '남자다운 것'에 여념이 없었다. 호르몬 주사 덕분에 짙은 체모가 나는 것이 기쁜지, 직원실에서 "지금 오른쪽 다리에 321개!" 하고 털을 세면, "어디, 어디~?" 하며 오케이가 다가가 장난으로 한 개를 뽑는다.

　"앗! 오케이 씨, 뭐 하는 겁니까!"

　도망치는 오케이. 쫓아가는 란마루. 그런 뻔한 소동을 임상심리사인 쓰바키야마 미호는 커피를 우아하게 입으로 가져가며 얼굴에 미소를 머금은 채 바라본다.

　꽃무늬 원피스를 걸치고, 불안해하는 환자들의 이야기를 시원스러운 표정으로 들어 주는 게 쓰바키야마의 일이었다.

　저마다 특징 있는 캐릭터였지만 LGBT인지 아닌지 그런 건 원래 개인적인 문제이니까, 그냥 모른 척하면 된다고 쓰쿠오는 생각하기로 했다. 쓸데없는 대화는 나누지 않았다. 휴식시간에는 이렇게 혼자 바깥 공기를 마시다 보면 인간관계의 번잡스러움에서 해방될 수도 있었다.

　문득 정원 연못 맞은편에서 진한 분홍색 스크럽을 입은 오케이가 지나가는 것을 발견했다.

오케이가 걸어가면 밤낮 가리지 않고 많은 사람들이 말을 붙인다. 오케이 씨. 오케이 씨. 그 모두에게 하얀 이를 드러내며 손을 흔들고, 멈춰 서서 이야기를 한다. 매일같이 보는 광경이었다.

오케이는 인기인이었다. '언니 산부인과의 얼굴'이라고 해도 좋다.

분명 여기 찾아오는 사람들 대부분의 아기를 오케이가 받아 줬을 것이다.

"이야, 겐, 많이 컸네～. 장래에 인기 많겠어～."

"그래, 주나 짱, 이유식 잘 먹고 있지? 마도카 씨, 요리하는 거 좋아하니 만드는 보람이 있을 거야."

오네시의 모든 사람 이름을 기억하고 있는 게 아닐까 싶을 정도로 아이 이름, 엄마의 성뿐 아니라 이름까지 술술 말하며 이야기를 한다. 더 나아가 남편 이름까지 완벽하게 기억하고 있을 정도였다.

오케이는 임부와도 자주 오랫동안 이야기한다. 진찰이 끝나고 나서도 대기실이나 비어 있는 진찰실에서, 마치 성모 마리아처럼 자애로 가득한 분위기를 풍기며 이야기를 듣는 것이다.

대개는 배꼽이 빠져라 임부와 함께 웃었지만, 이따금 쓰

'행복한 출산으로, 행복한 인생을!'

구오에게는 또 하나의 웃음소리가 들려왔다. 배 속 태아도 따라서 크게 웃는 것이다.

(아하하하하, 엄마~, 정말~, 이제 그만 좀 웃겨요~.)

"앗, 오케이 씨, 아기가 배를 막 차요!"

"기분 좋은 거예요. 엄마가 웃으니까 분명 아기도 즐거운 거죠."

또 때로는, 오케이와 환자가 울며 이야기하는 경우도 있었다. 쓰구오가 진찰한 임부들 중에는 갓난아기의 심장 박동을 확인할 수 없거나, 유산이나 사산인 걸 알게 되어 수술을 받으러 오는 이들도 있었다. 그럴 때 오케이는 환자의 손을 가만히 잡고서 함께 눈물지어 주었던 것이다.

혹은 출산을 마치고 갓난아기와 함께 클리닉에 찾아온 산모가 오케이와 이야기하다가 눈두덩을 누르는 경우도 있었다. 산후의 힘든 생활을 토로하는 것 같았다.

하지만 그런 오케이도 모든 사람이 다 인정해 주는 것은 아니었다. 언젠가 한번은, 고령의 남자가 "이런 직원에게 내 소중한 첫 손자를 맡길 수 없다!"고 호통치며 돌아간 적이 있었다. 결국 그 환자는 다른 병원으로 옮겼다.

"어쩔 수 없죠. 여러 사람이 있는 다양한 사회니까……"

오케이는 주변 사람들을 신경 쓰느라 계속 웃고 있었지만, 그 커다란 등짝이 아닌 게 아니라 잔뜩 위축된 것처럼 보였다.

그런 예외는 있지만, 오케이는 임부와 산모들의 절대적인 신뢰를 얻고 있었다. 어쩌면 몸이 남성이든, 성별이 어떻든 그런 것보다 자신에게 다가와 주는가 아닌가가 환자에게는 더 중요한 문제인 듯했다.

─타인에게 다가간다. 이건가……

쓰구오는 오케이를 볼 때마다 패기가 없다고 혼날까 봐 보고도 못 본 척했다. 나는 그런 캐릭터가 아니야, 쓰구오는 그렇게 생각하기로 했다.

강렬하게 되살아나는 트라우마

오후 진찰이 시작될 무렵, 비가 촉촉이 내리기 시작했다. 이미 장마철에 접어들어, 습한 공기가 피부에 휘감긴다. 정원의 수국이 흠뻑 젖은 모습을 창밖으로 보고 있자니 쓰구오도 기분이 가라앉았다.

우울한 기분으로 숨을 토해 내고, 환자의 문진표를 들여다보았다.

이름은 스기우라 유코.

3개월쯤 전부터 생리가 없는 걸로 보아 임신한 것 같다고 했다. 다른 병원에서 출산한 첫째는 다섯 살 된 여자아이다. 오네 산부인과에서는 초진인 셈이다.

—시판 중인 임신 검사약도 안 써 보고 바로 온 건가.

쓰구오는 그렇게 생각하면서 스기우라 유코를 기다렸다.

유코는 공손히 인사하며 살짝 고개를 숙인 채 진찰실로 들어왔다. 의자에 앉자 곧바로 마스크를 벗고 반듯하게 접어 가방에 넣는다. 문득 통바지 끝자락이 비에 젖어 있는 걸 보고, 손수건으로 계속 닦아 내려 했다.

유코는 눈을 내리뜨고는 있었지만 문진에는 몸을 꼿꼿이 펴고 정확히 대답했다. 입덧은 심하지 않은 듯했다.

쓰구오 뒤에 서 있던 오케이가 낮은 목소리를 한 옥타브 올리며,

"네, 그럼 진찰 시작할 테니 이 상자에 짐을 넣고 준비해 주세요."

그렇게 말했을 때, 유코는 목소리 톤에 놀라 처음으로 오케이를 올려다보며 어리둥절한 표정을 지었다.

오케이와 처음 만났을 때 짓는 환자의 저런 표정을 쓰구오는 여기 와서 몇 번 목격했다. 하지만 그리 오래지 않아 오케이는 인정받게 될 것이다. 이런 외모의 조산사가 나타나면 깜짝 놀라는 건 당연하지만, 매번 이런 얼굴로 자신을

강렬하게 되살아나는 트라우마

처다보면 괴로울 것 같다고 쓰구오는 동정하고 있었다.

그런데 스기우라 유코는 의표를 찔린 표정을 잠깐 보였을 뿐, 곧 다시 눈을 내리뜨며 침울한 표정으로 내진° 검사대 위로 올라갔다.

내진이 끝나고 경질 초음파 검사(에코)°°를 시작하자 곧바로 화면 가득 작은 표주박 같은 모양이 나타났다. 태아의 심박도 확인할 수 있었다. 하지만 유코는 눈을 감은 채 화면을 보지 않았다.

쓰구오는, 임신 12주 정도 됐으려나…… 하고 생각하면서 진찰을 계속했는데, 머릿속으로 묘하게 발음이 좋은 남자아이의 목소리가 들려왔다.

(당신이, 선생님이세요? 부디 잘 부탁드립니다!)

° 　【저자 주】자궁과 난소, 질 등의 상태를 손으로 진찰하는 것. 분만 진행 중일 때는 내진으로 자궁 입구의 열린 상태나 아기 머리의 처짐 상태 등을 진찰한다.

°° 　【저자 주】몸속으로 들여보낸 초음파가 튕겨 나오면 화상으로 전환하는 검사법. 산부인과에서는 복부부터 검사하는 경복부 초음파 검사와 질부터 검사하는 경질 초음파 검사가 있다.

스기우라 유코의 배 속 아기 목소리였다.

(저기, 이쪽은 점점 커지고 있고, 심장도 잘 뛰게 됐어요!)

─상당히, 표현을 잘하는 태아네……

쓰구오가 배에 프로브°를 갖다 대자, 실황 중계하는 리포터 같은 태아의 목소리가 계속 말을 잇는다.

(신경 쓰이는 게 있다면, 엄마 목소리를 거의 듣지 못했다는 건데, 나는 건강해요!)

술술 말하는 태아와는 대조적으로 유코는 똑바로 누운 채, 가늘게 몸을 떨고 있었다.

내진 검사대에서 내려와 의자에 다시 앉은 유코에게 쓰구오는 소식을 알렸다.

"임신, 하셨습니다."

○ 【저자 주】초음파 검사 때 몸에 접촉시켜 사용하는 센서 역할을 하는 의료 기구의 끝부분.

강렬하게 되살아나는 트라우마

유코는 꼼짝도 하지 않고 손수건을 꼭 쥔 채, 바닥 한곳만을 응시하고 있었다.

쓰구오는 전자 진료 기록 카드를 작성하면서 계속 설명했다.

"처음 내원한 시기가 늦어서 정확히 단정하기는 어렵습니다만, 지난번 생리 시기와 아기의 크기로 미루어 보아 오늘이 임신 12주 1일입니다."

그렇게 쓰구오가 알려 주고 있을 때였다.

유코의 눈에서 굵은 눈물방울이 후드득 흘러넘쳤다.

임신 사실을 알고 눈물을 흘리는 환자는 적지 않다. 최근에는 오랜 불임 치료 끝에 겨우 임신하는 경우도 많았고, 유산이나 사산을 경험한 적이 있을 때는 임신에 대해 몹시 감정적이 된다. 스기우라 유코는 첫 출산으로부터 5년이나 지나 그토록 바라던 둘째를 가진 건가, 하고 쓰구오는 추측했다.

오케이가 두 손으로 얼굴을 가린 유코에게 티슈를 건네며,

"많이 놀라셨나 봐요~?"

눈치를 보며 부드럽게 말을 건네자, 유코는 꺼져 드는 듯한 목소리로 말했다.

"낳고 싶지, 않아요……"

쓰구오의 머릿속에서 태아의 목소리가 술렁거리고 있었다.

(엄마 말은 신경 쓰지 말아 주세요!)

"두 번 다시…… 그 괴로움을 맛보고 싶지 않습니다."

전자 진료 기록 카드를 작성하던 쓰구오의 손이 허공에서 멈췄다.

오케이는 무릎을 꿇고, 유코의 눈높이로 얼굴을 낮췄다.

"혹시 괜찮으시면, 이야기해 주실래요?"

"……"

유코는 아무런 대답도 없이, 손수건을 얼굴에 댄 채 어깨를 떨고 있었다.

오케이는 그저 등만 쓸어 주면서 유코가 진정되기를 기다렸다. 그리고 몸의 떨림이 가라앉자 다시 말을 건넸다.

"유코 씨, 여기에서는 무슨 말을 해도 괜찮아요. 당신을 부정하지 않아요. 괜찮으시면 이야기를 들려주세요. 당신에게 도움이 되고 싶어요."

그 말에 유코는 눈물을 닦고 크게 심호흡을 한 후, 조금씩 말을 꺼내기 시작했다.

"큰애를 낳은 후…… 저는…… 너무 힘들어서……"

오케이가 고개를 끄덕이며 유코의 다음 말을 기다렸다.

"'산후 우울증'……이었어요……"

그 말을 들은 순간, 쓰구오의 심장은 마치 큰북의 북채로 얻어맞은 듯, 쿵 하고 크게 소리를 냈다. 손에는 식은땀이 배고, 얼굴은 더욱 창백해졌다. 창밖에서 들려오는 빗소리도 갑자기 강해지기 시작했다.

유코의 배 속에서는 절박한 목소리가 새어 나왔다.

(엄마는 나와의 '약속'을, 반드시 기억해 줄 거예요. 그러니까 선생님, 그때까지 엄마를 도와주세요!)

하지만 그 목소리도 지금의 쓰구오에게는 아득하게만 느껴졌다.

'산후 우울증'이라는 정체를 알 수 없는 거대한 활자가 쓰구오의 눈앞으로 수없이 다가왔다가는 빙글빙글 회전하면서 사라져 간다.

—산후 우울증…… 그 사람과 같아.

오케이는 모든 것을 감싸듯, 그랬구나, 참 힘들었겠네요, 하며 듣고 있었다. 하지만 쓰구오의 동요는 더욱 심해져 온몸에서 힘이 빠져나갔다. 눈의 초점이 맞지 않았다. 위험하다. 이대로는 진찰을 계속할 수 없다.

쓰구오는 이제 이 진찰을 어떻게 끝낼지 그것만 머릿속에 있었다. 간신히 태연을 가장하며, 떨리는 손으로 책상 서랍에서 서류 뭉치를 움켜잡고 재빨리 유코에게 알렸다.

"그럼, 저희 쪽에서는 중절수술도 하고 있으니까……"

"?!"

오케이가 믿을 수 없다는 듯이 눈을 부릅뜨고 쓰구오의 얼굴을 응시했다.

"이게 중절에 관한 서류입니다. 이쪽 동의서에는 남편분 사인도 필요합니다."

"……네."

이 이상, 유코 앞에 있는 건 한계였다. 용지를 모두 건네준 후 유코가 물러가기를 기다리지 못하고 쓰구오는 일어나 그대로 비틀거리며 진찰실 안쪽으로 들어가 버렸다.

오케이는 갑자기 자리를 뜬 쓰구오의 뒷모습을 멍하니 바라보면서, 분노로 얼굴이 점점 시뻘겋게 변했다. 그래도 고개를 숙이고 있는 유코를 다시 바라보며,

강렬하게 되살아나는 트라우마

"혹시 괜찮으시면, 다른 방에서라도 잠깐 더 이야기를 들려주시겠어요?"

하고 말하며, 유코를 진찰실에서 내보냈다.

진찰실 문을 닫은 순간 오케이는 빙글 몸을 돌려 지체 없이 쓰구오를 뒤따라 들어갔다. 쓰구오는 안쪽 처치실의 창가 의자에 깊숙이 앉아 있었다. 등 뒤에서는 한층 거세진 비가 유리창을 계속 강타하고 있었다.

"이봐요, 당신! 방금 그게 무슨 말이에요!"

오케이의 시퍼런 서슬에 그곳에 있던 다른 스태프들이 모두 돌아보았다.

"낳고 싶지 않다고 울고 있는 임부한테!"

와락 쓰구오의 멱살을 잡고 억지로 일으켜 세웠다.

"어떻게 된 사연인지 묻지도 않고, 우리는 중절도 한다고?"

쓰구오는 몸에 힘이 들어가지 않아, 오케이가 하는 대로 따라갈 수밖에 없었다.

"산후 우울증이 힘들었다고, 유코 씨가 이야기하는 중이었잖아요!"

쓰구오는 괴로운 듯 얼굴을 찡그렸다.

"그런데 당신은 그런 식으로……"

괴력의 소유자인 오케이에게 멱살을 잡힌 채 쓰구오의 다리가 허공으로 떠올랐다.

"대체 임부의 심정을 알기는 하는 거예요?"

오케이가 손을 놓은 순간, 쓰구오는 바닥으로 털썩 떨어지며 그대로 쓰러졌다.

"다치바나 님! 괜찮으시옵니까?"

조산사인 에리카가 달려와 쓰구오를 안아 일으킨 후 부축하여 침대에 앉혔다.

오케이는 아직도 화가 가라앉지 않았는지 팔짱을 끼고 쓰구오를 무섭게 내려다보고 있었다.

그때, 오케이의 등 뒤에서 야나기 원장이 툭 하고 부드럽게 어깨를 쳤다.

"오케이."

돌아보자, 원장은 고개를 끄덕이며 조용히 미소 짓고 있었다.

〈엄마를 도와주세요〉 하고 호소하던 태아의 목소리

쓰구오는 눈앞에서 카메라 플래시가 터지는 듯한 착각을 일으켰다. 하쿠아이 대학병원에서의 그 '악몽'이 되살아난다.

돌이켜 생각하면 그 무렵의 쓰구오는 자만했던 건지도 모른다. 산부인과 전문의 시험에 합격하여 본격적으로 의사 활동을 시작했을 때였다. 주위에서는 '선생님' '선생님' 하면서 추켜세웠고, 그와 동시에 몇몇 조산사로부터 사무적이고 무뚝뚝한 태도를 지적받기도 했다.

그 소식을 들은 것은, 작년 여름의 아침이었다.

"구스노키 유리 씨, 자살했다나 봐요."

역에서 걸어오는 것만으로도 땀투성이가 되던 더운 날, 출근하자마자 땀이 마르기도 전에 쓰구오는 그 이야기를 들었던 것이다.

쓰구오가 근무하던 하쿠아이 대학병원 산부인과는 연간 분만 건수가 1천 건을 넘는, 도내에서도 알아주는 곳이었다. 구스노키 유리는 쓰구오가 담당했던 수많은 환자 중 한 사람이었다.

서른여덟의 유리는 핀란드어 번역가라는 보기 드문 직업을 가지고 있기도 해서, 쓰구오의 기억에 어렴풋이 남아 있었다. 모자가 함께 별문제 없이 퇴원한 때가 5개월쯤 전. 갓 태어난 아기를 남기고 투신자살을 시도한 모양이었다.

"산후 우울증이었대요."

산후 우울증. 지난 몇 년, 산부인과 의사들 사이에서 화제가 되고 있는 건 쓰구오도 알고 있었다. 육아에 대한 불안과 스트레스가 쌓여 산후 2주부터 몇 개월 이내에 증세가 나타나는 우울증을 말하며, 현대 사회에서는 일곱에서 열 명 중 한 명꼴로 산후 우울증에 걸린다고 한다.

현재 일본은 의료인들의 부단한 노력과 기술 발전으로 출산 전후 기간에 엄마와 아이가 사망하는 비율이 전 세계

〈엄마를 도와주세요〉 하고 호소하던 태아의 목소리

적으로도 낮은 국가 중 하나가 되었다. 하지만 그런 한편으로 산후 우울증으로 인한 산모의 자살은 출산 때 목숨을 잃는 임부의 몇 배에 이른다고도 한다.

그 정도는 지식으로 알고 있었지만 쓰구오는 산후 우울증에 대해 그 이상 관심을 기울인 적은 없었다.

애당초 산부인과 의사의 임무는 아기를 무사히 태어나게 하는 것이며, 산후 1개월 검진이 지나면 기본적으로 환자와의 관계는 끝난다. 만약 산후에 정신 상태가 불안정해졌을 경우에는 정신과 치료를 권하기 때문에 '산후 우울증은 산과의 영역이 아니다'라고 생각하는 의사가 많다. 쓰구오도 그중 하나였다.

그래도 자신이 담당했던 환자가 자살했다는 소식이 유쾌한 것은 아니었다.

구스노키 유리는 쾌활한 여성이었던 것으로 쓰구오는 기억하고 있었다. 일하는 여성답게 시원시원했고, 세련된 임부복 차림은 청량한 느낌마저 주었다.

"빨리 맥주 마시고 싶어요."

임부 검진 때는 그렇게 말하며 웃었을 만큼 명랑한 임부였다.

―대체 무슨 일이 있었던 거지?

거기까지 생각을 더듬고 있을 때 쓰구오의 기억 깊은 곳에서 딱 한 가지, 마음에 걸리는 일이 떠올랐다. 임부의 경과는 상당히 순조로웠는데도, 유리의 자궁에서 나오던 묘한 목소리가 귓가에 찰싹 들러붙어 있었던 것이다.

(엄마를, 도와줘요……)

차분한 말투 속에도 절실함이 깃든, 깨끗한 목소리였다. 그 호소는 검진 때마다 들려왔다.

쓰구오는 태아와 모체에 이상이 있나 싶어서 꼼꼼하게 진찰했다. 하지만 아무것도 발견하지 못한 채 출산을 맞이했고, 결국 수많은 다른 환자와 마찬가지로 평범하게 퇴원했다.

믿기 힘든 일이지만 그 태아의 목소리는, 모친의 신체가 아닌 정신적인 이상을 알리려는 메시지였던 걸까.

그렇게 생각하자, 태아의 목소리가 들렸던 게 쓰구오를 더욱더 우울한 기분으로 만들었다. 그렇게 불러 봤자 자신이 어떻게 할 수도 없었는데……

태아의 목소리를 들을 수 있는 능력이란 건 아무리 생각해도 성가시기만 하다고, 쓰구오는 깊은 한숨을 토해 내며

(엄마를 도와주세요) 하고 호소하던 태아의 목소리

얼굴에 부채질을 해 댔었다.

쓰구오는 유리에 관한 기억의 실타래를 더듬어 올라갔다. 산후 1개월 검진 때의 유리는 지금 생각해 보면, 표정이 딱딱하고 어딘지 몽롱해 보였다. 늘 외모에 신경을 쓰던 유리가 머리는 푸석푸석하고, 주름투성이 셔츠를 입고 있었다. 육아로 매무새에 신경 쓸 틈이 없을 것이라고 쓰구오는 생각했었다.

유리가 안고 있던 아기가 쓰구오에게 도움을 요청한 적은 없었다. 쓰구오가 목소리를 들을 수 있는 것은 어디까지나 배 속에 있을 때뿐이었다.

진찰실에서 나가는 유리에게, 쓰구오는 컴퓨터에 진료 기록을 입력하면서 "힘내세요" 하고 말했다. 유리는 전과 다름없는 미소를 지어 보이며 대답했다.

"괜찮아요. 힘낼게요."

그 구스노키 유리가, 자살했다. 산후 우울증으로……

하지만 이것은 악몽의 시작에 불과했다.

나른하게 더운 여름날, 비극은 가속도가 붙어 쓰구오를 덮쳐 왔다. 마치 태풍이 꽃밭을 엉망으로 만들어 놓듯, 그것은 당돌하면서도 폭력적이었다.

"당신이 내 아내를 죽였어!"

유리의 죽음에 대해 듣고 나서 한 달 정도 지난 어느 날, 여전히 피부를 따끔따끔 찌를 듯한 더위가 남아 있는 늦은 저녁 무렵이었다. 곧 진료 시간이 끝날 즈음 유리의 남편, 쇼지가 쓰구오를 찾아왔다. 산부의 남편이 찾아오는 일은 거의 없다. 사정이 있나 보다 생각했는데, 이야기를 듣고 보니 자살한 산부의 남편이었다. 쓰구오는 빈 회의실로 가자고 말했다.

쇼지는 포대기 안에서 새근새근 잠든 갓난아기를 안고, 한 걸음 한 걸음 확인하듯 방으로 들어왔다. 검은 테 안경 속에 숨은 외까풀은 무겁게 처지고, 얼굴은 흙빛으로 부어 있었다. 쓰구오는 새삼, 유리가 이런 작은 갓난아기를 남겨두고 죽었나 싶어 가슴이 아팠다.

쓰구오와는 눈도 마주치지 않고, 쇼지는 긴장한 표정으로 쓰구오에게 수첩 한 권을 내밀었다. 북유럽의 캐릭터가 디자인된, 귀여운 수첩이었다.

영문도 모르고 안을 펼치자, 단정한 글씨가 적혀 있었다. 유리 것인가. 한 장 한 장 페이지를 넘기던 쓰구오는, 이윽고 글씨체가 흐트러지고 마구 갈겨쓴 듯한 글씨가 적힌 페이지에 시선이 머물렀다.

'다치바나가 체중이 너무 늘었다고 했다. 체중 관리도 못하다니, 엄마로서 실격이다.'

'다치바나가 나를 보는 시선이 차갑다. 이자는 어차피 무능한 엄마를 만난 아기가 불쌍하다고 말하고 싶을 것이다.'

'좋은 엄마가 될 자신이 없다.'

'아기를 잘 키울 수 있을지 불안하다고 말하자, 모두 보통으로 하고 있으니까 괜찮다고 했다. 나는 보통이 아니라는 건가.'

'병원에서는 누구도 자기 일처럼 이야기를 들어 주지 않는다.'

읽어 가면서 쓰구오는 머릿속 피가 쑥 빠져나가는 것을 느꼈다.

이것이 구스노키 유리의 수첩이란 말인가.

'다치바나'라면 자신을 말하는 것일까. 수첩에는 빼곡하게, 검진 때마다 쓰구오의 말에 받은 충격과 자기 자신에 대한 실망이 적혀 있었다. 겉으로는 밝게 행동했던 유리가 뒤에서 이런 생각을 하고 있었던 것에 쓰구오는 경악했다.

체중에 관한 지적은 출산이 조금이라도 편하도록 많은 산부인과 의사들이 하는 것이었지만, 그것을 이런 식으로 받아들였을 줄이야…… 게다가 쓰구오는 유리를 차가운 시선으로 바라본 적도 없고, 무능하다고 생각한 적도 없었다. 쓰구오 자신은 유리에 대해 밝아서 대화하기가 편한 환자라고, 오히려 친밀함마저 느끼고 있었을 정도였다.

"이건……"

굳은 표정으로 올려다보자, 쇼지는 핏발 선 눈빛과 거친 말로 쓰구오에게 화를 냈다.

"당신이 궁지로 몰았기 때문에 유리가 죽은 거야!"

믿기 힘든 말이 쓰구오의 귀를 찰싹 때렸다. 그와 동시

"당신이 내 아내를 죽였어!"

에 쇼지의 두 손이 쓰구오의 멱살을 움켜쥐었다. 동석했던 젊은 간호사가 비명을 지르자, 포대기 속 갓난아기가 큰 소리로 울기 시작했다. 쓰구오는 넥타이가 조여 와 꼼짝도 할 수 없었다. 공포에 움츠러든 쓰구오를 향해 쇼지가 욕설을 퍼부어 댔다.

얼마 지나지 않아 경비원이 달려왔다. 망연자실하여 우두커니 서 있는 쓰구오에게서 떨어지면서도 쇼지는 계속 소리쳤다.

"당신이 내 아내를 죽였어! 이 살인자!"

이날의 소문은 순식간에 대학병원 전체로 퍼졌다.

"퇴원한 지 몇 달이 지났는데…… '몬스터 허즈번드'지 뭐."

"책임 전가야. 제일 가까이서 지켜봤을 텐데, 대체 뭘 본 거야?"

"다치바나, 우리한테 산후 우울증에 대한 책임은 없어. 신경 쓰지 마."

모두 쓰구오에게 동정적인 의견뿐이었지만, 호기심 어린 눈빛은 좀처럼 가시지 않았다.

─뭐야, 웃기지들 말라고. 피해자는 나야.

자신은 의사로서 필요한 조치는 다 했다고 생각했다. 가족은 뭘 한 건데? 친구는 뭘 본 거고? 사회는 어떻게 유리를 지켜 줬는데? 결코 의료 현장만의 책임은 아니다. 하지만 수없이 변명을 해 보아도 그때마다,

'살인자!'

하고 소리치는 쇼지의 목소리가 떠올라, 모든 것을 새까맣게 덧칠해 버렸다.

그리고 한 달쯤 지난 어느 날, 더욱 믿기 힘든 일이 쓰구오를 집어삼켰다. 주간지에 「환자를 자살로 몰아넣는 의사들」이라는 충격적인 제목의 기사가 실렸고, 그중 한 사람으로 쓰구오에 대한 내용이 적혀 있었던 것이다.

주간지 인터넷판을 시작으로 이 기사는 SNS를 통해 순식간에 공유되었고, 폭발적인 화제를 모았다. 사정을 모르는 수많은 사람이 제목만 보고 더욱 부정적인 댓글을 확산시켰다. 의심스러우면 일단 상처부터 주고 봐야 한다는 듯한 집단 린치. 정보화의 과도한 편리성은 때로 인간의 '생각한다'는 행동을 중지시켜 버린다.

집요하게 계속된 '악플'에 쓰구오의 마음은 만신창이가 되었다.

　　　　　"당신이 내 아내를 죽였어!"

"다치바나 말고 다른 담당의로 바꿔 주세요."

결국 하쿠아이 대학병원에서는 검진하러 오는 임부들로부터 그런 말이 들려오게 되었다. 그럴 때마다 쓰구오의 마음은 칼에 싹둑싹둑 잘려 나가는 듯했다.

차가운 초겨울 바람이 불어올 무렵에는 잠들지 못하는 밤이 더욱 늘어났다. 아침이 되면 몸은 납덩이처럼 무거워 침대에서 일어날 수가 없었다. 겨우 출근을 해도 심한 두통과 갑작스러운 두근거림에 시달렸다. 진찰 이외에는 말을 할 수도 없었고, 식사 또한 제대로 하지 못했다.

악순환의 연속이었다. 그런 가운데 쓰구오는 업무에서도 실수를 연발하게 되었다. 환자의 이름이 틀리게 링거 지시를 내리기도 하고, 약을 먹어야 한다고 했으면서 처방전을 써 주지 않기도 했다. 마침내 자신의 말과 행동조차 스스로 믿을 수 없게 되어 환자를 진찰하는 게 무서워졌다.

그러면서 결근을 밥 먹듯 하게 되었고, 결국 쓰구오는 하쿠아이 대학병원을 그만두었다.

쓰구오는 초췌해 있었다.

'어머니'라는 보이지 않는 사슬

쓰구오의 본가는 도쿄 다마 지구에서 '다치바나 산부인과'를 운영하고 있었다. 어머니인 구미코가 3대째였는데, 쓰구오의 아버지 요시타카를 데릴사위로 맞는 형태로 집안을 이었다. 현재는 어머니가 원장을 맡고 있었고, 쓰구오는 4대째 물려받게 된다.

크리스마스가 다가와 거리가 들썩이기 시작할 무렵, 하쿠아이 대학병원에서 퇴사한 사실을 알게 된 어머니에게서 전화가 걸려 왔다.

"너도 많이 힘들었을 거야. 일단 집으로 돌아오거라."

이번 일로 어머니에게 걱정을 끼친 건 명확했다. 과묵한 아버지는 아무 말도 안 했지만 심란할 게 당연했다.

연말, 쓰구오는 시내에 있던 맨션을 정리했다.

하지만 이 결단은 쓰구오를 더욱 괴롭게 만드는 결과가 되었다.

어머니는 쓰구오가 생각하고 싶지도 않았던 화제, 바로 하쿠아이 대학병원을 그만둔 사건에 대해 수시로 말을 꺼냈던 것이다.

"산부인과 의사로서의 경력에 흠집이 난 건 부인할 수 없어."

"너는 정말 옛날부터 운이 없었어."

"그 기사가 쓰구오 너에 대한 게 아니냐는 말을 동네 후지와라 씨한테 듣고, 참 곤란하더구나."

왜 어머니는 늘 이럴까. 생각한 걸 곧바로 말로 내뱉지 않으면 직성이 풀리지 않는다. 쓰구오의 속마음 같은 건 전혀 헤아리지 못하는 것이다.

"나, 정말 실망했다."

구미코는 이 사건에 대한 실망을 드러낸 것에 불과했지만, 쓰구오는 또다시 어머니의 기대에 부응하지 못했다며 껍질 안에 더욱더 파묻혀 버리게 되었다.

구미코는 현재 58세. 산부인과 의사로서 매일 일을 하고, 그 사이사이에 집안일도 완벽하게 처리하여 쓰구오가 어릴 적에는 학부모회의 회장도 맡았다.

검은 머리를 어깨 부근에서 자른 단발머리가 구미코의 트레이드마크였다. 지적이고 단정한 눈매와, 고집스러움과 화려함을 간직한 입매 모두 빈틈이 없어서 위압감마저 주었다.

대조적으로 66세의 아버지 요시타카는 척 보기에도 너그러워 보인다. 흰머리가 섞이기 시작한 앞머리는 얼마 없었고, 눈꼬리가 처진 둥근 얼굴은 누가 보아도 온화한 인상이었다. 사람들 앞에 나서서 말하는 걸 싫어해, 산부인과 의원 사무장으로서 꼭 발언해야 할 일이 생기면 땀까지 뻘뻘 흘리며 안절부절못했다. 쓰구오의 무뚝뚝한 성격은 아버지를 닮았을 것이다.

구미코는 어린 시절부터 쓰구오가 자신의 바람대로 해주면 기뻐했고, 그렇지 않으면 노골적으로 불만스러운 태도를 보였다.

"숙제 다 했니?"

"정말 제대로 다 한 거야?"

쓰구오가 그렇다고 대답해도 나중에 몰래 노트를 펼치

'어머니'라는 보이지 않는 사슬

고 확인했다. 쓰구오는 엄마에게 신뢰받지 못하는구나 하고 어린 마음에도 생각했었다.

의사가 되고 나서도 모르겠다는 말을 하면 늘 우습게 여기며 코웃음을 쳤다.

"그런 것도 모르니?"

어머니의 말투는 정말 무신경했다. 하지만 그럴 때마다 쓰구오의 마음속에 떠오르는 것은,

―엄마에게 미움받고 싶지 않아……

라는 애절한 마음이었다.

그것은 마음 깊은 곳에 뿌리를 내린, 도저히 지울 수 없는 상처에서 오는 것.

쓰구오에게는 어머니 구미코가 따뜻하게 껴안아 준 기억이 없었던 것이다.

어릴 때 쓰구오는 주변 아이들이 부모에게 안겨 어리광 부리는 모습을 왠지 간지러운 기분으로 바라보았다. 그것이 부러움에서 오는 감정이라고 확신한 것은 산부인과 의사가 되어 출산 광경을 지켜보고 나서부터였다.

자식이 태어나면 두 팔을 벌려 갓 태어난 아기를 안아주는 엄마들의 모습에서, 늘 바늘로 찌르는 듯한 느낌을 받

아 왔던 것이다.

어느 학회에서 '모자 관계와 애착'을 주제로 한 강연을 들었을 때, 그 원인이 자신과 어머니의 관계 때문이 아닐까 하는 생각이 머릿속에 떠올랐다.

—설마, 한참 어렸을 때의 일을 나는 아직도 잊지 못하고 있다는 건가.

어머니가 바라는 '착한 아이'라는 게, 쓰구오가 무의식적으로 갖추게 된 생존 방식이었다. 그래서 구미코에게 저항은커녕, 있는 그대로를 잘 말할 수 없거나 어리광을 부리지도 못했다.

정작 당사자인 구미코는 쓰구오가 그런 마음을 품고 있다는 건 상상도 하지 못했다. '착한 아이'로 키우는 게 어머니의 의무며, 자기 자식의 장래를 위한 일이라고 생각해 왔을 것이다.

쓰구오의 꿈은 수의사였다. 초등학교 때, 장래 희망을 그림으로 그리는 수업에서 쓰구오는 하얀 옷을 입고 동물들에게 둘러싸인 자신을 그렸다. 어머니가 기뻐해 줄 거라고 생각했지만 구미코는 달랐다.

"좀 더 괜찮은 꿈을 생각할 줄 알았는데. 너, 동물을 상대로는 만족할 수 없을 거야."

마치 수의사라는 직업을 무시하듯 함부로 말했다.

증조부 때부터 계속해 온 의원을 물려받는 게 자신의 숙명이라고 어린 쓰구오는 깨달았다. '쓰구오'라는 이름°을 붙여 준 이유에 대해 물어본 적은 없었지만 '집안을 이어 가며 산다'는 어머니의 희망이 담겨 있는 거라면 그대로 따라야 한다며, 자신의 작은 꿈은 봉인했다.

무엇을 포기하더라도 갖고 싶었던 것은 어머니의 애정이었다.

어머니가 자신을 신뢰하고 사랑해 준다는 실감이었다.

이렇게 쓰구오는 어머니의 모교인 하쿠아이 대학 의학부에 들어갔고, 그대로 부속병원에서 근무. 산부인과 전문의 자격을 취득하는 길을 선택했다. 대학병원에서 경험을 쌓은 후 언젠가는 본가의 일을 물려받는다. 그것이 쓰구오 인생에 깔려 있는 레일이었다.

하지만 그것은 구스노키 유리 사건으로 단숨에 바뀌어 버리고 말았다.

하쿠아이 대학병원을 그만두었을 때 어머니의 기대에

°   '쓰구오'를 한자로 표기하면 '繼生(계생)'이다.

부응하지 못한 자신을 책망했다.

본가로 돌아간 것은 속죄의 의미까지 포함되어 있었다. 하지만 구미코의 무신경한 말들에 쓰구오의 마음은 점점 소모되었다. 쓰구오는 마침내 어머니와 같은 공기를 마시는 것조차 힘들어졌다.

쓰구오는 어머니에게 연결된 보이지 않는 사슬을 끊어내지 못하고 몸부림쳤다.

'어머니'라는 보이지 않는 사슬

은둔형 외톨이 생활에서의 탈출

해가 바뀌어 도쿄에는 몇 년 만에 기록적인 눈이 쌓였다. 그 무렵부터 쓰구오는 자신의 방에만 틀어박혀 지냈다. 마침내 식탁에는 얼굴도 비치지 않게 되었고, 결국 방에서 한 발자국도 나오지 않은 채 하루를 보내기 시작했다.

원래부터 누구와도 친하게 지내지 않았던 쓰구오에게는 만나자고 연락하는 친구는 물론이고, 전화하는 상대조차 없었다. 정월에도 집에서 혼자 떡만 먹고 끝냈다.

그래도 어머니는 매일같이 방문 앞에 식사를 놓아두었다. 진료 시간이 끝나면 서둘러 집으로 돌아와 밥을 차렸고, 분만이 있으면 다시 의원으로 돌아갔다. 모든 걸 혼자 했다.

나이를 생각하면 힘든 일을 혼자 처리하는 어머니에게 미안한 감정이 몰려왔지만, 그렇다고 더 이상 어머니와 대치할 기력도 없었다.

어느 사이엔가 봄이 찾아와 밖에는 벚꽃이 흐드러지게 피고 온갖 생물이 눈을 뜨기 시작했다. 창밖에서는 제비가 둥지를 틀고 새끼들에게 부지런히 먹이를 가져다주었다.

하지만 쓰구오만은 아직도 한겨울이었다.

그즈음에는 이미 구미코도 쓰구오에게 말 한 마디 건네지 않게 되었다.

쓰구오는 흩날리는 벚꽃잎을 바라보며 깨달았다.

─사람은 혼자 태어나 혼자 죽는다. 하지만 살아가는 것도 혼자일까?

─인간은 왜 고독한 걸까?

─나는 온 세상 사람들에게 버림받은 걸까?

쓰구오는 침대 속에서 웅크린 채 울기만 했다.

─여기에도 내가 편히 쉴 곳은 없다. 그냥 어딘가로 가버리고 싶다. 여기만 아니면 어디든, 어디라도……

　　　　　　　은둔형 외톨이 생활에서의 탈출

그러던 어느 날 저녁, 방문을 노크하는 소리가 들렸다.

"잠깐…… 이야기 좀 할 수 있니?"

어머니인 구미코였다. 오랜만에 어머니가 말을 건넸다는 것, 그리고 어딘지 모르게 바뀐 말투에 쓰구오는 순순히 문을 열어 주었다.

여윈 어머니를 보고 쓰구오는 할 말을 잃었다. 창문으로 들이친 석양을 받고 있는 어머니의 얼굴엔 황달기도 있는 것 같아서, 화려함과 위압감을 주던 과거의 모습은 흔적도 없이 사라져 있었다. 자신이 마음고생을 시켜서 그런 거라고 생각하자, 견딜 수가 없었다.

어머니는 쓰구오가 문을 열어 준 데에 기뻐하면서도, 서 있는 게 고작일 만큼 힘없는 목소리로 말했다.

"오네시에 있는 오랜 지인의 클리닉에서 산부인과 의사를 찾는 모양인데…… 거기 원장 만나 보지 않을래?"

―아아, 이제 엄마는 내게 다치바나 산부인과를 물려주는 걸 포기한 건가……

어머니의 제안을 쓰구오는 그렇게 받아들였다. 대학병원을 그런 식으로 그만두고, 동네에서도 소문이 자자한 은둔형 외톨이 아들에게, 대대로 이어 온 의원을 물려주겠다는 생각은 더 이상 하지 못할 것이다.

―이렇게 힘들게만 해 왔어. 그러니 엄마가 말한 클리닉으로 가자.

어머니의 제안을 받고 곧바로 쓰구오는 오네 산부인과의 원장 야나기 유키오와 면담했다. 어머니보다 두 살 연상이라고 들었는데, 매끈하게 혈색 좋은 피부와 포인트로 화사한 색깔을 섞어 넣은 복장 덕분에 나이보다 훨씬 젊게 보였다.

오랜만에 가족 이외의 사람과 만난 쓰구오는 긴장되기는 했지만 야나기 원장이 정중하게 이야기를 들어 주어, 서서히 마음을 열어 갔다. 클리닉의 방침과 근무 조건에 대해 설명하면서, 원장은 온화한 미소를 지으며 쓰구오를 채용하고 싶다고 말했다.

"잘…… 부탁합니다……"

쓰구오가 볼품없이 고개를 숙이자, 원장은 우락부락한 근육이 드러난 팔로 쓰구오의 두 손을 꽉 쥐며 말했다.

"좋았어! 함께 열심히 해 보죠!"

이렇게 쓰구오는 오네 산부인과로 오게 되었다.

고통과 마주하다

"이야기는 들었어요, 다치바나 선생님."

클리닉의 월례 회의, 콘퍼런스가 끝나자마자 ㄷ자 모양으로 놓인 긴 테이블 끝에 앉아 있던 쓰구오에게 시선을 보내며, 오케이가 천천히 말을 꺼냈다. 쓰구오가 스기우라 유코를 진찰하고 쓰러진 다음 날의 일이었다. 원장과 란마루, 에리카, 쓰바키야마, 그리고 많은 스태프의 시선이 동시에 쓰구오에게로 향했다.

―그 일이 모두에게 알려진 건가……

'살인자'라는 욕을 먹으며 전국적인 표적이 되었던 과거가 마침내 클리닉에도 다 알려지고 말았다. 게다가 어제는 환자인 스기우라 유코를 차갑게 대했던 것이다. 자신은 담당에서 제외될 뿐만 아니라 여기에서 쫓겨난다 해도 할 말이 없다…… 원장도 그것만은 피하기 위해 주변 사람들에게 이야기했을 테지만, 쓰구오는 암담한 기분이 들었다.

"정말, 힘들었겠어요……"

—어?

"갑자기 중절 서류 같은 걸 꺼낸 이유를 알았어요. 일방적으로 소리쳐서 미안해요."

미안한 듯 사과하는 오케이에 이어, 스태프들도 모두 뜨겁게 말해 주었다.

"다치바나 님의 심정을 생각하면 제 가슴이 찢기는 것 같사옵니다."

"너무 심했어요!"

"다치바나 선생님은 아무 잘못이 없어요!"

지금까지도 구스노키 유리의 자살은 쓰구오의 책임이 아니라고 말해 주는 사람은 있었다. 하지만 그때와는 뭔가 다르다…… 누구에게도 말할 수 없었던 억울함과 슬픔을 씻어 주는 듯한, 절절한 따뜻함을 느꼈다.

하얀 바탕에 꽃무늬 원피스를 입은 임상심리사 쓰바키야마 미호가 특유의 허스키 보이스로 말하며 미소를 보내 준다.

"우리가 해 줄 수 있는 게 뭐 없을까요?"

―해 줄 수 있는 일……

쓰구오가 어떻게 대답하면 좋을지 알 수 없어서 입을 다물고 있는데, 오케이가 의외의 말을 했다.

"저는 다치바나 선생님이 계속 스기우라 유코 씨를 담당하는 게 좋을 것 같아요."

쓰구오는 자신의 귀를 의심했다.

스기우라 유코를 계속 담당하라고, 자신의 멱살을 움켜쥐었던 오케이가 제안하다니…… 게다가 그것이 쓰구오를 위한 일이 될 수 있다는 건가. 쓰구오는 곤혹스러웠다.

"어……, 하지만 저는……"

"저기, 다치바나 선생님, 트라우마는 말이죠, 혼자 극복할 수 있다고 생각하면 안 돼요."

그 자리에 있던 스태프 모두가 고개를 끄덕이며 쓰구오를 바라보고 있었다.

"다치바나 님은 혼자가 아니옵니다!"

"그래요. 우리가 옆에 있어요!"

"다 같이, 하나가 되어 극복해 가도록 해요."

―스기우라 유코에게 그런 태도를 보인 나를, 이 클리닉

의 사람들은 이렇게 걱정해 주고 있어……

그렇게 생각하자 흑백으로 물들어 있던 눈앞에 하나, 또 하나 색등이 불을 밝히듯 조금씩 마음이 진정되어 가는 것을 쓰구오는 느꼈다.

야나기 원장이 근육으로 빛나는 팔을 꼬며 말했다.

"세상은 혹독해요. 하지만 그 모두가 적도 아니에요. 제일 불안한 게 뭐죠?"

마음의 고통은 치유되기 시작했지만 입 안은 바싹 말라 있었다. 갈라진 목소리로 겨우, 한 마디 했다.

"저, 저는……"

쓰구오는 침을 삼키며 말을 이어 갔다.

"스기우라 씨를 담당하는 게…… 불안……합니다."

쓰구오의 본심이었다. 모두가 자신을 걱정해 주고, 공감해 주며, 함께 극복해 가자고 말해 주어 정말 기뻤다. 하지만 아직은 그 상처와 마주할 자신이 없었다.

"그건, 그러니까……"

다음 말을 차마 꺼내지 못하는 쓰구오의 어깨 위로 야나기 원장이 손을 올리며 계속 말하도록 용기를 주었다.

"우리는 모두 다치바나 선생 편이에요. 여기에서는 어떤

고통과 마주하다

말을 하든 괜찮아요."

"모두 많은 것들을 가슴에 품고 있어요. 그건 여기 있는 모두가 다 경험했어요."

오케이가 말을 이었다.

쓰구오가 고개를 들자, 모두의 따뜻한 미소가 쓰구오를 지켜보듯 에워싸고 있었다.

─모두 많은 것들을 가슴에 품고 있다…… 분명 여기 있는 섹슈얼 마이너리티인 사람들은 나로서는 상상도 하지 못할 경험을 했겠지. 이렇게 마음이 괴로운 건 나 혼자만이 아닌 거야.

"괜찮으면 들려주지 않을래요? 우리가 도울 수 있을지도 모르니까."

쓰구오는 숨을 크게 한 번 내뱉고는, 눈을 내리뜬 채 가슴속에 꼭꼭 채워 두었던 생각을 하나하나 천천히 토해 냈다.

"무, 무서워요…… 혹시나 또 누군가를 상처 입히게 되지나 않을까…… 또…… 그러니까…… 자살하기라도 하면…… 어떡하나……"

"응, 응."

모두가 "그렇죠" 하며 듣고 있다.

"인터넷에서는 정말 심한 말을 많이 봤어요. 저더러 괴물이라고 하기도 했고…… 그런 일이 또 일어날지도 모른다고 생각하면…… 무서워서 견딜 수가…… 없어요."

그렇게 말을 마치고, 쓰구오는 에리카가 건네준 물을 단숨에 비웠다. 턱 하고 물컵을 내려놓자, 오케이가 테이블을 사이에 둔 맞은편에 서서 입을 열었다.

"다치바나 선생님…… 정말 힘들었겠네요……"

쓰구오는 그 말에 번쩍하고 고개를 들었다.

"모치즈키 씨……"

"오케이라고 불러 줘요."

쓰구오가 말을 채 끝마치기도 전에, 오케이가 고개를 저으며 쓰구오의 어깨에 글러브 같은 손바닥을 슬쩍 올렸다.

"우선, 무섭다고 말했어요. 그게 대단한 거예요. 훌륭해요!"

"오케이 씨……"

쓰바키야마가 깊이 있는 쉰 목소리로 말을 이었다.

"상처를 직접 만지지 않으면 상처는 낫지 않아요. 트라우마를 극복하려면 그 안 좋은 기억과 때로는 정면으로 마주할 필요가 있어요."

원장이 엄지손가락을 치켜세운다.

"방금 그 마지막 한 마디를 한 게 의미가 있어요. 완전 좋잖아요!"

오케이가 쓰구오를 바라보았다.

"커밍아웃했다는 거예요, 다치바나 선생님."

"커밍, 아웃……?"

"그래요. 누구에게도 말하지 못한 비밀을 작정하고 이야기하는 것. 그게 커밍아웃이에요."

오케이는 씨익 웃으며, 쓰구오의 어깨를 커다란 두 손으로 툭툭 두드리면서 천천히 모두를 돌아보았다.

"다치바나 선생님이 지금 '무섭다'고 말한 것도 훌륭한 '커밍아웃' 맞죠?"

쓰구오는 퍼뜩 주위를 둘러보았다.

"맞아요. 커밍아웃이라면, 우리 모두 경험한 바 있죠."

"저도, 여자를 좋아한다고 커밍아웃하는 건 용기가 필요했어요."

나도, 저도요, 하고 모두가 말하며 웃었다.

"어찌 됐든 여기는 '언니 산부인과'거든!"

원장이 우락부락한 두 팔을 벌리며 농담처럼 말했다.

"모두 죽고 싶었던 경험 한두 번쯤, 다 있었어요."

"용케 용기를 냈네요, 다치바나 선생!"

"축하해요!"

쓰구오는 모두의 박수에 감싸였다.

"죄송합니다, 여러분…… 아, 아니, 고맙습니다……"

고개를 숙이는 쓰구오에게 오케이가 다시 말을 이었다.

"저기, 알고 있죠? 트라우마에서 도망친 사람이나 아무런 고민도 없는 사람보다, 필사적으로 상처와 마주한 사람이 훨씬 더 강해진다는 거."

"강하다……"

"그렇게 생각하면 우린 행운아 아닌가요?"

"……행운아……라고요?"

"그래요. 인생은 어떻게 생각하느냐가 전부예요. 과거는 변하지 않아요. 하지만 일어난 일에 대한 수용 방식은 바꿀 수 있어요. 과거를 바꾸면 미래도 바뀌죠."

그렇게 말하며 오케이는 쓰구오에게 윙크했다.

원장이 우람한 팔뚝으로 팔짱을 낀다.

"유코 씨는 어떤 상태죠?"

"제가 어제 진찰이 끝나고 찬찬히 이야기를 들었어요. 첫째를 낳고 난 뒤 우울증 증상이 상당히 심했던 것 같아요."

오케이는 쓰구오가 쓰러진 후 빈 진찰실에서 두 시간 동안 유코의 이야기를 들었다. 지금도 완전히 좋아지지는 않왔지만 일에 복귀하고 정신적으로 겨우 안정을 찾았는데 임신을 한 모양이었다.

낳고 싶지 않다며 울던 유코에게 너무 형식적인 태도로 일관한 자신을 떠올리고, 쓰구오는 어쩔 수 없는 자기혐오에 빠졌다.

쓰바키야마가 안경테를 가냘픈 손가락으로 들어 올리며 술술 이야기하기 시작했다.

"지금은 틀림없이 그 괴로움을 두 번 다시 겪고 싶지 않다는 거부반응이 강해서, 아무것도 받아들일 수 없는 심리 상태일 거예요."

"그런 것 같아요. 하지만 제 생각에, 유코 씨는 진심으로 중절수술을 원하는 건 아닌 것 같아요."

"왜 그렇게 생각했죠, 오케이 씨?"

다리를 쩍 벌리고 남자처럼 앉은 란마루가 도발적으로 손가락을 우두둑 꺾었다.

"음, 그건……"

모두가 오케이의 다음 말을 기다렸다.

"여자의…… 감이에요."

허리에 두 손을 얹고 당당하게 말하는 오케이를 보고 란마루는 의자에서 굴러떨어질 뻔했다.

"오케이 씨의 여자의 감이라니! 신빙성 있는 거예요?"

"무슨 뜻이죠, 란마루?"

오케이가 노려보자 란마루는 살짝 움츠러들었다.

오케이의 표정은 매우 진지했다.

"이대로 유코 씨가 중절을 선택한다면, 후회가 남지 않을까 싶어요. 저, 그런 여자들 말을 많이 들었고, 유코 씨도 돌아갈 때 갓난아기를 품에 안은 산모를 아주 따뜻한 시선으로 봤거든요……"

쓰바키야마도 고개를 크게 끄덕였다.

"그래요. 아무튼 지금, 유코 씨가 안고 있는 문제를 이 클리닉 전체에서 케어해 가면, 유코 씨가 자신의 진짜 마음을 깨닫게 될 가능성은 커요."

오케이와 다른 사람들도 서로를 바라보며, 응, 맞아요, 하고 고개를 끄덕였다.

"다치바나 선생, 어때요? 물론 억지로 하라고는 안 해요. 우리 모두 선생에 대해 전면적인 지원을 다할 겁니다."

"함께 해 나가요."

오케이가 원장의 말을 잇자 모두의 시선이 쓰구오에게 집중되었다.

쓰구오는 후읍 숨을 들이마시며 무거운 입을 열었다.

"폐, 폐를 끼치게 될지도 모르겠지만, 잘 부탁드립니다."

"좋아요. 그럼 다시, 모두 함께 스기우라 유코 씨와 다치바나 선생을 돕도록 합시다! 힘내자고라고라!"

원장이 억센 주먹을 높이 들어 올리자 다들 와아, 하고 소리쳤다.

쓰구오는 근무 첫날에 야나기 원장에게서 들은 말을 떠올렸다.

'우리 클리닉 스태프들에게는 사람의 고통에 다가가는 힘이 있다.'

지금 쓰구오는 눈에 보이지 않는 힘을 온몸으로 느끼고 있었다. 태어날 때부터 고민을 안고 살아왔기 때문에 다른 사람에게 친절을 베풀 수 있는 것인지도 모른다. 그리고 쓰구오는 과거를 포함해 자신을 받아 준 사실에 기쁨을 느끼고 있었다.

비로소 쓰구오의 마음은 어둡고 차가운 흙 속에서 그 싹을 틔우기 시작했다. 창밖에는 비 갠 후의 무지개가 얼핏 생겨나 있었다.

잊고 있던 새로운 계절이 바로 거기까지 와 있었다.

남자와 달리 닭튀김은 배신하지 않는다

그다음 주, 쓰구오는 처음으로 오네 산부인과 직원들과 회식을 했다.

원장과 오케이, 란마루, 에리카, 쓰바키야마와 함께 쓰구오는 클리닉에서 걸어서 10분 정도 거리에 있는 직원들의 단골 일본 요리점 '10월의 여주'로 향했다.

창가 자리에서는 정면으로 바다가 펼쳐져, 커플에게도 가족 단위 손님들에게도 인기가 많은 가게였다.

"어서 오세요!"

의인화되어 생긋 웃고 있는 여주°가 그려진 주렴을 지나가자, 형형색색의 신선해 보이는 채소가 잔뜩 쌓인 카운터가 나타났다. 수건을 질끈 동여맨 주인이 혼자 바쁘게 일하고 있었다. 가게 인테리어와는 어울리지 않았지만 기분 좋은 보사노바 음악이 경쾌하게 흐르고 있었다.

"자, 생맥주 마실 분!"

익숙한 말투로 란마루가 주문을 받기 시작하자, 원장 이외의 모두가 손을 들어서 쓰구오도 함께 손을 들었다. 원장은 클리닉 밖에서도 탱크톱 차림이었다.

"원장님은 하이볼이죠?"

"당근이죠. 아무래도 탄수화물은 좀 그러니까."

"란마루 짱, 도미회, 여주와 참치 샐러드, 그리고 닭튀김 3인분 주문해 줘요. 난 2인분이고."

"오케이 씨, 닭튀김 정말 좋아하네요."

"닭튀김은 배신하지 않으니까요~. 남자와 달리."

오케이는 씨익 웃고 난 후 쓸쓸하게 한숨을 내쉬었다.

"그럼 다치바나 선생님을 환영하며!"

마실 것이 나오자 원장이 일어나 다 같이 잔을 들었다.

"위하여!"

○　　영어로는 비터멜론이라고 부르는, 박과의 열대작물.

원장이 신나는 표정으로 잔을 높이 치켜들며 말했다.

"건배!"

모두가 합창하며 잔을 부딪쳤다.

"와! 맛있다!"

원장의 목소리가 한층 크게 울려 퍼진다.

반바지에 가슴이 강조된 타이트한 빨간색 니트 셔츠를 입은 에리카는 단숨에 생맥주 한 잔을 다 비웠다. 호쾌하게 마시는 그 모습을 보고 모두가 환호성을 질렀다.

"푸하, 맛있사옵니다."

그렇게 말하며 에리카는 왼손을 맥주잔 밑바닥에 댔다.

묶었던 머리를 풀고, 펄이 들어간 아이섀도와 화사한 립스틱을 발라 근무 때보다 더욱 섹시하게 보였다.

참돔회가 나오자 오케이가 손뼉을 치며 좋아했다.

"저기, 다치바나 선생님, 아세요? 이 참돔도 트랜스젠더라는 거."

"무, 무슨 말씀이세요……?"

"참돔은 말이죠, 암컷으로 태어나지만 두 살 무렵 대부분 수컷으로 전환됐다가, 성숙해질 즈음엔 수컷과 암컷이 반반씩 돼요."

하고 말하면서 오케이는 참돔을 입에 넣었다.

남자와 달리 닭튀김은 배신하지 않는다

"와…… 처, 처음 들어보는 말인데요."

"앗! 그럼 이 참돔도 나 같은 FTM일 가능성이 있다는 건가요?"

무심코 높아진 목소리를 죽이며, 란마루가 끼어들었다.

"맞아요."

"그렇게 말하니까 왠지 동족상잔의 비극 같아서 못 먹겠는데!"

"당신, 물고기 아니잖아요."

도미를 노려보며 진지하게 망설이는 란마루를 곁눈질하며,

"그래도, 두툼하고 탱탱하십니다."

하고 말하면서, 에리카는 도톰하고 육감적인 입술로 참돔을 덥석 삼키고는, 두 잔째 맥주를 벌컥벌컥 들이켰다.

"정말, 비언은 트랜스의 미묘한 마음을 몰라준다니까요."

란마루는 도미를 괴롭히듯이 젓가락으로 콕콕 찔렀다.

쓰구오도 최근 들어서는 전문용어를 제법 알게 되었다. '비언'은 '레즈비언', '트랜스'는 '트랜스젠더'를 말한다.

쓰구오가 클리닉 밖에서 '언니 산부인과' 멤버들과 시간

을 보내는 것은 처음이었다. 이렇게 한 사람 한 사람을 바라보면, 모자를 비뚜름히 쓰고 승천하는 용이 그려진 헐렁한 검은 티셔츠를 입은 란마루도, 수국이 그려진 롱원피스를 입은 쓰바키야마도 전혀 트랜스젠더로는 보이지 않는다.

트랜스젠더뿐만이 아니다. 외견상으로는 알 수 없는 게이나 레즈비언, 바이섹슈얼도 포함하면 이 세상에는 생각보다 많은 LGBT 사람들이 있을 것이다. 쓰구오는 그런 사람들과는 만난 적이 없다고 생각했지만, 그건 그저, 몰랐을 뿐인 것이다.

섹슈얼 마이너리티에 대한 이해가 깊어지고 있는 쓰구오였지만 한 가지 풀리지 않는 의문이 있었다. 그것은 LGBT 당사자 중 하나인 직원이 뒤에서는 오케이를 싫어한다는 것이었다.

오다 마키라는, 성 정체성을 밝히지 않은 파트타임 간호사는, '게이 탤런트처럼 행동하기 때문'이라고 했다. 하지만 쓰구오는 LGBT 중에서 가장 친근하고 호감을 갖고 보았던 이들이 게이 탤런트였고, 여기 스태프들을 좀 더 일찍 받아들일 수 있었던 것도 그들, 혹은 그녀들의 공헌이 크다고 느꼈다.

하지만 '언니'라고 불리는 존재에 대해, '당사자들이 모

남자와 달리 닭튀김은 배신하지 않는다

두 언니라고 착각하면 곤란하다' '사실을 왜곡하는 존재'라
며 끔찍이 싫어하는 사람들이 있다는 말을 듣고, 쓰구오는
또다시 혼란스러웠다. LGBT가 다양하게 존재하기 때문에
한통속으로 몰아 버리는 것을 극단적으로 싫어하는 사람들
도 있는 것이다.

　─그것 또한 하나의 차별이 아닐까⋯⋯

　쓰구오는 그렇게 생각했지만 결국 당사자 입장이 되지
않으면 모를 일이 너무 많다. 쓰구오는 더 이상 그것에 대해
생각하는 것을 그만두었다.

　쓰구오는 잔에 한 모금 남은 맥주를 마저 비우고, 자신
을 둘러싼 LGBT 당사자들을 새삼 바라보았다.

마음속에 품고 있는 각자의 고민

시작하고 한 시간쯤 지나자 회식 분위기는 최고조에 달했다. 술에 안주에, 수다까지 떠느라 모두 정신이 없었다.

"이 겸손덩어리 같은 달걀구이는, 먹어도, 괜찮띠용～."

원장의 한물간 유행어도 물 만난 고기 같았다.

쓰구오도 나서서 많은 이야기를 한 것은 아니지만 물어보는 말에는 꼬박꼬박 대답하면서 적당한 거리감으로 참여하고 있었다.

한차례 요리가 다 나왔을 무렵, 정면에 앉은 에리카와 란마루의 대화가 자연스럽게 쓰구오의 귀에 들어왔다.

"최근에 들어온 접수처 여성분, 제 타입이옵니다."

"에리카 짱, 마쓰이 씨 같은 호리호리한 사람을 좋아했 잖아요, 나하고는 반대로."

"란마루 님은 가슴 큰 분을 좋아하시옵지요."

"그러니까, 내가 G컵인데, 판자 위에 콩알 붙어 있는 것 같은 여자와 어떻게 사귀겠어요?"

―G, G컵?!

쓰구오의 시선이 반사적으로 란마루의 상반신으로 빨 려 들어갔다. 하지만 그렇게 커 보이지 않았다. 어떻게 된 거지?

"란마루 님은 가슴을 누르는 특수한 셔츠를 입고 계시옵 니다."

쓰구오의 비밀스러운 의문을 눈치챈 에리카가 손을 입 에 대며 속삭였다.

"헉!"

쓰구오가 저도 모르게 마시고 있던 맥주를 뿜을 뻔하자,

"저는 가슴이 작은 게 더 좋사옵니다."

하고 말해서, 이쪽 역시 G컵 이상은 돼 보이는 에리카의 당당한 가슴께로 자연히 눈길이 가고 말았다.

쓰구오가 그것을 눈치채지 못하도록 맥주를 꿀꺽꿀꺽 마시는데, 란마루가 병맥주를 한 손에 들고 따르면서 쓰구

오 옆에 앉았다.

"그나저나 다치바나 선생님, 여기 와서 많이 당황스러우셨죠?"

"아, 네…… 뭐, 처음엔……"

쓰구오가 실례가 되지 않도록 말을 고르고 있는데, 테이블 안쪽에서 원장이 말을 건넸다.

"이봐, 란 짱, 빈 접시 하나만 갖다줘요~."

"앗, 원장님! 그런 식으로 부르면 죽여 버린다고 했을 텐데요!"

그렇게 말하자마자 원장에게 달려가선 B급 레슬러처럼 날개 꺾기에 들어갔다.

"죽어라, 죽어!"

"미안, 미안! 좀 풀어 줘요."

뒤엉킨 원장과 란마루를 곁눈질하면서 에리카가 쿡 하고 웃었다.

"란마루 씨는 란 짱이라고 본명을 부르는 걸 싫어하시옵니다."

─그렇군. 트랜스젠더 사람들은 이름도 바꾸나……

"그럼 오케이 씨도요……?"

쓰구오가 묻자, 에리카가 호기심 어린 눈을 반짝이며 몸을 앞으로 내밀었다.

"아시옵니까, 오케이 님의 본명을?"

"맞다! 다치바나 선생, 예전에 오케이 씨와 같이 일했죠? 그때 이름은 뭐였어요?"

란마루가 원장의 목을 조르면서 돌아보았다.

"아니…… 저는……"

쓰구오가 어찌할 바를 모르고 있자, 그 대화를 들은 오케이가,

"말하지 마요!"

하고 천둥 같은 목소리로 외치며 달려왔다.

"다치바나 선생, 알겠죠? 절대 그건 입 밖에 내면 안 돼요! 나는 모치즈키 케이, 오케이예요. 알았죠?"

"아, 알겠습니다…… 죄송해요……, 저기, 오케이 씨…… 저, 생각나지 않아요, 이름……"

쓰구오가 겨우 그렇게 달래자, 오케이는,

"다행이다~."

하고 내뱉으며, 비실비실 의자에 쓰러졌다.

그리고 다시 곧바로 일어서더니, 눈에 가득 힘을 주고 쓰구오를 내려다보았다.

"다치바나 선생, 혹시 생각나더라도 말하면 안 돼요! 알

겠죠? 내가 남자였을 때 이름은 죽어서 무덤까지 가지고 가세요!"

"아, 네……"

쓰구오는 오케이와 마주 보다가, 함께 쿡 하고 웃었다.

누군가와 눈을 마주 보며 미소 짓는 것은 쓰구오에게 참으로 오랜만이었다.

그 모습을 눈을 가늘게 뜬 채 바라보고 있던 쓰바키야마가 명품 가죽가방을 들고 슬쩍 일어섰다.

"죄송해요, 저 먼저 실례할게요."

"아이가 기다리고 있거든."

원장이 배웅하려고 일어섰다. 쓰바키야마는 모두에게 인사하고, 종종걸음으로 돌아갔다. 찰랑찰랑하고 긴 머리가 나부끼는 뒷모습을 바라보며 쓰구오는 문득 생각했다.

─응? 아이라고? 쓰바키야마 씨는 '공사'한 전 남성일 텐데……

쓰구오가 의문스럽게 생각하고 있는데, 원장이 마치 영화 같은 이야기를 들려주기 시작했다.

"쓰바키야마는 말이죠, 호적상으로도 여성이 된 후 아이가 있는 남성과 결혼했어요. 그래서 지금은 한 아이의 엄마죠."

　　　　　　　　마음속에 품고 있는 각자의 고민

쓰구오의 눈이 동그래졌다. 제도상으로는 가능한 일일 것이다. 하지만 같은 직장에 그런 사람이 있었다니…… 대체 어떤 남편이고, 어떤 아이며, 어떤 가정생활을 꾸리고 있을까. 머릿속에 수많은 의문부호들이 떠올랐다.

"가정과 육아 문제 때문에 회식 자리에도 거의 참석하지 못해요."

"쓰바키야마는 늘 '100퍼센트 여자'로, 아내로, 어머니로 살려고 애쓰고 있어요."

"그런 점에서 오케이 씨는 '여자가 되고 있는' 느낌은 안 들죠?"

란마루의 말에, 오케이는 그릇에 남은 닭튀김을 입에 쏙 넣으며 말했다.

"음, 확실히 저는 말이죠, 저를 '100퍼센트 여자'라고는 생각하지 않아요…… 물론 마음은 여자지만 덩치가 이러다 보니, 남자로 태어난 시점에서 '남자 이상, 여자 미만', 아무래도 그런 열등감이 있거든요……"

"그 마음, 나도 알아요……"

"저 자신에게는 분명, 평생 끝나지 않을 질문과 대답일 거예요……"

몸과 마음의 성이 다르게 태어난 괴로움과, 사랑의 대상이 이성이 아니라는 것에 대한 번민…… '보통'임을 자부하는 사람은 의식조차 못 할 고난을, 모두 어려서부터 겪어 왔다고 생각하자 쓰구오의 마음에 슬픔이 번졌다.

마음속에 품고 있는 각자의 고민

누구에게도 말 못 할 비밀

고개를 숙이고 있는 쓰구오의 잔에 에리카가 두 손으로 맥주를 따라 주었다.

"다치바나 님은 늘 조용히 계시옵니다."

"아, 그런가요…… 죄송합니다."

"또, 사과하시네요. 호호호호호!"

에리카는 상대방의 눈을 지그시 바라보며 이야기해서, 쓰구오는 자신도 모르게 시선을 돌리고 만다.

"아니…… 실은 저, 다른 사람과 이야기하는 게 서툴러서…… 옛날부터요."

"그러시옵니까? 편하게 말씀하시면 정말 멋지실 것 같

은데."

'멋지다'는 익숙지 않은 말에 창피해진 쓰구오는 화제를 바꾸려 했다. 취기를 빌려 에리카에게 물어보고 싶은 게 있었던 것이다.

"저기, 실례인 줄 알지만 묻고 싶은 게 있는데요."

"무엇이옵니까?"

"에리카 씨는, 저기…… 레즈비언, 이잖아요?"

"아, 네……"

에리카는 의아해하며 대답했다.

"저기, 몇 살쯤부터 그런 걸 생각하게 됐나 해서…… 아, 저기, 실례됐다면 죄송해요. 저, 지금까지 레즈비언인 사람을 만나 본 적이 없어서, 좀 더 이해하고 싶어서……"

"아뇨, 아뇨, 기꺼이 말씀드리겠사옵니다."

에리카는 의자에 바르게 앉고 머리를 뒤로 쓸어 올리면서 이야기하기 시작했다.

"제가 여자에게 반한다는 걸 깨닫게 된 것은 유치원 때였사옵니다."

"유치원이오? 그렇게 일찍요?"

쓰구오는 숨을 삼키는 것과 동시에 솔직히 다시 물었다.

"네. 하지만 오랫동안 계속 남자분을 좋아할 수 없었던 저는 인간적으로 미숙한 게 아닌가 생각했사옵니다."

"그랬군요……"

"좀 더 커서는 '레즈 같다'느니 '기분 나쁘다'느니 하는 주변 사람들의 말에 상처받아, 남자분에게 흥미를 갖도록 좀 더 성장해야만 한다고 저 자신을 책망했사옵니다……"

그렇게 말하며 보기 좋은 입술을 꼭 깨물고는 시선을 테이블로 떨구었다. 그러다가 훌쩍 고개를 들고 쓰구오에게 미소를 지어 보였다.

"그게 변한 게, 고등학생 때 유학 간 캐나다 밴쿠버에서였사옵니다. 거리에서 여성들끼리 당당히 손을 잡고 있는 모습을 보고, 저도 모르게 눈물이 났사옵니다. 여기에서는 더 이상 거짓말을 하지 않아도 된다고……"

에리카는 그 당시 생각이 났는지 눈을 빛냈다.

"다만 아직 아버님과 어머님께는 이해를 구하지 못했사옵니다. 여성은 남성과 결혼해서 자식을 낳고 기르는 게 최고 행복이라고 생각하시옵니다. 물론 그것을 부정하지는 않사옵니다. 하지만 저는 아무리 애를 써도 그게 불가능하옵니다."

에리카는 고개를 살짝 갸웃거리며 답답한 듯 눈을 감았

다.

"그러고 보니" 하며 눈을 다시 뜬 에리카는, "저도 다치바나 님께 여쭤보고 싶은 게 있사옵니다" 하고 입을 가리면서 장어튀김을 꿀꺽 삼켰다.

"클리닉에 오신 첫날, 분만 중에 다치바나 님은 이상한 말씀을 하셨사옵니다만……?"

—어……? 설마, 그거……

생각지도 못한 질문에 쓰구오는 자신도 모르게 몸을 움츠렸다.

"앗? 뭔데, 뭔데?"

더욱 곤란하게 란마루까지 끼어들었다.

"처음 보는 임부님이었는데, '원기 왕성한 남자아이네' 하고……"

분만실에 서핑보드를 가지고 들어온 그 부부의 태아 목소리를 들었을 때였다. 심박수가 떨어져 걱정했는데, 건강한 것 같아서 자신도 모르게 말을 하고 말았던 것이다. 역시, 에리카가 들었구나……

"어떻게 배 속 아기님이 남자라고 생각하셨사옵니까?"

"어, 그, 그건……"

대답에 쩔쩔매는 쓰구오를 보고,

"뭐예요, 당신, 영감이라도 있는 거예요?"

다시 오케이까지 그렇게 물어보는 바람에 쓰구오는 재빨리 대답했다.

"아, 아니에요. 에리카 씨가, 자, 잘못 들은 거 아닌가요?"

"그렇사옵니까……?"

더 이상 이야기하고 싶지 않은 분위기를 눈치챈 건지, 에리카가 선뜻 물러나 줘서 무사히 지나갔다.

쓰구오는 방망이질 치는 가슴을 억누르려는 듯 혼자 맥주를 벌컥 마셨다.

쓰구오는 '태아의 목소리를 들을 수 있다'는 사실을 누구에게도 밝히고 싶은 마음이 없었다. 쓰구오는 '보통 사람'으로 있고 싶었던 것이다.

그것은 매화꽃이 다 질 무렵인 3월. 초등학교에 들어가기 얼마 전의 일이었다.

어머니의 의원 대기실에 가니, 임부의 배 속에서 수많은 목소리가 들려왔다.

"건강한 남자아이예요."

"여자아이가 빨리 엄마를 만나고 싶대요."

들리는 목소리를 그대로 전해 주자, 임부들은 몹시 기뻐했다. 이 아이 대단하네, 하며 모두가 쓰구오를 칭찬했다.

어머니인 구미코에게 칭찬받아 본 적이 없었던 쓰구오는 너무 기쁜 나머지 어린 마음에 의기양양했다. 그리고 들려온 목소리를 매번 임부들에게 전하게 되었다. 자신이 임부들을 기쁘게 해 주었다고, 어머니에게 칭찬받을지 모른다…… 그런 단순한 바람도 있었다.

하지만 언젠가 —

"배 속의 아기, 이제 없어요."

한 임부에게 그렇게 말하고 나서부터 사태는 완전히 달라졌다. 그 직후의 진찰을 통해 태아의 심폐가 정지했고, 배 속에서 사망했다는 사실을 알게 되었던 것이다.

그 후로 다른 임부들도 손바닥 뒤집듯 '불길하다' '기분 나쁘다'며 자신을 피했다.

어머니는 그 말을 듣고 쓰구오에게 차갑게 말했다.

"더 이상 쓸데없는 소리 하지 마. 알겠니?"

어머니를 화나게 만들었다. 미치도록 사랑을 갈구했던 상대를 실망시켰다는 사실에 어린 쓰구오는 한없이 슬픈 기분이 들었다.

그 이후, 태아의 목소리가 들린다는 것을 쓰구오는 숨기며 살아왔다.

이야기해도 믿어 주지 않을 거라는 마음도 있었다. 하지만 그 이상으로, 쓰구오에게는 어머니에게 혼났던 때의 그 슬픔이 되살아날 것 같아서, 다시는 파헤치고 싶지 않은 기억으로 결정지어 버린 것이었다.

거기까지 떠올리다가 문득 쓰구오는 생각했다.

어쩌면 자신도 '언니 산부인과'의 스태프들처럼, 커밍아웃할 수 없는 '마이너리티의 고민'을 품고 살아온 게 아닐까. 다만, 여기 스태프들은 있는 그대로의 자신을 오픈하고 살아가는 방법을 이미 찾았다. 자신에게도 그런 미래가 찾아올까……

새로운 한 걸음

"다치바나 선생, 오케이 목장?"

생각에 잠긴 사이에, 원장이 뭔가 물어본 모양이었다.

"아…… 죄송합니다. 뭐라고 하셨나요?"

"자, 다치바나 선생, 아카펠라 동아리에 가입 결정~!"

"어, 앗, 아카펠라요?"

이 클리닉에 오고 나서 수없이 들었던, 분만 후에 부르는 〈해피 버스데이 투 유〉 같은 그런 것이라고 쓰구오는 추측했다.

―노래라……

사실 쓰구오는 노래를 좋아했다. 예전 직장에 다닐 때는 자주 혼자 노래방에 갈 정도였다. 그 사건이 있고 나서 가지 않게 되었지만, 노래 부르는 것은 쓰구오에게 스트레스 해소 방법이기도 했다.

─혼자 사는 집으로 돌아가 봤자 별로 할 일도 없고, 이 사람들하고 같이 있으면 마음도 풀리는 것 같아. 술 마신 김에, 그냥 들어가 볼까······

"다치바나 선생, 아카펠라는 말이에요, 서로의 소리를 합쳐 하모니를 만들어 내는 게 재미있어요. 주위 목소리에 귀를 기울이면서 각자의 개성을 살리는 거죠. 그건 '언니 산부인과'의 이념과도 통하고요."

─다양한 사람들이 서로 협력해서 하나의 하모니를 만들어 낸다······

"무엇보다 즐거워요. 다 같이 노래하면."

─즐거움이라. 오랫동안 그런 기분도 잊고 살았지.

"머릿속이 즐거워야 행복도 찾아오는 법. 다치바나 선생, 같이하지 않을래요?"

열심히 권유하는 원장에게 쓰구오는 고개를 끄덕였다.

"네. 저, 들어갈게요. 잘 부탁합니다."

쓰구오가 새삼스레 인사를 하자, 모두가 "됐다!" 하며 환호성을 질렀다.

"다치바나 선생님, 혹독하게 훈련시킬 거니까 각오해요!"

"아, 네!"

"훈련받아야 할 사람은 절망적인 음치인 오케이 씨 아닌가요?"

란마루의 지적에 오케이가 뾰로통해진다.

"뭐예요, 저도 할 땐 하는 사람이라고요!"

"좋아요! 그럼 다시 한번 건배할까요?"

원장이 의기양양하게 잔을 치켜들자, 모두가 일어섰다.

"그럼! 위하여!"

"건배!"

첫 건배 이상으로 기운 찬 목소리가 가게 안에 울려 퍼졌다. 쓰구오도 어느샌가 자연스러운 웃음을 짓고 있었다.

회식이 끝나고 쓰구오는 모두와 헤어진 후, 혼자 해변으로 내려갔다.

밤의 바닷바람이 상기된 볼을 부드럽게 어루만져 준다. 물러갔다가는 몰려오고, 몰려왔다가는 물러가는 파도 소리. 거대한 생명의 리듬에 쓰구오의 마음은 흥분해 있었다.

―이런 기분으로 술을 마신 게 얼마 만일까.

구스노키 유리 일이 생기고 나서 대략 10개월이 지났다.

쓰구오의 머릿속에 '열 달'이라는 말이 불현듯 떠올랐다. 10개월. 사람이 어머니의 배 속에서 자라다가 태어나기까지의 일수를 옛날부터 이렇게 표현하는 경우가 많다.

이제 두 번 다시 예전의 자신으로는 돌아갈 수 없다. 그동안에는 그 사실이 괴로웠다.

하지만 쓰구오는 지금 고독으로 몸부림치던 어둠 속에서 나와, 새로운 한 걸음을 내딛기 시작했다.

―나도 열 달이 지나 새롭게 다시 태어났다고 생각하면 되려나.

밤하늘을 올려다보자 보름달이 환히 비추고 있었다.

문득 정신 차리고 보니 쓰구오는 열 달 만에 콧노래를 흥얼거리고 있었다.

어머니의 갑작스러운 전화

날마다 강렬해지는 햇살이 본격적인 여름이 가까웠음을 알려 주고 있었다. 클리닉 정원에 화려하게 피어 있던 수국은 서서히 퇴색하고, 주인공이 달리아와 도라지 등으로 옮겨 가기 시작했다.

스태프들과도 점점 친해져 쓰구오의 '언니 산부인과'에서의 나날은 순조로웠다. 적은 말수는 변함없었지만 쓰구오의 그런 성격을 모두가 이해하여, 적당히 골리면서도 적당히 방치해 주고 있었다. 이제 클리닉 어디에 있어도 불편함은 느끼지 않았다.

아카펠라 동아리 연습에도 참여하기 시작했다. 쓰구오

가 베이스를 맡자 하모니가 이전보다 더 좋아졌다고, 원장을 비롯한 멤버 모두가 기뻐했다.

한편 쓰구오와 같은 베이스인 오케이는 좀처럼 음정을 잡지 못했다. 쓰구오는 끈질기게 오케이의 연습을 도왔다.

"아잉, 대체 왜 전 노래만은 안 되는 걸까요~?"

"그래도 오케이 씨, 음이 정확해진 부분도 있어요. 레, 같은 거요."

"정말요? 그런데 너무 연습하면 너스콜이 울려요. '어디선가 이상한 신음 소리가 들려요' 하고!"

"이익, 란마루~! 팔에 난 털, 몽땅 뽑히고 싶으세요!"

다 함께 웃음을 터뜨리며, 쓰구오는 학창시절의 동아리 활동 같은 즐거움을 떠올렸다.

그런 어느 날, 근무를 마친 저녁 무렵. 갑자기 생각이 나, 쓰구오는 클리닉에서 걸어갈 수 있는 해안으로 향했다.

비가 갠 후의 바다는 짠 내가 더 강했다. 평소에는 온갖 사람들로 시끌벅적한 해변에는 혼자 서 있는 여성과 사이 좋게 저녁 바람을 즐기는 노부부뿐이었다.

수평선으로 가라앉는 석양 속으로, 춤추듯 흔들리는 갈매기의 실루엣이 나타났다. 그 모습에 시선을 빼앗기고 있는데 쓰구오의 휴대전화가 울렸다.

쓰구오의 어머니, 구미코에게서 온 것이었다.

오네로 이사 온 뒤 부모님에게는 한 번도 연락하지 않았다. 전화를 받을까 망설이다가, 숨을 크게 들이마시며 호흡을 가다듬은 다음, 착신 버튼을 눌렀다.

"여보세요······"

"······아, 쓰구오? ······잘 지냈니?"

"응······ 미안해요, 전혀 연락 못 해서."

"전화 정도는 걸어 줄 줄 알았는데."

"조금 정신이 없어서······"

그리운 어머니의 목소리는 어딘지 모르게 피곤한 듯 들렸다.

"오늘, 네 생일이잖아."

쓰구오는 깜짝 놀라 바다를 바라보았다.

까맣게 잊고 있었다. 6월 24일은 쓰구오의 서른세 번째 생일이었다. 하지만 지금까지 어머니가 생일이라고 전화를 걸어 온 적이 있었던가. 어머니의 의도를 몰라 우물거리고 있는데,

"잘하고 있니?"

하고, 평소의 고압적인 어머니 말투로 돌아왔다.

"으, 응……"

쓰구오는 감정이 흔들리지 않도록 짧게 대답했다.

"야나기 씨에게 폐만 끼치고 있는 건 아니겠지?"

"……응, 아니에요……"

쓰구오는 예전의 어머니를 떠올리며, 다시 상처받을까 봐 두려웠다.

"그럼…… 미안. 이제 야근하러 가야 해서."

이유를 갖다 붙이며 대충 전화를 끊으려는데, 어머니가 제지했다.

"쓰구오? 쓰구오?"

자신이 알던 어머니와는 다른, 애원하는 듯한 말투에 못 이겨 쓰구오는 손길을 멈췄다.

"……왜?"

"응……, 왠지 오늘 말이야, 널 낳았을 때가 생각났어."

"어? 나를…… 낳았을 때?"

생각해 보면 어머니로부터, 자신을 낳았을 때의 이야기는 들어 본 적이 없었다. 쓰구오가 물어본 적도 없었다.

"갑자기…… 그때가 그리워져서……"

처음 듣는, 너무도 기운 없는 어머니의 목소리에 쓰구오는 위화감을 느꼈지만, 그 순간 지금까지 줄곧 가슴속에 품어 온 생각도 다시 떠올랐다.

　─엄마……, 날 임신한 걸 알았을 때, 어떤 기분이었어?

　─내가 태어나서, 기뻤어?

　─엄마한테서 태어난 게 나여서 좋았어?

　그런데 이어진 어머니의 말에 쓰구오는 곧바로 다시 현실로 돌아왔다.

　"이번에, 새 닥터를 고용하기로 했어."

　"아, 닥터……"

　"이제 나도, 나이가 나이인지라……"

　─엄마 의원을 물려받는 건 내가 아니었나……

　마침내 어머니는 나를 포기하고, 다른 의사에게 다치바나 산부인과를 맡기기로 정식 결정한 것이다. 오네 산부인과에 들어가라고 제안한 시점에서 각오하고 있었지만, 그래도 어머니가 자신을 기다려 주지 않을까 내심 기대하기도 했다. 하지만 이미 오래전에 어머니는 자신을 포기한 것이다.

　바닷바람에 흔들리며 밀물이 시작된 파도가 바위에 부딪힌다. 철썩하고 둔탁한 소리와 함께 물보라가 산산이 부서졌다.

　"그럼, 그런 줄 알고 있어. 또 전화할게. 일 잘하고."

"응……"

쓰구오는 떨리는 손으로 전화를 끊었다. 아무런 기대도
하지 않았으면 좋았을걸. 실망과 함께 가슴속에서 화가 치
밀었다.

역시 이제는, 더 이상 어머니와 이야기할 마음이 없다.
비로소 오네에서 새로운 생활이 시작되었고, 웃음과 노래,
사람다움을 되찾기 시작했다. 어머니와는 한동안 거리를
두자. 그것이 쓰구오가 할 수 있는 유일한 저항이었다.

그 후로 몇 개월 동안, 어머니의 부재중 전화에 쓰구오
가 연락하는 일은 없었다.

19세의 '대박' 임부가 찾아왔다

해바라기가 태양을 향해 잔뜩 기지개를 켜기 시작할 무렵, 스기우라 유코의 검진일이 찾아왔다. 첫아이 때의 '산후 우울증'을 더 이상 경험하고 싶지 않다며 돌아갔던 유코는, 계속 임신 중이라면 16주가 되었을 것이다.

하지만 유코는 예약 시간에 나타나지 않았다.

냉정하게 대했던 자신에게 불신감을 품게 된 건지, 아니면 어딘가 다른 산부인과에서 이미 중절수술을 받은 것인지 알 수 없었다.

"제가 한번 전화해 볼까요?"

오케이가 쓰바키야마에게 말했다.

"음, 글쎄요. 조금 더 믿고 기다려 보지 않을래요?"

"그럼, 그러죠……"

쓰구오는 자기 책임인 것 같아서 마음이 아팠다. 모두가 저렇게, 유코가 무사히 출산하도록 도와주려고 하는데. 유코를 담당하게 하여 쓰구오 자신의 트라우마도 극복해 보자는 제안까지 해 주었는데. 역시 또 돌이킬 수 없는 실수를 하고 만 것일까.

마음에 박힌 가시가 뽑히지 않은 채 하루하루가 지나가고 있었다.

생각해 보면, 과거의 쓰구오는 임부 한 사람 한 사람의 사정을 들여다본 적은 한 번도 없었다. 짧은 진료 시간에 수십 명이나 진찰해야 하는 경우도 있었기에 환자와는 몸 상태와 태아의 발육 상태에 대한 대화 정도가 전부. 각각의 임부가 어떤 마음으로 출산에 임하는지, 그런 것은 알 기회도 없었고 의사로서 거기까지 알 필요도 느끼지 못했다.

—나는 너무 무관심했는지도 몰라……

환자를 벨트컨베이어에 싣고 운반해 오는 상품처럼 취급했던 것이 쓰구오로서는 갑자기 공허하게 여겨졌다.

—오케이 씨들처럼 마음에 다가가는 일은 정말 못 할 것

같아. 하지만 '관심을 갖는' 정도라면 예전보다 훨씬 잘할 수 있을 것 같은데……

그런 생각을 하면서 쓰구오는 오케이로부터 다음 환자의 문진표를 건네받았다.

이바라키 하루카, 19세.

"배는 상당히 불렀지만 초진이에요. 흔히 말하는 '미검진 임부'라는 거죠."

오케이의 이야기를 듣자마자 쓰구오의 안색이 어두워졌다.

정신적, 경제적인 이유 등으로 임부 검진을 받지 않는 임부가 있다. 하지만 이유를 불문하고 미검진은 정말 위험한 행위다. 모체와 태아 발육의 관리가 충분히 시행되지 않아서, 엄마와 아이에게 이상 사태가 발생했을 때 대처가 늦을 가능성이 있다.

"이런 환자분은 좀 더 큰 병원으로 가야 하는 것 아닌가요?"

"'환자에게 다가간다'는 방침을 유지하고 있기 때문에 우리는 약간의 위험부담은 떠안아야 해요. 물론 정말 위험하다고 판단되면 오네 시립병원으로 보내지만요."

19세의 '대박' 임부가 찾아왔다

"그렇군요……"

오케이는 쓰구오의 떨떠름한 표정을 보고 등짝을 퍽 하고 때렸다.

"다치바나 선생님, 무슨 말을 하고 싶은지는 알지만 이럴 때는 고압적인 시선으로 바라보면 안 돼요. 여자에게는 여러 가지 이유도, 사정도 있는 법이니까요. 무슨 이야기를 하는지 잘 들어 주세요."

"……알겠습니다."

쓰구오는 마이크로 이름을 불렀다.

"이바라키 하루카 씨, 1번으로 들어오세요."

맨발에 얇은 샌들을 신고 타닥타닥 들어온 임부는 머리를 노란색으로 염색한, 눈빛이 날카로워 보이는 여성이었다. 나른하게 툭 튀어나온 배는 금방이라도 아기를 낳을 것처럼 컸다.

함께 들어온 젊은 남자는 아기 아버지일까. 땀에 젖은 피부는 까무잡잡했고, 컬러 콘택트렌즈를 낀 눈은 어딘지 모르게 도발적이었다.

두 사람 모두 긴장했는지, 표정이 딱딱했다. 하지만 쓰구오 옆에 선 오케이의 체구를 보더니, 날카로웠던 눈이 휘둥그레졌다. 그걸 눈치챈 오케이가 지체 없이,

"안녕하세요~. 저는 조산사 모치즈키입니다. 오케이라고 불러 주세요~. 보시는 바와 같이 언니랍니다~."

하고 두 손의 집게손가락을 뺨에 대고 포즈를 취했다.

"대박!"

"대박이다, 대박이야, 대박, 대박!"

두 사람이 동시에 웃음을 터뜨렸다.

'대박'이란 말은 요즘 젊은이들 사이에서는 칭찬의 말로도 쓰이는 모양이었다.

오케이가 미소를 지으며 "남편분은 이리 앉아 주세요" 하고 의자를 가리키자, 남자는 참기 힘든지 여전히 웃음을 띤 채 의자에 털썩 앉았다.

"어디 보죠…… 지금까지 다른 산부인과에 가 본 적은 있나요?"

"없는데요."

"한 번도요?"

알고는 있었지만 이렇게 물은 건, 쓰구오의 마음 어딘가에 정신 차리라고 한 마디 해 주고 싶은 심정이 들었기 때문일 것이다.

"빨리 가 보라고, 말은 많이 했는디……"

이야기를 시작하자 남자는 사투리가 심했다. 도호쿠, 아니 기타간토인가. 자꾸 끼어드는 남자를 하루카가 힐끗 쳐다보며 소리쳤다.

"조용히 혀."

하루카는 고개를 숙이고 화난 표정을 지었다.

쓰구오가 왜 지금까지 검진을 받지 않았는지, 미검진의 위험성에 대해 확실히 말해 둬야 하지 않을까 망설이고 있는데, 오케이가 밝은 말투로 하루카에게 말했다.

"산부인과는 좀처럼 오기가 힘들죠? 저도 다른 산부인과에는 가기 싫더라고요～. 뭐, 당신과 이유는 다르지만요."

그 익살맞은 표정에 하루카가 웃음을 터뜨렸다.

"이 사람, 대박!"

오케이는 씨익 웃으며 말을 이었다.

"우리가 할 수 있는 일이 있으면 좋겠는데…… 뭔가, 사정이 있었나요?"

하루카가 안심한 듯 오케이를 올려다보았다.

"음…… 뭐……"

"그래요, 좋아요. 그럼 우선 아기 상태를 볼까요? 이리 누워 주세요."

오케이의 도움을 받아 하루카가 진찰대 위에 누웠다. 땀으로 피부에 달라붙은 티셔츠를 올리자 커다란 배가 나왔다. 쓰구오가 젤을 바르고 프로브를 배에 대자 초음파 검사 화면에 갓난아기의 모습이 나타났다.

처음에는 잘 모르겠다는 듯 바라보던 두 사람이었지만, 깜박깜박 점멸하는 심장이 비치자, 어린 아빠가 독특한 억양으로 소리쳤다.

"와! 대박, 대박, 대박!"

"갓난아기의 모습이 보일 거예요. 이게 손이고, 얼굴…… 여기가 등뼈고……"

하루카도 처음 보는 자신의 아기 모습을 들여다보고 있었다.

"이게 내 새끼여?"

"그려, 네 새끼쟤. 뭘 의심허는 겨."

"의심 안 혀. 감동하는 겨."

"암튼, 후끈 달아오르는구먼."

말투는 거칠었지만, 하루카와 남자는 서로를 바라보며 미소를 짓고 있었다. 나름대로 사이좋은 커플 같았다.

그때, 쓰구오의 귀가 희미한 태아의 목소리를 포착했다.

(나…… 걱정돼……)

또렷하지 않은 여자아이의 목소리였다.

(엄마는…… 자신이 없다는데……)

자신이 없다…… 확실히 나이로 보아 엄마가 되기에는 너무 어리다. 아빠도 마찬가지일 것이다. 엄마가 된다는 자각도 없었으니 검진조차 받지 않았다는 건가.

이어서 남자를 진찰실에 남기고, 하루카만 옆방 내진실로 옮겼다.

자궁 입구의 상태를 확인하려다가 자신도 모르게 손을 멈췄다. 하루카의 허벅지 안쪽에 새빨간 장미와 함께 문신이 새겨져 있었다.

'히로시 메이'

—이런 곳에 이상한 걸 새겨 놓았네……

쓰구오가 무심코 돌아보자, 오케이는 웃음을 참고 있었다.

내진에서도 별다른 이상은 없었다. 미검진 상태여서 걱정스러운 점은 많았지만 다행히 아기는 건강했다. 그래도 여자아이의 목소리는 불안해 보였다.

(걱정돼…… 엄마, 괜찮을까……)

진찰실로 돌아오자 남자가 안절부절못하며 기다리고
있었다.

"어, 어쩌요?"

"진찰한 바로는 별문제 없습니다."

쓰구오의 말에 남자의 날카롭던 눈이 가느다란 초승달
모양으로 바뀌었다. 웃으니 얼굴에 아직 어린 티가 남아 있
었다.

돌아온 하루카에게도 결과를 설명했다.

"마지막 생리로 계산하면 오늘로 임신 36주 4일 차, 예
정일은 8월 7일입니다. 초음파 검진으로 본 아기 크기와 거
의 일치하니까, 날짜는 틀림없을 겁니다. 이제 임신 10개월
이니 출산이 머지않았습니다."

"잘됐네요, 히로시 씨!"

오케이가 기뻐서 소리치려는데,

"앗, 저기……"

남자가 허둥댔다.

"그런 곳에 자기 이름을 새겨 놓다니! 엉큼하게!"

오케이가 장난치듯 찰싹하고 등짝을 때리자, 하루카가

큰 입을 더욱 크게 벌리며 웃었다.

"이 사람, 히로시 아녀요."

"어…… 무슨 말이에요?"

"히로시는 전전전 남친."

생각지도 못한 대답에 쓰구오와 오케이는 보기 드물게 합창하듯 "네?" 하고 소리쳤다.

"난, 다쿠야라고 혀요."

연인의 이름을 몸에 함부로 새기면 결국 이런 사태가 될 수도 있다는 걸, 이 젊은이는 생각하지 못했을까.

"어머나, 죄송해요~."

오케이가 두 손을 입에 갖다 대면서, 고개를 꾸벅 숙였다.

"그게, 지우고는 싶었는디……"

"무리여! 허벅지는 지우기 힘들어."

"……그렇다네요."

다쿠야가 어깨를 으쓱였다. 그러자 하루카가 좋은 생각이 있다는 듯 말했다.

"그래! 아이 이름을 '히로시'로 하믄 딱 맞겠는디?"

"말도 안 돼! 옛날 남자 이름을 우리 아이헌티 붙여 주자고?"

"그럼 '마'를 살짝 붙여서, '히로시마'로 허든가……"

"이상혀. '히로시마'가 뭔 이름이여. '이바라키 히로시마' 가 되는디! 게다가 난 도치기 출신이고 넌 사이타마 출신이 잖여! 완전 뒤죽박죽이여!"

하루카와 다쿠야는 만담을 주고받듯 즐겁게 이야기했 다. 검진을 받지 않은 건 결코 칭찬할 일은 아니지만 사이가 좋아 보이는 두 사람을 보고 쓰구오는 다소 안심했다. 오케 이가 말한 것처럼 미검진에도 뭔가 이유가 있을지 모른다.

미검진 이유

쓰구오가 그런 생각을 하고 있는데, 다시 미약한 여자아이의 목소리가 머릿속으로 흘러 들어왔다.

(엄마는, 나를 어떻게 키우면 좋을지, 모르겠다고……)

(그렇구나. 하지만 엄마는 아직 어려서, 당황하고 있는 건지도 몰라.)

(키워 주지 못할 거면…… 나, 태어나지 말아야 할까?)

―어? 안 태어나겠다고?

스스로 사산死産하겠다는 건가? 설마, 자신의 생사마저 태아가 직접 결정할 수 있다는 말인가? 말도 안 된다고 생각하면서도, 쓰구오는 당황하여 대답했다.

(그런 말 하지 마. 지금 엄마와 이야기해 볼게.)

말은 그렇게 했지만, 뭐라고 물어보면 좋을지 막막했다.

"저기…… 출산과 관련해서, 뭔가 걱정되는 게 있으면…… 뭐든 괜찮으니까 물어보세요."

가까스로 말했다.

오케이가 쌍까풀눈을 휘둥그레 뜨며 쓰구오를 바라보았다. 쓰구오가 이런 식으로 환자에게 말을 건 적은 지금까지 한 번도 없었던 것이다.

하루카는, 음…… 하고 노려보듯 눈썹을 모으며 생각에 잠겼다가, 작게 중얼거렸다.

"그게, 엄마는…… 뭘 어떻게 하면 되는지 전혀 알지를 못혀서……"

"얘는 부모가 없었으니께요. 아동보육시설에서 자랐거든요."

미검진 이유

—과연…… 그렇구나.

어렴풋이나마 하루카가 품고 있던 그늘이 떠오르기 시작했다.

"그게 뭔 상관이여."

"상관있재. 부모가 돼 줄 직원은 있었어도, 엄마 모습을 보지는 못했으니께, 그라니 암것도 모르는 게 당연혀."

"분명 다쿠야는…… 나하고 아기를 버리고 사라질 겨."

하루카의 말투가 갑자기 자포자기로 변했다.

"뭔 소리여?!"

"부모란 건 그런 거여! 싫어지면 바로 도망치는 거라고!"

"하루카! 어지간히 혀!"

다쿠야가 조금 전과는 달리 강한 어조로 화를 내자, 하루카가 찔끔하고 몸을 움츠렸다.

"난…… 나는, 너나 우리 엄니 같은 짓은 절대 안 혀!"

옆에서 듣고만 있었을 뿐인데, 이 대화로 하루카와 다쿠야의 사정을 대충 알게 되었다. 열아홉 살 나이에 임신했지만 부모는 없다. 주위에 조언해 줄 어른도, 의논할 만한 사람도 없다. 불안한 마음을 품은 채, 오늘 다쿠야에게 끌려오

다시피 겨우 왔을 것이다.

(괜찮을까……)

갑자기 여자아이가 또 불안한 목소리로 말했다.

두 사람의 대화가 끊기기를 기다려 오케이가 슬쩍, 하루카의 손 위에 자신의 손을 포갰다.

"하루카 짱, 정말 고생 많았어요…… 애썼어요……"

돌아보니, 오케이의 눈이 새빨갰다. 자신의 슬픔을 이해해 주는 오케이의 모습을 보고, 하루카는 자신도 모르게 눈물을 후드득 떨구었다.

"애썼어, 애썼어…… 지금까지 잘, 살았어요……"

어깨를 떨며 고개를 숙이고 있는 하루카의 등을 오케이가 부드럽게 감싸 안았다.

"힘든 일도, 정말 많았을 텐데……"

오케이가 자식을 바라보는 엄마처럼 따뜻한 미소를 지어 주자, 하루카는 마음 깊은 곳에 가라앉아 있던 뭔가를 긁어내듯, 상처 입은 마음을 털어놓기 시작했다.

"우리 엄니……"

"응……"

오케이가 다음 말을 기다렸다.

"그게……"

"응……"

이야기하려다가 말고, 말이 되어 나오지 못한 생각을 괴로운 듯 다시 삼킨다. 그렇게 잠시 동안 입술을 꼭 깨물고 있었지만 이윽고 주섬주섬, 그녀가 품고 있던 내력에 대해 이야기하기 시작했다.

"우리 엄니…… 혼자 날 낳고……"

"응……"

"내가 세 살 때, 우울증에 걸려서 투신자살했대요……"

쓰구오의 심장이 쿵, 하고 한 번 크게 뛰었다.

─우울증에 걸려 투신자살.

구스노키 유리와 똑같다.

당시에는 '산후 우울증'이라는 말은 일반적이지 않았을지 모르지만, 육아의 중압감 등으로 인해 자살이나 동반 자살, 또는 가출해 버린 어머니가 옛날부터 일정 비율로 존재했다.

하루카의 모친도 어쩌면 요즘 말하는 '산후 우울증'에 걸려, 몇 년 동안 헤어나지 못한 채 자살하는 지경에까지 몰렸던 건지도 모른다.

'낳고 싶지 않다'며 돌아간 스기우라 유코의 얼굴도 머릿속에 떠올랐다. 쓰구오는 두근거리는 마음을 숨기려고 크게 심호흡을 했다.

"바보 같다고…… 늘, 생각했어요……"

"응…… 응……"

"자기 멋대로 날 낳았다가…… 자기 멋대로 버리고……"

"하루카 짱, 많이 외로웠겠네……"

오케이는 하루카의 두 팔을 슬쩍 잡아당겼다.

"병이었으면…… 버리고 싶어서 버린 게 아니고, 널 사랑했지만…… 어떻게 할 방법이 없었던 걸 거야……"

그 말을 듣고 하루카는 결국 울음을 터뜨렸다. 아이섀도도, 마스카라도, 눈물과 함께 줄줄 흘러내렸다.

잠시 후 안정을 되찾은 하루카는 물 흐르듯 다시 이야기를 시작했다.

"중학교 때였던가, 친구 도시락에 토끼 모양 사과가 들어 있었는데. 이 세상 엄니들은 모두 아침부터 이렇게 힘들게 도시락을 싸 주는 건가 하고 놀라 버렸어요."

오케이는 고개를 끄덕이면서 내내 하루카의 등을 쓸어

주고 있었다.

"난 만날 편의점 빵…… 아마, 부러웠을 겨……"

"그래. 부러웠겠지……"

"응……, 그려서 학교도 몇 번이나 뛰쳐나오고…… 시설에서도 나오고 싶어서 알바하고……"

"우리, 알바하던 술집에서 만났재."

다쿠야가 힘을 북돋워 주듯 하루카에게 말했다.

"그려. 작년에 다쿠야를 만나서 결혼허고, 그라고 곧 임신혀서…… 지우려고도 생각혔는디, 도저히 헐 수가 없었당께요…… 배는 점점 불러 오는디……"

하루카는 한 마디 한 마디를 곱씹듯이 말했다.

"저는 말여라, 옛날부터 결혼을 동경혔는디, 엄마라는 게 어떤 건지 몰러요. 저도 우리 엄니랑 똑같은 짓을 하지 않을까 생각한 적도 있었는디……"

"그래, 그렇게 생각할 수도 있었겠다."

오케이는 상대의 소극적인 생각조차 부정하는 짓은 하지 않는다. 일단 받아들이고, 그리고 치유하려고 노력한다.

하루카가 뭔가를 골똘히 생각하는 눈빛으로 오케이를 올려다보았다.

"저기, 오케이 씨……라고 혔는가요?"

"그래. 그냥 오케이라고 불러 줘."

"오케이 씨, 저…… 아기를 버리는 엄마가 안 될 수 있을랑가요?"

"아기를 버리는 엄마가…… 되고 싶어?"

"그, 그럴 리가 있남요!"

하루카는 순간 날카로운 눈빛으로 변했다.

"그래. 그게 너의 진짜 마음 아닐까?"

그 말을 듣고 하루카가 퍼뜩 놀란다.

"불안은 절대 사라지지 않을 거야. 온갖 잡음도 마음속에서 계속 들려올지 몰라. 하지만 네 진짜 마음을, 너 자신이 단단히 받아들여."

오케이는 하루카 앞에 서서 진지한 표정으로 말했다.

"넌, 아기를 버리는 부모는 되지 않아."

그 말에, 하루카는 잠시 오케이를 가만히 바라보았지만,

"오케이 씨, 너무 가까운디……"

하고 말하며 웃음을 터뜨렸다.

"어?"

"오케이 씨, 얼굴이 커서 가까이 오니께 대박 더 커 보이는구만이라."

미검진 이유

하루카는 키득키득 아이처럼 웃기 시작했다. 다쿠야도 따라서 박수를 치다가 배를 잡고 웃었다.

"어머, 그래?"

오케이는 인정할 수 없다는 듯 오리처럼 입을 삐죽였지만 곧바로 마음을 가다듬고 커다란 손으로 다쿠야의 등짝을 찰싹 때렸다.

"자, 이제부터 바빠질 거야~. 우리도 최대한 도울 테니까 언제든, 무엇이든 말해. 히로시, 아, 아니, 다쿠야 군도. 정신 차리고 하루카 짱 도와줘!"

"네, 넵!"

다쿠야는 얼굴을 찡그리면서도 힘껏 대답했다.

"어머니가 사라지셨다고 해서 너도 참 힘들게 살았구나 생각했는데 하루카 짱을 착실히 도와주려는 마음이 느껴져서 정말 믿음직하다! 너희 부모님한테도 도움을 좀 받을 수 있을까?"

하고 오케이가 자연스럽게 가족 정보를 알아내려 한다.

"고맙당께요! 지는 아부지랑은 사이가 좋아 부러요! 키워 주신 엄니도 좋으시고. 그려서 괜찮다니께요!"

가만히 이야기를 듣고 있던 쓰구오는 오늘까지 산부인과를 찾아올 수 없었던 하루카의 속내를 이제야 이해할 수 있을 것 같았다. 하루카만이 아니었다. 지금까지 신경 쓰지 못했던 환자의 말과 행동에도 온갖 배경이 있고, 고민이 있다는 걸 새삼 알게 되었다.

아직 어리기 때문에 여러 면에서 불안정한 부분도 있을 것이다. 하지만 곧 태어날 아기를 위해서도 이 젊은 두 사람이 더 노력하면 좋겠다. 쓰구오는 간절히 그렇게 되기를 빌었다.

"불안한 게 있으면…… 우리한테 무엇이든 다 의논해 주세요."

오케이는 다시 쓰구오의 말에 놀라면서 두 사람의 어깨를 토닥거려 주었다.

"그래~. 언니는 대박이거든. 잘 부탁해. 아, 오늘 안으로 산모수첩 받으러 구청에 가고."

출산 전까지 준비할 것에 대해 앞으로 계속 오케이의 설명을 듣기로 약속하고, 하루카와 다쿠야는 진찰실을 나갔다. 들어올 때보다 두 사람 모두 편안한 표정이 되어 있었다.

다음 문진표를 쓰구오에게 건네면서 오케이가 말했다.

"저기, 오늘 다치바나 선생님, 살짝 믿음직스러웠어요."

미검진 이유

엄마와의 '약속'

여름다운 뭉게구름과 빨려 들어갈 듯한 파란 하늘의 대비가 눈부셨다. 정원에 무성한 나뭇잎들이 아침 이슬에 젖어 함초롬히 빛나고 있었다.

하루카가 진찰을 받고 나서 며칠 후. 오케이가 아침 첫 진찰을 마친 쓰구오에게로 달려왔다.

"스기우라 유코 씨에게서 연락이 왔어요! 출혈이 있나 보던데, 지금 남편과 함께 온대요!"

산후 우울증을 경험한 스기우라 유코. '낳고 싶지 않다'며 돌아간 마지막 검진으로부터 이미 6주가 지나 있었다. 보름 전의 검진 때는 예약만 해 놓고 나타나지 않았었다.

지금은 임신 18주.

출혈은 좋은 조짐이 아니어서, 이미 유산했을 가능성도 있었다. 하지만 그것은 다른 병원에서 중절수술을 하지 않았다는 의미이기도 했다.

법적인 관점에서 보면, 임신 지속과 분만이 모체의 건강을 현저히 해할 우려가 있다고 판단되는 경우에 한해 임신 22주 미만이면 인공 중절수술을 받는 것이 허용된다.

만약 유코가 그 선택을 한다면 법적 시한은 앞으로 4주.

과거의 실패 경험이 떠오른다. 쓰구오는 급격히 긴장감에 휩싸였다.

손이 희미하게 떨리는 것을 느꼈을 때, 거의 두 배쯤 되는 커다란 손이 쓰구오의 두 손을 꼬옥 감쌌다. 오케이의 손이었다.

'괜찮아요.'

오케이의 눈이 쓰구오를 똑바로 바라보며 그렇게 말하고 있었다.

쓰구오는 평상심을 되찾으며 심호흡을 했다.

마스크를 벗으면서 진찰실로 들어온 유코의 표정은 창백했고, 텅 비어 있었다. 배 속의 아기를 걱정하는 것인지, 임신 지속에 대한 망설임이 여전히 있기 때문인지, 아니면

엄마와의 '약속'

입덧과 신체적인 이상 때문인지 쓰구오로서는 판단하기가 어려웠다.

오케이가 유코의 눈높이로 몸을 낮추고 말을 건넸다.

"유코 씨, 잘 오셨어요. 지금 몸 상태는 어때요?"

"네……, 그게, 출혈이 좀……"

유코는 오케이의 시선을 피하며 살짝 고통스러운 듯 배에 손을 갖다 댔다.

출혈 상태 등에 대한 문진을 한 후, 유코는 오케이의 도움을 받아 침대에 누웠다. 먹을 때 입덧이 좀 있다고 했지만 일상생활에 별문제는 없는 듯했다.

쓰구오는 태아가 무사한지 확인하려고 경복부 초음파 검사(에코)를 시작했다.

태아의 모습은 곧바로 발견했지만, 심박을 좀처럼 확인할 수가 없었다. 유산 가능성이 머릿속을 스쳤다. 들려도 이상하지 않을 태아의 목소리도 쓰구오의 머릿속으로 들어오지 않았다. 쓰구오의 두근거림이 평소보다 더 빨라졌다.

유코는 누운 채 눈을 감고 있었다. 쓰구오는 이마에 식은땀을 흘리면서, 배 위의 프로브를 계속 움직였다. 오케이도 쓰구오가 확인 중인 에코 화면을 집어삼킬 듯한 눈으로 응시하고 있었다.

─심박이 확인이 안 돼. 목소리도 안 들린다. 틀린 건가……

그렇게 포기한 다음 순간,

(선생님, 수고가 많으십니다! 잠깐 졸았어요! 오늘도 잘 부탁드립니다!)

쓰구오의 귀에 지난번 그 활달한 태아의 목소리가 흘러 들어왔다. 다행이다……

심박도 곧바로 확인되어 가슴을 쓸어내렸다. 유코는 블라우스의 목덜미께를 꼭 움켜쥐고는 가늘고 긴 한숨을 토해 냈다.

(선생님, 기분은 어떠세요?)

(괜찮아. 넌 어때?)

(최근에 하얀 끈을 발견했어요. 그거 가지고 놀면 즐거워요. 지난번에는 둘둘 말았는데 숨이 막혀서 그만뒀어요.)

엄마와의 '약속'

(그게 탯줄이라는 거야. 너무 장난치지 않는 게 좋아.)

(다음에는 머리에 감아 볼까 생각했는데…… 그만둬야 겠네요.)

내진한 결과 자궁 입구에서 소량의 출혈이 있었지만 대수롭지 않은 양이었다. 경질 초음파 검사에서는 자궁 안에 혈종(핏덩어리)은 없었고, 태반의 위치 등도 이상 없었다. 태아는 심박도 뚜렷했고, 발육도 정상. 태아의 목소리로 보아 심각한 상태는 아니라는 것을 알 수 있었다.

다만 절박유산°으로 진단되어, 이 상태가 악화되면 유산할 위험이 있었다.

그때 유코의 남편인 고헤이가 진찰실로 뛰어 들어왔다.

"아아! 당신이 선생님이십니까! 부디 잘 부탁드립니다."

짙은 남색 양복에 하얀 와이셔츠 차림의 고헤이는 회사에서 유코의 연락을 받고 온 것이리라. 커다란 매부리코에서 땀이 솟구치고 있었다.

"이거 참, 아내가 임신했다는 말을 안 해서 깜짝 놀랐어

○　　임신 20주 이전의 질 출혈.

요!"

─중절을 생각하고 있었기 때문에 남편에게 말하지 않은 건가……

"아기는, 건강한 것 같습니다."

하고 말하며 뒤쪽 의자로 안내하려던 오케이를 본 고헤이는,

"우와!"

하고 소리쳤다. 오케이는 익숙한 듯 차분하게 인사했다.

"조산사인 간호부장 모치즈키 케이입니다. 사모님은 저희가 최대한 도와드릴 테니, 앞으로 잘 부탁드립니다."

"아, 네…… 굉장한데요! 아니, 그게, 뭐랄까……"

허둥대면서도 고헤이는 찬찬히 오케이를 바라보고 있었다.

"저, 몸은 남자, 마음은 여자로 태어나서…… 성 동일성 장애라는 말 들어 보신 적 있으세요?"

"어, 아, 네. 그거죠. 마쓰코 디럭스나 IKKO° 같은……"

"……그보다는 사토 가요°° 같지 않나요?"

○   각각 일본 방송계에서 여장으로 유명한 연예인들.
○○   일본의 트랜스젠더 모델.

엄마와의 '약속'

"아, 네⋯⋯"

고헤이는 오케이가 의도한 바는 눈치채지 못한 것 같았지만 적당히 맞장구를 쳐 주었다.

"저는 이제 호적상으로도 여자가 되어서, 남성으로 태어나 조산사가 된 일본 최초의 조산사랍니다~."

평소 오케이는 상대에게 맞춘 자기소개의 패턴을 몇 가지 가지고 있었다. 매번 호기심 어린 시선을 뿌리치고, 순식간에 상대로 하여금 신뢰하게 만드는 테크닉은 훌륭했다. 노골적으로 흥미를 보이는 고헤이 같은 유형에게는 '일본 최초'라는 말을 특히 강조하여 이야기하는 경우가 많았다. 고헤이에게도 역시나 큰 효과가 있었다.

"와아, 일본 최초! 굉장하시네요."

고헤이는 처음이었기 때문에 더 놀란 것이었는데, 점점 오케이의 페이스에 말려 이제는 완전히 감탄사만 연발하고 있었다.

유코는 그런 대화에도 반응하는 일 없이 배만 문지르고 있었다.

"그렇군요, 아기는 건강하군요! 그거 다행입니다. 자, 유코, 들었지? 괜찮대!"

고헤이는 손뼉을 짝짝하고 몇 번 치며 의자에 앉았다.

하지만 유코는 멍하니 자신의 배에 손을 얹고, 누구에게 랄 것도 없이 중얼거렸다.

"이대로…… 유산되면 좋겠다……"

고헤이의 표정이 얼어붙었다.

"다, 당신, 무슨 소리를 하는 거야."

유코는 소리를 억누르며 어깨를 들썩였다.

"다, 당신, 아기가 생기면 기뻐하는 게 보통 엄마잖아? 그, 그렇게 말하는 거, 최저야."

"그래! 최저야!"

유코는 고헤이를 향하며 소리쳤다.

"난 보통 엄마가 아니라고!"

"그…… 그런 말은, 대놓고 하는 거 아니야."

고헤이의 큰 목소리와 유코의 흐느끼는 소리가 하나가 되어 진찰실에 울려 퍼졌다.

"남편분, 일단 진정하세요."

고헤이는 이해가 안 되는 모습이었지만 오케이가 우람한 손을 어깨 위에 올리자, 다음 말을 그대로 삼켜 버렸다.

그때 유코의 배 속 아기가 불쑥 속삭였다.

(선생님…… 엄마를 못된 사람이라고 생각하지 말아 주

엄마와의 '약속'

세요. 엄마는요, 스스로를 혼내고 있는 거예요.)

(스스로를 혼내고 있다고?)

(엄마는요, 나를 '죽였다'고 생각하고 있어요.)

('죽였다'고? 너를?)

아직 이 세상에 태어나지도 않은, 배 속에 있는 태아를 어떻게 '죽였다'는 것일까.

(하지만 엄마는 반드시, 나와의 '약속'을 지킬 거예요.)

―'약속'? 그래. 지난번 진찰 때도 이 아이는 똑같은 말을 했어. 대체 어떤 의미일까.

'약속'의 의미를 물어보려는데, 쓰구오가 멍하니 있다고 생각했는지, 오케이가 "다치바나 선생님?" 하고 불렀다.

쓰구오는 애써 냉정하게, 유코의 상태를 설명하는 일에 집중했다.

"아기는 건강하지만, 지금의 유코 씨는 절박유산 상태입니다.”

“절박…… 유산이오? 그럼, 유산될 거라는 말씀이신가
요?”

“아뇨, 유산될 가능성이 있는 상태입니다. 잠시 입원하
시기를 권해 드립니다.”

그러자 유코는 갑자기 몸을 일으키며 말했다.

“그건 무리예요. 회사에도 나가야 하고, 아이도 집에 있
어요. 다른 방법이 없을까요?”

“그래요, 선생님. 저도 곤란합니다. 집안일도 잘 못하
고……”

“안타깝지만 유산해 버리면 막을 방법이 없습니다. 절박
유산인 걸 안 이상, 안정을 취해야만 합니다.”

“그런……”

고헤이는 더 이상 말을 잇지 못했고, 유코는 힘없이 고
개를 숙였다.

“저쪽에서 입원 수속을 하시죠. 그럼.”

오케이가 고헤이에게 밖으로 나가자고 말했다.

유코는 고개를 들고 이제 막 피기 시작한 백일홍이 내다
보이는 창문을, 잠시 동안 무기력하게 바라보고 있었다.

"내가 아기를 죽였어요"

"이건 어쩌면 아주 좋은 기회일지도 몰라요."

쓰구오, 오케이, 쓰바키야마로부터 보고를 받은 원장이
프로테인을 마시면서 말했다. 원장실에는 엘튼 존의 감미
로운 노랫소리가 천천히 흐르고 있었다.

검은 가죽 소파에 앉아 있던 쓰구오가 옆에서 1.5인분의
자리를 차지하고 앉아 있는 오케이를 비좁아 죽겠다는 듯
바라보며 물었다.

"기회……라니, 무슨 뜻이죠?"

"유코 씨는 어쩌면 낳고 싶은 마음과 또 산후 우울증에
걸릴 수도 있다는 불안 사이에서 갈등하고 있는지도 모른

다는 거예요."

"'밀착 케어'를 받도록 하는 게 좋겠어요."

임상심리사인 쓰바키야마 미호가 쉰 목소리로 힘주어 말한 후 긴 머리카락을 쓸어 넘겼다.

오네 산부인과에서는 카운슬링을 '밀착 케어'라고 부른다. 환자에게 쓸데없는 경계심을 갖지 않도록 하고, 필요한 정신적 지원을 제공하기 위해 이 클리닉에서 독자적으로 개발한 프로그램이었다. 그런 세심한 배려가 있다는 것에도 쓰구오는 놀랐다.

"입원해서 '밀착 케어'를 제공한다면 자신의 마음을 다시 돌아볼 계기를 만들 수 있을지도 몰라요. 물론 그러고도 정말 중절하겠다고 결심한다면 그것 역시 우리는 전면적으로 지원해 드려야겠지만요."

"다치바나 선생님, 유코 씨가 입원한다면 어느 정도나?"

오케이가 메모지를 한 손에 들고 확인한다.

"그게…… 2~3주 정도는 상태를 지켜보고 싶은데."

"지금이 18주예요. 중절 시기의 한계가 22주 미만……, 가능할지도 모르겠네요. 정말 타이밍은 딱 좋아요~!"

원장이 팔근육을 전신 거울에 비춰 보며 포즈를 취했다.

"어쩌면…… 배 속 베이비가 일부러 절박유산을 일으킨

건지도 모르죠~."

오케이가 그런 이상한 말을 했다.

ー그 아이는 대체 유코 씨와 어떤 '약속'을 한 걸까?

쓰구오는 유코의 배 속 태아 말에서 뭔가 강한 신념 같은 것을 느꼈다.

입원 중인 유코의 병실을 오케이는 하루에도 몇 번씩 찾아갔다. 이런저런 이야기를 들으며 수긍하고 격려하며 위로했다. 하지만 유코의 '낳고 싶지 않다'는 마음은 변하지 않았다. 그런 가운데 유코가 오케이를 조금씩 신뢰하기 시작했다는 건 몇 안 되는 좋은 소식 가운데 하나였다.

어느 날 저녁, 쓰구오가 오케이와 함께 회진을 가니 남편인 고헤이와 큰딸 마리가 문병을 와 있었다. 다섯 살 마리는 물방울무늬 원피스를 입고 크림색 끈으로 머리를 묶었다. 그 귀여운 모습에 쓰구오의 기분도 풀어졌다.

"앗, 오케이 씨!"

마리는 좋아하는 인형을 한 손에 안고 오케이에게 달려갔다.

"어머, 마리 짱, 오늘 옷 너무 귀여운데!"

오케이는 어느새 마리의 마음을 사로잡은 모양이었다.

역시, 하며 쓰구오는 두 사람이 대화하는 모습을 지켜봤다.

"오케이 씨도 오늘 머리 귀여워."

"앗, 그래? 난생처음 바깥쪽으로 말아 올렸는데."

"하지만 그 아이섀도는 너무 파래서 무서워."

"어, 이상해?"

"응. 왠지…… 이상한 사람 같아!"

하고 말하는 마리에게,

"너…… 예리한데!"

웃음으로 대꾸하는 오케이.

"얘, 마리야…… 죄송합니다."

유코가 침대에서 상반신을 일으키며 마리를 나무랐다.

오케이의 진한 화장에 대해서는 쓰구오 역시 예전부터 너무 지나친 거 아닌가 느끼던 참이었다. 마리의 지적이 상당히 예리하다 싶어 쓰구오는 푸훗 하고 웃음을 지었다.

한편 남편인 고헤이로 말하자면, 쓰구오를 보자마자,

"선생님, 수고가 많으십니다! 오늘도 잘 부탁드립니다!"

하고 태아와 똑같은 말투로 인사를 했다. 쓰구오는 남몰래 웃음을 꾹 참았다.

"그나저나 선생님, 요즘 저는 설거지 재능을 발견한 것 같아요. 생각지도 못했는데 아주 잘 씻어요. 다음에 한번 보

　　　"내가 아기를 죽였어요"

여 드릴까요?"

어쩌면 배 속 아이의 독특한 말투는 아버지에게서 물려
받은 모양이었다.

"어린이집에 마리를 데리러 가면 원장 선생님이 '아버
님, 고생이 많으시네요' 하고 말씀하시더라고. 유코, 둘째
태어나면 거기로 보낼 거지?"

유코는 고헤이의 말을 듣고서도, "응……" 하고 작게 대
답할 뿐, 눈은 멀리 창밖을 보고 있었다. 지난번 진찰 후 부
부끼리 배 속 아이에 대해 어디까지 합의했는지는 모른다.

"무슨 걱정거리라도 있어요?"

오케이가 그렇게 묻자,

"뭔가가…… 발목을 붙잡고 있는 느낌이 들어요……"

하고 유코가 대답했다.

"잠깐 실례할게요."

쓰구오가 유코의 배에 손을 대자, 그 남자아이의 목소리
가 귀로 슬며시 들어왔다.

(아빠도 아빠 나름대로 노력하고는 있지만 엄마가 어떻
게 느끼는지 잘 모르고 있고, 엄마는 엄마대로 꾹 참고 있기
만 해서……)

냉정하게 부부 관계를 분석하는 말에 쓰구오는 다시 웃음이 터져 나올 뻔했다.

하지만 이어서 들려온 예상치 못한 말에는 자신도 모르게 눈을 가늘게 뜨고 말았다.

(오늘은 동생이 와서 기뻐요.)

('동생'? 마리 짱은 네 누나인데?)

머릿속으로 쓰구오가 묻자, 인형을 가지고 놀고 있던 마리가 갑자기 의외의 말을 꺼냈다.

"저기, 갓난아기는 마리 오빠야."

"어……?"

유코와 고헤이가 숨을 삼키며 얼굴을 마주 바라보았다.

"왜, 왜, 그렇게 생각하는데?"

"그러니까~ 구름 위에서 같이 가자고 '약속'했는데, 내가 먼저 와 버렸거든."

─'약속'…… 배 속 아이와 같은 말을 하고 있다. 어떻게 된 것일까.

너무 놀라 굳어 버린 유코에게 마리가 달려왔다. 그리고

"내가 아기를 죽였어요"

유코의 팔에 매달린 채, 살짝 부풀어 오른 배를 문지르며 말했다.

"엄마, '약속'했어."

(엄마, '약속'했어.)

마리의 목소리와 하나가 되어, 쓰구오의 귀에 태아의 목소리가 파문처럼 퍼졌다.

"'약속'……"

유코의 눈에 반짝하고 빛나는 것이 흘러넘쳤다. 오케이가 유코의 침대 옆으로 가서 가만히 등에 손을 얹었다.

고헤이는 흥분하여 마리 앞에 쪼그려 앉았다.

"저기, 저기! 마리, 엄마 배 속의 아기, 남자아이야?"

"응, 남자아이."

마리는 천진난만하게 웃으며 대답하고는, 얼음 부딪히는 소리를 내며 두 손에 든 물통을 입으로 가져갔다.

"호오, 그런데 '오빠'라는 게 무슨 뜻이야? '남동생'이잖아?"

"음…… 모르겠어."

갑자기 우물거리며 부끄러워하던 마리가, 유코가 울고

있는 걸 보고,

"엄마, 왜 울어? 배 아파?"

하며 품에 안겼다. 그런데도 고헤이는 마리의 어깨를 잡고 다그쳐 물었다.

"마리, 아까 한 말, 정말이야?"

"어~ 몰라."

마리는 고헤이의 손을 뿌리치며 다시 인형놀이로 돌아갔다.

"하긴……, 어린아이가 뭘 알고 말했겠어."

고헤이는 그렇게 혼잣말처럼 말하고는, 일어나서 유코를 내려다보았다.

"그렇게 말은 했지만 마리도 이렇게 좋아하니까……"

유코의 볼에서 눈물이 흐른다.

"그 말은 못 들은 걸로 할 테니까…… 히, 힘 좀 내 줘. 엄마잖아."

유코는 여전히 아무 말도 하지 않고 손수건으로 눈두덩을 누르고 있었다.

"마리, 그만 가자. 배고프지? 오늘은 패밀리레스토랑 갈까?"

"또?"

"내가 아기를 죽였어요"

"에이, 또는 아니지. 아직 네 번째밖에 안 됐어."

고헤이는 머리를 긁적이며 계면쩍은 웃음을 지었다.

"뭐, 괜찮긴 한데…… 그럼 갈게, 엄마."

유코는 눈물을 닦으면서 억지로 미소를 지어 주었다.

"마리, 미안해. 엄마가 같이 있어 주지 못해서……"

"응, 엄마도 아기도 기운 내. 바이바이!"

고헤이의 손을 잡고, 다른 한 손에는 인형을 안고 마리는 나갔다.

그 순간, 유코가 더 견디지 못하겠다는 듯 흐윽 하고 울음을 터뜨렸다. 오케이가 침대 옆에 앉자, 유코는 오케이의 가슴에 얼굴을 파묻으며 격렬하게 울기 시작했다.

"오케이 씨, 저…… 저는, 어떻게 하면 좋을지……"

"괜찮아요, 괜찮아……"

말 하나하나를 다 받아 주면서 오케이는 유코의 등을 계속 쓸어 주었다. 쓰구오는 그런 오케이와 유코를 그저 바라볼 수밖에 없었다.

머지않아 유코는 천천히 말을 골라 가며 이야기하기 시작했다.

"마리 때는 좀처럼 애가 들어서지 않아서…… 3년 정도 불임 치료를 받았어요. 여자로서 불량품 취급을 당하는 것 같아서 힘들었는데…… 체외 수정도 몇 번 하다가 겨우 임신이 됐죠. 쌍둥이였어요……"

"그랬구나. 마리 짱은 쌍둥이였군요."

"하지만 도중에 한 아이가 유산돼 버렸어요…… 저 때문에……"

─자기 때문이라는 게, 무슨 뜻일까.

(엄마 때문이 아니에요! 엄마는 그렇게 잘못 생각하고 있는 것뿐이에요!)

쓰구오는 남자아이의 목소리를 귀로 쫓아갔다.

"쌍둥이라는 말을 듣고, 저는, 아아, 큰일 났다, 다시 회사 일을 할 수 있을까, 하나였으면 좋았을 텐데 하고 남몰래 생각하고 말았어요. 입덧도 심했고……"

"그래요, 그래."

오케이는 그저, 맞장구만 쳐 주고 있었다.

"그랬는데, 정말 10주째 하나가 없다는 말을 들었어요……"

"그래……, 그랬군요."

"제가, 죽인 거예요……"

(아니에요, 엄마! 그렇지 않아요!)

"유코 씨는, 그렇게 생각했군요……"

"정말 충격을 받아서…… 죽은 아이에게 계속 사과했어요. 그리고 남은 아이를, 마리를 열심히 키우겠다고, 그러니까 또, 언젠가 나와 다시 만나자고, '약속'했어요……"

그랬었구나…… 쓰구오는 그동안의 모든 궁금증이 풀리는 것 같았다.

"그런데, 그런데, 난 어떻게 하면……!"

유코는 괴로움에 몸부림치기 시작했다.

"저, '약속' 같은 거 지킬 수 없어요! 지금 낳으면 저는 분명 또 우울증에 걸릴 테고, 이번엔 자살하고 말지도 몰라요!"

─자살……

그 말에 쓰구오의 어깨가 딱딱하게 굳어 버렸다. 심장이 크게 뛰고 겨드랑이 밑으로 기분 나쁜 땀이 배어 나왔다. 현기증마저 느끼기 시작한 그때, 유코의 배 속에서 긴장한 목소리가 울려 퍼졌다.

(선생님! 엄마 말을 들어 주세요!)

"그렇게 마리를 열심히, 키우겠다고 '약속'했는데……
전혀 지키지 못했어요……"

오케이는 위로하듯 가만히 유코를 안아 주었다.

"유코 씨, 정말 힘들었겠네요…… 전부, 다 말해 버려도
돼요……"

"오케이 씨……"

(엄마를 도와주세요!)

태아의 목소리는 평소와 달리 진지했다.

쓰구오는 마음이 술렁거리는 것을 느끼면서도, 지금 여
기에서 도망치면 안 된다고, 남몰래 주먹에 힘을 실었다. 쓰
구오는 오케이의 얼굴을 보았다. 오케이는 유코의 등을 쓸
어 주면서, 쓰구오의 동요를 눈치채고 격려의 눈빛을 쓰구
오에게 보냈다.

─괜찮아. 오케이 씨가 옆에 있어 줄 거야.

쓰구오는 작은 목소리로 말했다.

"유코 씨, 괜찮으시면 그 괴로웠던 때 이야기를 우리에

"내가 아기를 죽였어요"

게 들려주시겠어요?"

눈이 퉁퉁 부운 얼굴을 들며 유코는 쓰구오를 똑바로 바라보았다.

"유코 씨의 힘이…… 되어 드리고 싶습니다."

고독한 육아

유코는 띄엄띄엄, 산후 우울증이었던 당시 상황을 이야기하기 시작했다.

"저는, 젖이 좀처럼 나오지 않았어요. 모유는 누구나 다 쉽게 나오는 거라고 생각했었는데…… 전혀 그렇지가 않아서…… 처음 몇 주 동안 엄마로서의 자신감이, 철저히 짓밟힌 느낌이었어요."

"역시 모유로 키우고 싶다고 생각했군요."

"그랬죠…… 수유는 두 시간마다. 제 경우엔 한 번 먹이는 데 한 시간 정도 걸렸어요. 그동안 마리는 거의 매번 자지러지게 울었고요. 갓난아기의 울음소리는…… 30분 정도 계속 듣다 보면 정말 저를 꾸짖는 듯한 기분이 들어요."

오케이는 침대 옆에서 유코의 등에 손을 올려놓은 채 고개만 끄덕이고 있었다. 쓰구오도 의자에 앉아 진지한 눈빛으로 유코의 이야기에 귀를 기울였다.

"아무튼 자고 싶었어요…… 몸이 좀처럼 회복되지 않아서 하루를 시작한 느낌도, 끝낸 느낌도 없었죠. 이 세상 흐름과는 다른, 시간이 멈춰 버린 세계에 계속 갇혀 있는 듯한…… 오해는 하지 말아 주세요. 딸은 사랑스러웠어요. 하지만 그것과는 차원이 다른 이야기죠."

분명 인간은 잠을 못 자면 판단력이 흐려지고, 몸 상태도 망가지고 만다. 쓰구오도 비슷한 경험이 있었다.

"그토록 노력했는데도 결국 먹는 양이 부족했는지, 산후 1개월 검진을 받으러 갔다가 '수유는 잘하고 있나요? 몸무게가 전혀 늘지 않았어요' 하는 말을 들었어요…… '아아, 난 젖도 마음껏 주지 못하는구나. 엄마로서 실격이야' 하고……"

쓰구오는 자살한 구스노키 유리가 남긴 수첩에도 그와 똑같은 말이 적혀 있었던 게 생각났다.

"모두 당연하게 하는 일을 나만 하지 못한다는 게 너무나 초조했어요. 하지만 그런 불안을 누구에게 의논하거나,

약한 모습을 보여 주면 상대방까지 힘들게 하는 게 아닐까 생각했어요. 그래서 누가 뭐라고 해도 전부 '괜찮다'고만 하게 됐죠. 이제 모든 게 한계인데, 억지로 웃으며 '힘낼게요' 하고 대답해 버린 거죠. 그럴 때마다 어쩔 수 없는 고독이 덮쳐 왔어요."

그러고 보니 유리도 산후 1개월 검진 날에 쓰구오에게 태평한 미소를 보여 주었었다.

'괜찮아요. 힘낼게요.'

—그때 실은 마음속으로 비명을 지르고 있었던 걸까.

쓰구오는 유코의 이야기에 유리의 기억을 중첩시키며, 새삼 유리의 미소 속에 담겨 있던 고통을 상상했다.

"집안일도 해야 하고 일도 해야 하는데. 엄마로서 이렇게 하지 않으면 안 돼, 아내로서 또 이 일도 해야 하고, 매일 같이 그렇게 생각은 했지만 그 당연한 어머니 역할을 무엇 하나 완벽하게 해낼 수 없었어요. 그 전까지는 공부도, 일도 노력하면 나름대로 좋은 결과가 나왔던 것 같아요. 하지만 육아는 아무리 노력해도 생각처럼 안 되더라고요."

"정말 열심히, 노력하셨네요. 유코 씨."

오케이가 감싸듯 말했다.

"그때, 남편분의 도움은 없었나요?"

"남편은…… 매일 귀가가 늦어서……"

술술 본격적으로 말하기 시작했던 유코가 갑자기 말을 흐렸다.

"가끔 일찍 돌아왔을 때는 도와주기도 했지만…… 뭔가 가, 어긋나기만 했다고 해야 하나……"

"어긋나요?"

"마리가 갓난아기였을 때, 씻겨 준 적도 몇 번인가 있었어요. 다만 물을 데우는 것도, 갈아입을 옷을 준비하는 것도 벗기는 것도 저였죠. 그리고 마리를 후다닥 씻기고는 저를 불러요. 그래서 이어서 마리를 돌보는 건 저죠. 남편은 그 후 느긋하게 목욕물에 몸을 담그지만, 제가 목욕할 시간은 없었어요."

"제일 힘든 일은 결국 유코 씨가 다 했군요."

"그래요. 그러면서 '나, 오늘 좋은 아빠였지' 하고 말하죠. 속은 부글부글 끓고 몸은 흐물흐물 녹초가 됐는데도, 한밤중에 수유를 해야만 해요. 남편이 옆에서 쿨쿨 자고 있으면 부아가 나서 견딜 수가 없었어요. 회사 때문에 자야 한다는 걸 머리로는 알고 있었지만……"

"남편분에게 그런 마음을 이야기했나요?"

"이야기해 본 적은 있지만…… 그것도, 뭔가 어긋나기만 하고……"

"무슨 뜻이죠?"

"'매일 힘들어 죽겠어' 하고 이야기하면 '뭐가 힘든데? 같이 낮잠 자잖아?' 하고 말하기도 했고, '매일이 일요일 같아서 좋겠어'라고도 했죠. 제일 힘들 때 한번 그런 경험을 하면, 더 이상 말할 마음이 사라져요. 역시 나 혼자 어떻게든 헤쳐 나가야만 한다고 생각하게 되죠……"

"따로 도와주는 분이 없었나요? 예를 들어 친정어머니라든가."

그렇게 말하자 유코의 표정이 어두워졌다.

"아, 아니, 음……"

유코의 모호한 말에 쓰구오는 뭔가 짚이는 게 있었다.

"어머니와는 사이가 안 좋아서…… 저희 어머니는 생각한 걸 그때그때 곧바로 내뱉는 성격이라, 늘 혼만 났던 것 같아요. 마리가 태어나고 나서도 도움을 요청할 만한 사람은 없었어요……"

유코의 말을 듣고, 어머니인 구미코가 떠오른 쓰구오는

자신도 모르게 끼어들었다.

"저기, 어머니는 어떤 분……이셨나요?"

갑작스러운 쓰구오의 말에 유코도, 오케이도 그 의도를 헤아리기 어려운 듯했지만 당혹스러워하면서도 유코는 자신의 어머니에 대해 이야기하기 시작했다.

"그래요…… '모유가 부족하면 애정도 부족한 법이야'라거나 '세 살 때까지는 엄마가 육아에 전념해야만 한다'거나, '출산휴가도 있고 남편이 육아를 도와주기도 하고, 옛날에 비하면 너희가 애 키우는 건 땅 짚고 헤엄치기야' 하고 자기 말만 하고…… 무슨 말을 하고 싶은지는 알지만 그때의 저한테는 고마운 충고처럼 들리지 않았어요. 잔소리하고는 또 조금 달라서, 뭔가 이렇게, 마음을 후벼 파는 듯한……"

"잘…… 알 것 같습니다."

쓰구오는 진심으로 잘 안다는 듯 고개를 끄덕였다.

"친정어머니 도움을 받지 못한다는 게 이상하다고 남편도 말했는데, 아무 거리낌 없이 어머니에게 어리광 부릴 수 있는 사람의 마음을 저는 오히려 이해할 수가 없어요……"

"그건 정말, 힘들었겠네요……"

쓰구오가 자신의 마음을 이해해 준다고 느꼈는지, 유코는 조금 편해진 것처럼 이야기를 이어 나갔다.

"그러는 동안, 안 그래도 졸리고 몽롱한 가운데 나는 아무런 가치도 없는 사람 같은 기분이 들었고…… 이 세상에 나를 걱정해 주는 사람은 아무도 없다, 나는 외톨이다 싶어서……"

고독으로 괴로운 심경은 그야말로 대학병원을 그만두게 되었을 때의 쓰구오와 일치하는 부분이 있었다. 출구가 보이지 않는 터널 속에 있는 것 같았던 당시의 심경과 겹쳐 쓰구오는 답답한 기분이 들었다.

―그 무렵의 나도 '우울증' 상태였던 걸까……

"이제 모든 걸 다 내던지고 싶다! 누가 좀 살려 줘! 그렇게 소리치고 싶은데, 또다시 딸이 잠에서 깨어나요. 목표 지점이 보이지 않는, 똑같은 일이 다시 반복되는 거예요."

신생아 육아가 이렇게나 엄마를 궁지로 몰아넣는 것일 줄이야…… 지금까지 산부인과 의사로서 환자의 목소리를 들으려 하지 않았던 것을 쓰구오는 처음으로 후회했다.

거기까지 듣다가, 오케이가 유코의 등에 손을 얹은 채 "혹시 괜찮으시면," 하고 유코에게 제안했다.

"이 이야기를 남편분에게 더 들려주시면 어떨까요?"

오케이가 그렇게 말하자, 유코는 온몸의 숨을 다 토해

고독한 육아

낸 듯 힘없이 고개를 저었다.

"그 사람에게 말해 봤자…… 오히려 더 화만 날 것 같아요……."

"혹시 마주하고 이야기하기가 힘들 것 같으면 '밀착 케어'를 받아 보지 않을래요?"

"밀착 케어요?"

"임상심리사를 가운데 두고, 남편분과 셋이서 대화해 보는 거예요."

"그, 쓰바키야마 씨라는 분…… 말인가요?"

쓰바키야마 미호는 입원 중인 유코를 몇 번 찾아왔었다.

갑자기 속마음을 다 이야기하는 것에 거부감을 느끼는 환자도 있다. 쓰바키야마는 다양한 상황에서 드나들며, 얼굴을 익혀 두는 게 보다 나은 지원으로 연결된다고 생각하고 있었다.

"부부 둘만 있으면 이야기하기 어려운 것도 있을 수 있고, 어쩌면 싸우게 될 수도 있어요. 하지만 제삼자가 있으면 객관적으로 두 사람의 생각을 정리할 수도 있고, 화제가 다른 곳으로 새지 않도록 도와주기도 하니까, 부부끼리 확실히 마주하는 계기가 될 거예요."

"남편이…… 알아줄까요……?"

"그 알아줄까, 알아주지 못할까 생각하는 것도 그대로 다 말해 보는 거예요. 쓰바키야마 씨는 실력 있는 저희 직원이에요. 지금까지 수많은 환자분이 밀착 케어를 통해 좋은 방향으로 바뀌는 걸 봐 왔어요. 만약 불안하시다면 저도 동석할게요."

"오케이 씨도요?"

"괜찮으면 다치바나 선생님도요. 괜찮죠?"

그 말에 유코가 쓰구오 쪽으로 시선을 돌렸다.

"혼자 해결할 수 없는 문제는…… 무리하지 말고 도움을 요청하는 편이 좋다는 걸…… 저 역시 최근에 배웠습니다."

자신도 모르게 한 말이었다. 그렇게 말하면서 자신도 주변 도움을 받게 된 것은, 여기서 신뢰할 수 있는 동료와 만났기 때문이라고 새삼 생각했다. 유코 역시 이 클리닉에서라면 부부간의 신뢰를 회복할 수 있을지도 모른다.

그런 쓰구오를 바라보면서 오케이는 만족스러운 미소를 짓고 있었다.

고독한 육아

행복한 육아를 위해

유코의 밀착 케어가 시작되었다는 것을 쓰구오가 스태프들에게 보고하자, 콘퍼런스룸에 "와!" 하는 놀라움과 환희가 뒤섞인 목소리가 터져 나왔다.

"자, 이제부터 힘내자고라고라! 유코 씨는 산후 우울증에 걸리기 쉬운 성격상의 특성을 가지고 있으니까, 각자 자리에서 유코 씨에게 다가가도록 합시다."

화이트보드 앞에서 스태프들을 북돋워 주는 원장에게 쓰구오는 자신도 모르게 질문을 던졌다.

"원장님, 그…… 산후 우울증에 걸리기 쉬운 특성이라는 게, 어떤 거죠?"

쓰구오는 그 빛나는 웃음을 보여 주었던 구스노키 유리가 산후 우울증에 걸려 자살한 메커니즘을 도무지 알 수가 없었다. 그런데 앞으로 진찰해 나갈 스기우라 유코도 비슷한 유형이라고 한다. 두 번 다시 같은 일이 벌어지지 않도록 산후 우울증에 대해 확실히 이해해 두고 싶었다.

"진지하고 노력가, 완벽주의자, 타인에 대한 배려 때문에 쉽게 도움을 요청하지 못하는 사람……, 이런 사람들이 산후 우울증에 잘 걸린다는 건 다치바나 선생도 알고 있을 테고, 진짜 문제는 '당연족'에 속하는 사람들인데 말이죠."

"'당연족'이라고요?"

들어 보지 못한 단어가 나오자 란마루가 되물었다.

"말이 통하지 않는 아기를 돌보는 일은 자신이 상상했던 대로는 되지 않아요. 생각했던 것 이상으로 젖이 나오지 않는 경우도 흔하고, 처음 얼마 동안은 수유 때문에 잠을 못 자는 엄마들이 대부분이죠. 하지만 그런 상황에서, '엄마니까 이런 게 당연해' 하고 스스로 생각하거나, 주변 사람들로부터 '이 정도는 당연한 것'이라는 압박감을 심하게 느끼면, 이상과 현실 사이에 커다란 괴리가 생기고 말죠. 그럴 때 우울증으로 이어지는 정신적인 낙담과 실망이 생겨나는 거예

행복한 육아를 위해

요."

"그렇구나. 하긴 완벽주의인 사람은 '이렇게 하는 게 당연하다'면서 자기가 스스로 만든 규칙을 곧이곧대로 지키려 하죠."

란마루는 자신의 무릎을 치고는 메모를 하기 시작했다.

원장이 프로테인을 입에 대는 것을 보며 쓰바키야마가 자연스럽게 설명을 이어 갔다.

"그럼 왜 그런 인격 유형이 되는가 하면 실은 말이죠, 그렇게 하지 않으면 부모에게 사랑받지 못한다, 인정받지 못한다는 오랜 세월에 걸친 심층적 배경이 이유 가운데 하나로 자리 잡고 있어요. 즉 자기긍정이 결여돼 있는 상태죠."

―자기긍정의 결여……

쓰구오에게도 짚이는 구석이 있었다.

"태어난 것 자체, 있는 그대로의 존재로 부모에게 전폭적인 애정과 신뢰를 얻지 못했다고 해야 할까. 예를 들자면 '시험을 잘 봤다'거나 '착한 일을 많이 했다'거나 그런 조건들이 붙게 되면 그렇게 하지 못했을 때 '부모에게 사랑받지 못한다' '인정받지 못한다'는 강박적인 사고가 생겨나기 쉬워요. 그것을 고치지 않고 성장하게 되면 '당연족'의 경향이 강해지고, 그것이 산후 우울증으로 연결되기 쉬운 성격이 되죠."

부모와의 관계와 산후 우울증 사이에 관련성이 있다는 것은 쓰구오에게는 그야말로 눈이 번쩍 뜨이는 말이었다.

원장이 자신만만한 태도로 더 이야기해 나갔다.

"산후 우울증의 원인이 호르몬에 있다고 생각하는 사람이 많은데, 머터니티 블루°라고 하는 출산 직후에 자주 나타나는 사소한 우울과 산후 우울증은 완전히 다른 거예요. 그것도 한 계기가 될 가능성은 있지만 그 이상으로, 자라 온 환경에 의한 자기긍정의 결여와 산후 지원의 유무가 미치는 영향이 훨씬 더 커요."

란마루는 들고 있던 펜으로 머리를 긁적이며 고개를 갸웃거렸다.

"음, 알 것 같기도 하고 모를 것 같기도 한데. 왜 부모와의 관계가 미묘하면 산후 우울증에 잘 걸리는지 정확히 이해가 안 돼요."

○ 　출산 직후의 산모가 빠지기 쉬운 심적 불안정 상태. 출산으로 인해 호르몬 분비가 급격히 변화하여 나타난다고 알려진다. 보통 일시적인 현상으로, 산모가 건강을 회복함에 따라 증세도 사라진다.

　　　　　　　　　　行복한 육아를 위해

원장은 상대가 곧바로 이해하지 못하는 경우에도 끈기 있게 차근차근 설명해 준다.

"원래 부모라는 존재는 어떤 때든 자식을 긍정하는 '마음의 의지'여야만 해요. 그게 자식과의 적절한 애착 관계를 형성시켜 주죠. 하지만 사람마다 다양한 상황이 있어요. 그렇지 못한 환경에서 성장한 사람은 부모에게 자신의 속마음을 털어놓지 못하거나 의심을 품게 돼서, 부모가 도움을 요청할 만한 대상이 아니라고 받아들이죠. 가장 친근한 존재여야 할 부모에게조차 도움을 요청하지 못하는 사람이라면 다른 사람에게는 더더욱 그러지 못한다는 거예요."

란마루는 "흠흠" 하고 말하며, 나중에 다시 보았을 때 알아보지 못할 것 같은 메모를 해 나갔다. 원장은 가볍게 스트레칭을 시작하며, 이야기를 계속했다.

"특히 처음 아이를 낳은 엄마들의 신생아 육아는 주변의 도움과 이해 없이는 불가능해요. 하지만 그때 부모를 의지할 수 없거나 도움이 부족하면 당연히 궁지에 몰릴 확률도 높아지는 거죠."

팔을 크게 휘두르고 있는 원장의 해설을 듣고 다시 쓰바키야마가 끼어들었다.

"물론 그런 사람도 육아는 할 수 있어요. 다만 현실적으로 주위의 도움이나 '마음의 의지'가 있으면 좀 더 자연스럽게, 스트레스받지 않고 행복한 육아를 할 수 있을 거고, 그러면 우울증으로 내몰리게 될 가능성도 줄어들죠."

란마루는 메모한 '마음의 의지' 부분에 펜으로 몇 번씩 동그라미를 치고는 마지막으로 '정말 중요'라고 적었다. 원장은 목 근육을 길게 늘인 후 자리에 앉아 손가락을 깍지 꼈다.

"부모와의 사이에 응어리나 갈등이 있는 사람이 산후 우울증에 좀 더 잘 걸리는 건 본인의 노력이 부족해서가 아니에요. 엄마도 어쩔 수 없는 거죠."

"물론 산후 우울증에 걸리기 전까지는 다양한 요인이 관여해요. 도움이 부족한 고독한 육아, 사회와의 격리, 수면부족, 경우에 따라서는 아기가 잠도 안 자고 먹지도 않으며 하루 종일 울기만 할 때도 역시 스트레스를 심하게 받죠. 다만 그 배경에 있는 인격이나 성장 배경에도 주목하지 않으면 잘못된 지원이 될 수도 있어요."

쓰바키야마의 말을 듣다가 쓰구오는, 과거 구스노키 유리와의 대화 중에 그녀가 부모와 사이가 좋지 않다고 불쑥 내뱉었던 말이 떠올랐다. 쓰구오는 자신도 그렇고, 흔히 있는 이야기다 싶어서 마음에 두지 않았었다. 그런데 그것이 산후 우울증에 영향을 주었을 가능성이 있었다니……

행복한 육아를 위해

오케이가 볼에 손을 대고 생각에 잠겨 있다가 말을 꺼냈다.

"제가 그 후에도 친정어머니와의 관계에 대해 조금 더 물어봤는데, 유코 씨는 어린 시절부터 엄격한 교육을 받으며 늘 완벽을 추구해 왔던 것 같아요."

―그래. 내가 누구에게도 말할 수 없을 만큼 힘들었던 건 엄마가 늘 완벽을 요구했던 게 원인이었을지 몰라.

쓰구오에게는 유코의 몸을 칭칭 감고 있는 쇠사슬이 어렴풋이 보이는 것 같기도 했다. 그리고 그것은 쓰구오의 쇠사슬과도 같은 모양, 같은 색깔을 띠고 있었다.

쓰구오는 굳게 마음먹고 질문을 던졌다.

"저기, 원장님. 그…… 산후 우울증을 예방하기 위해 우리가 할 수 있는 건 뭘까요……?"

원장은 테이블에 우람한 두 팔을 괴며, 말에 열기를 실었다.

"난 말이죠, '행복한 육아'가 가능하다면 산후 우울증에 걸릴 일은 없을 거라고 생각해요. 아동 학대도 일어나지 않을 거고, 아이들도 환하게 웃으며 무럭무럭 자랄 거예요. 그럼 다치바나 선생, '행복한 육아'란 대체 뭐라고 생각하죠?"

오네 산부인과의 표어인 그 말의 의미에 대해서는 이 클리닉에서 일하기 시작하고 나서 수없이, 원장과 오케이, 주변 스태프들로부터 들어 왔다.

"네에…… 무엇을 행복하다고 여길 것인가는 사람들마다 다를 거라고 생각합니다만……"

쓰구오는 머릿속으로 적당한 말을 찾아 그것을 몇 번이나 늘어놓았다가 다시 바꾸고 난 후, 조심스럽게 한 문장으로 나열했다.

"엄마가 '나는 행복하다'고 생각하는 것…… '지금의 나를 인정해 주는 것'……이 아닐까요?"

"맞아요. 훌륭합니다, 다치바나 선생."

칭찬받는 데 익숙지 않은 쓰구오는 괜히 창피해서 손을 호주머니에 집어넣었다.

"그렇게 하기 위해 우리가 할 수 있는 일은 주로 두 가지. 우선은 정신적으로 다가가는 일. 그리고 또 하나는 엄마를 고립시키지 않는 일. 우리 클리닉을, 산후 1개월 검진을 받고 난 후에도 언제든 놀러 올 수 있는 장소로 만들려는 것은 그런 의미 때문이에요."

모두가 고개를 크게 끄덕였다.

오케이가 허리에 손을 짚으며 집게손가락 하나를 치켜세운다.

행복한 육아를 위해

"서로 돕고 지내는 엄마 모임과의 관계도 중요해요! 비슷한 달에 출산하는 엄마들끼리 즐겁게 활동하는 것은 그런 배려도 있기 때문이에요."

쓰구오는 오네 산부인과가 왜 밀착 케어나 부모 교실에 주력하고, 출산 후에도 아이를 데리고 놀러 올 만한 정원이며 카페 공간 등을 갖추고 있는지, 이제야 겨우 그 의도를 파악하게 된 것 같았다.

"그러니까…… 이 클리닉은 '행복한 육아'를 위해 존재하고, 오네 산부인과에서 제공하는 모든 것이 '밀착 케어'라는 거군요……"

"맞아요! 육아는 국가 차원에서. 이 나라를 지키는 것은 엄마들이니까요."

쓰구오는 새삼 원장의 원대한 꿈에 압도되었다. 근육을 자랑하거나 한물간 유행어로 장난치는 게 다가 아니었다. 심지 곧은 삶의 방식에 존경심마저 들었다.

하지만 쓰구오로서는 왜 원장이 그렇게까지 몰두하는지는 알 수 없었다. 산부인과 의사로서 그렇게까지 할 필요도 없고, 그렇게 하려면 당연히 비용도 많이 든다.

"저기…… 원장님은…… 어떻게 그렇게 정열적이실 수 있는지……"

그렇게 물어보자, 무슨 질문에든 자신만만하게 술술 이야기를 해 주던 원장이 갑자기 우물거렸다.

"……나도, 실은 말이죠, 옛날에 다치바나 선생 같은 경험을 한 적이 있어요."

"저와 같은 경험을요……?"

원장은 의자에서 일어나더니 창가로 걸어갔다.

"환자가, 자살해 버렸죠……"

쓰구오는 할 말을 잃었다.

"젊었을 적의 나는 환자에 대한 정신적인 도움 따위에는 전혀 관심이 없었어요. 기술만 최고였고 '내가 아기를 낳게 해 주었다'는 교만함마저 갖고 있었죠……"

쓰구오도 그 심정은 손에 쥘 듯 잘 안다. 선생님, 선생님 하고 불리는 동안 갑자기 자신이 대단한 사람이 된 것 같은 기분을 느꼈던 것이다.

"아기가 장애를 갖고 태어난 게 자기 책임이라고 책망하던 엄마였어요…… 주위의 도움도, 이해도 얻지 못한 채 점점 고립되어 갔죠…… 누군가 다가가 준 사람이 있었다면, 다른 결과가 나왔을지도 모르는데……"

행복한 육아를 위해

원장은 그 당시를 떠올리는 듯 멀리 보이는 바다로 눈길을 주었다.

"뛰어내리면, 더 이상 불안하지 않을 거라는 오직 그 마음뿐이지 않았을까……, 뭘 해 줬으면 좋았을까……, 이건 지금도 늘 생각하는 문제예요."

원장은 천천히 돌아보며 확신에 찬 미소를 쓰구오에게 보냈다.

"그 이후, 산부인과 의사로서의 영역과 규칙을 중시하며 일하는 것뿐만 아니라, 사람을 행복하게 만들기 위한 서포터로 살아가고 싶다는 생각을 하게 됐죠."

어머니의 기대에 부응하기 위해 산부인과 의사라는 길을 선택한 쓰구오는 지금까지, 어떻게 살고 싶은가 하는 관점으로 자신의 일을 생각한 적은 없었다.

원장은 쓰구오를 가만히 바라보다가 시험하듯 물었다.

"다치바나 선생은 어떤 산부인과 의사가 되고 싶은가요?"

하루카의 출산

아직 환한 여름날 저녁 무렵, 매미의 합창이 멀리서 들려온다.

오늘은 2주에 한 번 있는 아카펠라 동아리 활동이 있는 날. 평소 연습 때 사용하는 '오른쪽 난소' 안에 있는 홀로 향하는 쓰구오의 발걸음이 가벼웠다.

쓰구오에게 아카펠라 동아리 활동은 기대 이상으로 즐거운 것이었다.

"아~~~ ♪"

우선 스마트폰으로 쓰구오가 베이스 '파' 음을 확인하며 소리를 내 본다. 리드보컬인 원장이 도, 쓰바키야마가 라,

에리카가 한 옥타브 위의 도이다. 하모니의 기준을 각자 확인하고 나면, 보이스 퍼커션인 란마루가 호흡을 맞춰,

"아~~~ ♪"

하고 모두가 첫 음을 낸다.

마지막에는 시원스러운 표정으로 오케이도 뒤를 잇지만, 음계는 안타깝기 그지없게도 완전 틀렸다.

다른 사람과 대화하는 게 거북해 소극적이기만 했던 쓰구오도 노래 부를 때만은 배 속 깊이에서 정확하게 소리를 내었다. 주변 사람들과 하모니를 이루고, 리듬이 정확히 들어맞을 때는 소름이 돋을 것 같은 쾌감과 함께 마음속 깊은 곳에 처박혀 있던 긍정적인 기운이 용솟음치는 것 같았다.

"슬슬 신곡에 도전해 볼까요? 다치바나 선생도 이젠 제법 익숙해졌고 하니. 그나저나, 덥네~."

탱크톱 차림의 원장이 이마의 땀을 주먹으로 훔치면서, 에어컨 바람을 더욱 세게 조절했다.

"저기, 이런 거 생각해 봤는데 어떨까요?"

원장이 근육질의 두 팔을 벌리면서 기분 좋게 노래 부르기 시작했다.

멜로디는 〈도레미 송〉이었다.

마, 마의 난자와~ 파, 파의 정자가~ ♪

매, 맺어지는 건~ 하~나의 기적~ ♪

마~마의 배에서~ 만~날 수 있길 기대해~ ♪

이~제 금방 갈게~ 헬로~ 파파~ 마마~ ♪

"노래하면서 아기를 애타게 기다리다니, 멋진데요!"

"좀, 낯선 느낌인데……"

"다음번 〈ONE SUN(오네산)〉이 더욱 기대되는데요."

쓰구오는 처음 들어 보는 말에 고개를 갸웃거렸다.

"오, 오네산이오?"

"그래요. 매년 봄에 클리닉 정원에서 감사 축제를 열어요. 그동안 우리를 거쳐 간 환자들도 초대해서. 그때 늘 아카펠라 동아리에서 몇 곡 정도 노래를 부르는데, 이 정도면 아주 신나는 분위기가 될 것 같아요~."

"그, 그래요?"

쓰구오는 사람들 앞에 나서면 어쩔 줄 모르고 허둥대고 만다. 나도 무대에 서는 건가…… 벌써부터 우울해지려는데, 원장이 쓰구오의 귓가에 대고 말을 건넸다.

"요즘 어머니하고는 연락해요?"

원장의 생각지도 못했던 말에 쓰구오는 허를 찔린 기분

하루카의 출산

이었다.

"어, 아, 아뇨…… 요즘엔…… 조, 좀 바빠서……"

"그렇군요……"

그날 이후 어머니인 구미코에게서 몇 차례 전화가 왔지
만 쓰구오는 받지 않았다. 그 사실이 머리 한구석에 남아 있
으면서도 어머니와 떨어져 있는 시간에 비례해 정신적인
면이 안정되었음을 쓰구오는 실감했다.

"그게, 구미 짱 무슨 일이 있나 싶어서……"

원장은 뭔가 더 말할 것 같더니, 불쑥 혼잣말처럼 중얼
거렸다.

어떻게 대답해야 하나 궁리 중인데, 오케이의 PHS가 울
렸다.

"이바라키 하루카 씨가 왔어요. 자궁이 4센티미터 열렸
고, 파수는 안 된 상태. 제가 먼저 갈게요. 다치바나 선생님,
당직이시죠? 나중에 부를 테니 잘 부탁해요~."

"네, 부탁합니다……"

그렇게 대답하면서도 쓰구오는 뭔가 더 말할 게 있는 듯
한 원장의 모습이 마음에 걸렸다.

"좋아, 그럼 오늘은 이 정도로 마칠까요?"

원장은 재빨리 의사 가운을 가방에 넣고 돌아갈 준비를

시작했다.

"원장님, 약속 있으세요?"

"오늘은 말이죠, 오랜만에 데이트~. 가슴이 닥콩닥콩이에요~."

얼마 전 환갑을 맞아 스태프에게 민소매 옷을 선물받은 원장은 첫 데이트에 흥분한 고등학생처럼 눈을 빛냈다.

"그럼 이 몸은 이만 물러갈 테니, 뒤를 부탁해요! 다치바나 선생, 오케이, 무슨 일 있으면 연락하고! 안녕~!"

그렇게 허둥지둥 말하고 원장은 한쪽 발을 껑충거리며 홀에서 나갔다.

만삭까지도 미검진 상태였지만 여기 처음 온 후로 몇 번, 남편인 다쿠야와 함께 내원하여 호흡법과 출산에 대한 지도를 받은 열아홉 살의 이바라키 하루카. 39주하고 3일이 되어, 지역 보건의와도 소통하는 등 정력적으로 준비를 진행하고 있었다.

하지만 여전히 시간이 부족해 보였다. 하루카의 마음이 아직도 정리되지 않은 듯했기 때문이었다.

(엄마가 걱정돼요……)

　　　　　　　　　　　　하루카의 출산

배 속의 여자아이도 그 말만 되풀이했다.

그 후, 밤이 깊어서도 하루카의 분만은 좀처럼 진행되지 못했다.

진통의 간격이 3분 정도가 돼서야 쓰구오가 진통실로 상태를 보러 가자, 하루카는 고통스러운 눈빛으로 소리치고 있었다.

"아파!"

화장하지 않은 하루카에게는 아직도 열아홉 살의 어린 티가 남아 있었다.

"하루카 씨, 호흡을 잘하세요~. 자, 하~~~!"

오케이가 옆에서 말하는데도,

"하…… 이런 장난 같은 짓 못 혀!! 다 싫어!!!"

하는 말만 반복할 뿐.

옆에 앉은 다쿠야는 뭘 하면 좋을지 알 수 없어서 안절부절못하면서도,

"야, 이럴 때는 물 마셔야 혀."

하고 억지로 먹이려다가,

"지금은 필요 없다니께!"

하고 쌀쌀맞게 거절당했다.

"어쩌면 좋다냐."

다쿠야는 촌스럽지만 애교 섞인 도치기 사투리로 푸념했다.

쓰구오가 내진을 실시했다. 자궁은 5센티미터 열린 상태. 거의 진행되지 않았다.

하루카에게 붙여 놓은 모니터에서 나는 쿵, 쿵 하는 규칙적인 태아의 심박 소리가 방 안에 메아리치고 있었다.

진통의 파도가 물러갔다.

"정말이제 왜, 이렇게 아픈디, 낳아야만 하는 겨……"

하루카가 숨을 헐떡이며 내뱉듯이 말하자, 다쿠야가 하루카를 위로하듯 작은 목소리로 말을 건넸다.

"우리 엄니들도 이렇게 아팠겄제……"

"뭐? 그럼 왜 이렇게 아픈디, 날 버린 거여!"

하루카가 날카로운 눈빛으로 쏘아보자, 다쿠야는 아무 말도 하지 못했다.

쓰구오는 그저 묵묵히 그 모습을 지켜보는 수밖에 없었다.

"주먹밥이라도 먹을래요? 지금 시간 있을 때."

오케이가 등에 손을 얹자 하루카가 끄덕하고 고개를 떨

구었다. 다쿠야가 서둘러 편의점 봉지에서 매실 주먹밥을 꺼내 재빨리 포장을 벗기고 하루카에게 건네주었다. 흠뻑 흘린 땀을 닦아 낸 하루카는 거친 숨을 고르며, 주먹밥을 살짝 베어 물었다.

"물, 마실 텨……?"

잔뜩 위축된 다쿠야가 빨대 꽂은 페트병을 내밀자, 하루카는 아무 말 없이 입을 갖다 댔다. 다쿠야의 표정이 순간 풀어졌다. 하루카를 사랑스러운 듯 바라보며, 시원하게 해 주려는 듯 티셔츠 자락을 펄럭였다.

"너도 불안할 텐데, 참 애쓰네."

오케이가 다쿠야의 어깨를 퍽 하고 치자, "아야!" 하고 얼굴을 찡그리면서도 기분 좋은 듯 머리를 긁적였다.

"아녀라. 하루카가 훨씬 더 애쓰고 있당께요."

하며 하루카에게 대견스럽다는 눈빛을 보냈지만,

"웃기지 마."

하루카는 쳐다보지도 않은 채 단칼에 말을 잘라 버렸다.

다쿠야는 그런 쌀쌀맞은 대꾸는 신경도 쓰지 않고 말을 이어 갔다.

"야는 이렇게 쌀쌀맞아도, 사실은 엄청 가정적이여라."

(엄마는…… 늘 외로웠어요……)

갑자기 쓰구오의 머릿속에서 태아가 속삭였다.

(바다에, 앉아…… 매일 울었어요……)

오네의 바다는 동네 주민들의 쉼터인 동시에 마음을 씻
겨 주는 공간이기도 했다. 하루카 역시 때때로 꿈틀대는 파
도를 바라보며 외로움과 싸웠고, 어루만져 주는 바닷바람
과 파도 소리에 치유되며 오늘까지 살아남은 건지도 모른
다. 쓰구오는 눈 깊은 곳에 깃든 하루카의 고독을 생각했다.

"하긴, 나도 보통 가정이 어떤 건지 모르니께, 뭐가 가정
적인지는 잘 모르겠지만요."

다쿠야는 "하하하!" 하고 어딘지 어색하게 웃었다.

"보통이라는 게 어떤 건지, 굳이 몰라도 되잖아, 두 사람
다."

오케이가 분위기를 풀어 주려고 그렇게 말하자, 하루카
는 허공을 올려다보듯 고개를 들었다.

"뭐가 보통인지, 그건 중요하덜 않아. 나, 보통인 건 하나

도 없지만, 이렇게 튼튼허게 잘 살고 있잖여."

오케이가 윙크하자, 하루카와 다쿠야가,

"대박!"

하고 소리침과 동시에, 힘들어 보이던 얼굴이 활짝 밝아
졌다.

목숨을 건 쓰구오의 설득

　분만이 진행되어 내원한 지 여덟 시간이 지났을 무렵, 하루카는 드디어 분만실로 이동했다. 한밤중이 되어서도 원내 복도에는 여전히 후텁지근한 더위가 남아 있었다.

　오케이로부터 호출이 와서 쓰구오가 종종걸음으로 서둘러 가자,

　"이제 싫어! 낳고 싶지 않어!"

　하는 하루카의 절규가 복도 밖으로 새어 나오고 있었다.

　대학병원 시절에는 일상적인 광경이었지만, 이 클리닉에 오고 나서 이런 상황은 쓰구오에게 오랜만이었다. 오네 산부인과의 모든 환자가 이곳만의 독자적인 방법으로 시행

하는 호흡법으로 진통을 피하고 평온한 출산을 할 수 있는 것은 아니었다. 누구에게나 편차는 있는 법이라, 여기에서도 10퍼센트 정도의 환자가 도중에 호흡법을 포기했다.

"무리 무리 무리야!!"

옆에 앉아 있을 수밖에 없는 다쿠야는 손을 무릎 위에 꾹 올린 채, 계속 안절부절못하고 있었다.

"괜찮을랑가……"

이따금 허리를 문질러 주려고 했지만, 그럴 여유가 없는 하루카에게,

"만지덜 마!"

하고 혼만 났다.

진통의 파도가 물러간 틈을 타, 쓰구오는 분만 진행 상황을 알아보기 위해 다시 내진을 했다.

자궁 입구는 거의 다 열린 상태. 분만 자체는 순조롭게 진행되고 있었다.

하지만 다시 진통의 파도가 밀려오자, 하루카는 화난 것과도 비슷한 표정으로 몸을 비틀었다.

"아, 또 왔어! 이제 싫어!"

그때 여자아이의 쓸쓸한 목소리가 쓰구오의 귀로 미끄러져 들어왔다.

(엄마…… 계속 싫다고만 하고 있어요……)

(지금 엄마는, 혼란스러운 것뿐이야……)

쓰구오는 필사적으로 도움이 될 만한 말을 찾았지만, 순간 퍼붓는 외침에 모두 지워져 버렸다.
"아파!! 이제 필요 없어, 정말이여!!"

(엄마…… 필요 없다고 하면…… 나 그냥, 돌아갈까요……)

쓰구오는 예전부터 태아가 이와 비슷한 어두운 목소리로 말하던 것을 떠올렸다.
—원하지 않으면 태어나지 않을 수도 있는 것일까?
쓰구오는 뭐라고 대답하면 좋을지 알 수 없어서, 머릿속으로 이런저런 말을 찾았지만,

(그런 말 하지 마……)

하고 대답하는 게 고작이었다.

그런 쓰구오의 마음은 꿈에도 모른 채, 하루카는 이 사이로 거친 신음을 토해 내며 고개를 휘휘 내젓고 있었다.

"이제 싫어! 이제 싫어! ……아기 따위 필요 없어!"

(엄마…… 나하고, 만나고 싶지 않은 건가……)

그건 아니다. 하루카는 부모의 애정을 모르고 자랐기 때문에, 엄마가 된다는 것에 강한 불안을 가진 채 이날을 맞이하고 만 것뿐이다. 결코 이 아이를 원하지 않는 게 아니다.

처음에는 긴장과 당혹과 불안투성이였던 하루카가 오네 산부인과에 올 때마다, 부드럽고 긍정적인 표정으로 변해 가던 모습을 쓰구오는 보아 왔다.

고독을 느껴 왔던 하루카에게, 이 아이는 더할 나위 없이 소중한 존재가 될 것이다.

(그렇지 않아! 엄마는 사실, 널 만나고 싶어 했어!)

하지만 "필요 없어! 필요 없어! 필요 없어!" 하는 난폭하기 그지없는 하루카의 외침이, 쓰구오의 목소리를 점점 덮어 갔다.

(엄마, 미안. 역시 나는 오지 않는 게 더 좋았나 봐……)

태아가 그렇게 속삭인 순간, 태아 심박수가 90 가까이 뚝 떨어졌다. 퐁, 퐁 하고 모니터의 경고음이 울리기 시작했다. 쓰구오는 오싹한 찬 기운을 등 뒤로 느꼈다.

—설마…… 이대로 하늘로 돌아가 버리는 게…… 가능한 거야……?

현실적으로는 생각할 수 없는 사태와 맞닥뜨려 쓰구오는 숨을 삼켰다.

1분 동안 110~160이 정상인 태아의 심박수 수치가 90에서 회복되지 않는다. 영원처럼 느껴진 시간이었지만, 10여 초 후에 심박은 회복되었고, 경고음도 멎었다. 쓰구오는 식은땀을 닦으며 한숨 돌렸다.

—그런 일이 있을 리 없지……

그렇게 애써 믿으려 했지만, 잠깐 숨을 돌린 후 다시 심박수가 하강. 다시 회복되지 않는 상태가 지속되었다. 분명 이상이 생겼다.

"다치바나 선생님……"

태아 심박수의 저하를 걱정한 오케이가 불안한 표정으로 쓰구오를 보았다. 만약 이대로 상태가 지속되면 아기는

목숨을 건 쓰구오의 설득

정말 하늘로 돌아가게 될지도 모른다. 쓰구오의 초조함을 비웃기라도 하듯 일단 태아 심박수는 회복의 조짐을 보였다. 하지만 그 후, 심박수는 다시 하강하여 80까지 떨어졌다. 모니터의 물결선은 마치 태아의 망설임을 보여 주듯 가차 없이 위아래로 움직이고 있었다.

빙수 같은 차가운 땀을 등골로 느끼면서, 쓰구오는 내진을 했다. 이미 자궁은 완전히 열린 상태였다. 하지만 아기는 아직도 충분히 내려오지 않았다. 출산까지는 이제 얼마 남지 않았다.

"자세를 바꿔 보죠, 오케이 씨."

"알았어요. 자, 하루카 씨, 이쪽을 보실까요~?"

쓰구오와 오케이는 태아 심박수를 개선하기 위해, 똑바로 누워 있던 하루카의 자세를 왼쪽 옆으로 눕도록 했다.

그 후에도 자세를 바꿔 보았지만 심박수는 회복되지 않았다.

이어서 쓰구오가 하루카에게 산소를 투여해 심박수를 회복하려 했지만, 오케이는 분만실 안에 산소마스크가 없다는 사실을 깨달았다.

"금방 가져올게요."

오케이는 하루카 부부가 걱정하지 않도록 차분한 표정으로 분만실을 나간 후,

"왜 마스크가 없는 거야! 말도 안 돼!"

하고 복도에서 분개했다.

"이제 무리여어어!"

하루카의 자지러질 듯한 절규가 울려 퍼지자, 배 속의 아이가 금방이라도 울음을 터뜨릴 것 같은 목소리로 불쑥 말했다.

(엄마, 미안해. 또, 올게······)

그 목소리에 심장이 쪼그라드는 듯한 느낌을 받으면서, 쓰구오는 폭포수처럼 쏟아지는 땀을 닦으며 필사적으로 소리쳤다.

(잠깐만 기다려! 지금 엄마와 이야기해 볼게!)

(엄마의 손길, 따뜻했어······)

　　　　　　　　　　목숨을 건 쓰구오의 설득

그 물기 어린 목소리를 마지막으로, 태아의 말은 들리지 않았다. 심박수도 80인 채 회복되지 않았다. 퐁, 퐁…… 모니터가 아기의 위험을 계속해서 알리고 있었다.

쓰구오는 입술을 깨물며 배 속 아기를 구하기 위해, 현실적으로는 있을 수 없는 일까지 생각하기 시작했다.

―만약, 하루카 씨가 아기를 받아들이고, 진심으로 낳고 싶다는 마음을 가지면, 이 아이의 심박수가 회복되지 않을까……

의료인으로서 아무런 근거 없는 생각이라는 건 본인도 알고 있었다. 하지만 지금은 자신의 생각을 믿고 하루카를 설득해야 했다.

쓰구오는 숨을 크게 들이마시며 하루카와 마주했다.

"하루카 씨! 아기를 만나고 싶지 않습니까? 조금만 더 힘을 내세요!"

"더 이상은 무리예요, 무리 무리!"

땀범벅이 되어 고통스럽게 몸부림치는 하루카에게 쓰구오는 필사적으로 말했다.

"아기는 당신을 만나러 여기 왔어요!"

"그럴 리 없잖여요! ……마, 말도 안 되는 소리 말어유, 선생님!"

"아기는……"

쓰구오는 할 말을 찾았다. 어떻게 말하면, 오해 없이 전달될까……

그때, 가냘픈 여자아이의 목소리가 들렸다.

(엄마…… 정말 좋아했어……)

—목소리가 들렸어! 아직 기회는 있어!

쓰구오는 손에 힘을 주었다.

"아기는……, 아기는, 하루카 씨를 정말 좋아해요!"

쓰구오는 배 속 아기의 말을 그대로 전했다.

"선생님, 무슨 소리를……"

하루카가 의아한 듯 이마를 찌푸렸다.

(엄마……, 바다에서, 많이 울었어.)

"바닷가에서…… 많이, 울었죠? 외로웠죠?"

의아한 표정을 짓던 하루카에게 변화가 나타났다.

"아기는…… 외로워 보이던 당신을, 행복하게 해 주기 위해 왔어요!"

목숨을 건 쓰구오의 설득

(엄마가, 손가락의 고리를 만졌을 때, 손을, 따뜻하게 해 줬는데……)

"외로워서 반지를 만졌을 때, 늘 마음이 따뜻해지고는 했죠?"

하루카는 미간에 주름을 지으면서도 왼손 반지로 눈길을 주었다.

"그건 말이죠……, 그건, 아기가, 틀림없이 배 속에서 아기가…… 당신의 손을 따뜻하게 해 준 거예요."

가만히 반지를 바라보고 있던 하루카의 눈이 조금씩 붉어지기 시작했다. 다쿠야가 가만히 하루카에게 자신의 손을 포갰다.

(지난번, 축하해 줘서, 기뻤어……)

"아기를 위해 축하도 해 줬죠?"

하루카와 다쿠야가 짚이는 게 있는 듯 서로의 얼굴을 바라보았다.

그때, 오케이가 산소마스크를 들고 분만실로 돌아왔다.

(엄마, 만나고 싶어⋯⋯)

"아기는, 엄마를, 만나고 싶어 해요⋯⋯"

하루카의 눈에서 참고 있던 눈물이 굴러떨어졌다.

쓰구오는 경고음을 내고 있는 모니터를 힐끗 쳐다보았다. 위험한 조짐은 사라지지 않았다.

—위험해⋯⋯ 이대로 가면 아기가 위험하다.

이제는, 한시라도 빨리 아기를 꺼내야만 한다. 쓰구오는 흡인분만으로 태아를 꺼내기로 결단 내렸다.

"원장님을 불러 주세요!"

오케이가 원내 PHS를 들고 분만실 문을 연 순간, 진통의 파도가 멀어졌다.

퐁, 퐁⋯⋯ 경고음은 계속 울리고 있었다.

"서, 선생님⋯⋯, 괜찮은게라?"

긴박한 분위기에 어디를 쳐다볼지 몰라 하던 다쿠야가 쓰구오에게 다그쳐 물었다.

"아기가 괴로워하고 있어서, 지금 당장 흡인할 겁니다!"

놀라서 펄쩍 뛰는 다쿠야는 아랑곳하지 않고 쓰구오는 하루카와 다시 마주했다.

"하루카 씨, 아기의 심박수가 내려가고 있어요! 이대로

목숨을 건 쓰구오의 설득

가면 위험합니다!"

"네? 아기가……!"

하루카가 급격히 당황하기 시작했다.

"하루카 씨가 만나고 싶어 하면, 틀림없이 아기는 곧바로 괜찮아질 겁니다!"

"그, 그게 무슨……?"

진통으로 눈살을 찌푸리면서도, 하루카는 커다란 배를 두 손으로 감쌌다. 다쿠야의 눈도 촉촉해져 있었다.

"그래요…… 엄마와 만나게 해 줘요……, 이 아이를……"

"조금만 있으면, 만날 수 있어요. 모두 다 함께 힘냅시다……"

위로하듯 쓰구오가 힘을 북돋워 주고 있을 때 다시 진통의 파도가 돌아왔다.

하루카의 눈빛이 변하고, 참고 있던 감정이 봇물 터지듯 흘러나왔다.

"왜, 이렇게 힘들게 낳았는디…… 멋대로 사라져 버린 겨……"

분만실로 돌아온 오케이는 자애로 가득한 표정을 지은 채 하루카의 가냘픈 팔을 쓸어 주며 말했다.

"하루카 씨의 어머니도 이렇게 낳은 거야. 분명 괴로워하고 또 괴로워하며 고통스러웠겠지만, 본심은 당신의 행복을 기원했을 거야. 지금 당신과 마찬가지로⋯⋯"

거세지는 진통에 얼굴을 찡그리면서, 하루카는 티 없이 맑은 눈으로 오케이를 가만히 바라보았다.

"나랑 마찬가지로⋯⋯"

"그래. 결코 당신을 남기고 죽음을 선택하고 싶지는 않았을 거야⋯⋯"

오케이의 말에 하루카의 얼굴은 땀과 눈물, 진통과 괴로움으로 뒤범벅이 되었다. 다쿠야가 하루카를 꼭 끌어안듯 감싸 주었다. 다쿠야의 품 안에서, 하루카의 눈에 강한 한 줄기 빛이 깃들었다. 하루카는 힘껏 앞쪽을 쳐다보며, 마음을 굳힌 듯 깊고 긴 한숨을 토해 냈다.

"하～～～압!"

오케이는 방 한구석에 놓여 있던 흡인기를 가지고 오면서 머리를 크게 위아래로 끄덕였다.

"하루카 씨, 그래! 그렇게! 호흡법, 연습했지? 기억해?"

강한 진통을 뿌리치려는 듯 하루카는 가는 한숨을 계속 토해 냈다.

"하～～～압!"

"그래요! 좋습니다!"

목숨을 건 쓰구오의 설득

쓰구오도 땀을 닦으며 말해 주었다.

하루카가 어금니를 악물며, 쥐어짜듯 말했다.

"선생님, 나…… 이 아이 낳을래요……"

"하루카 씨! 그렇게만 해요!"

쓰구오는 하루카의 변화에 흥분마저 느끼면서, 둥근 컵의 손잡이를 들고 흡인기의 작동을 확인했다. 그리고 하루카는 흘러넘치는 감정을 해방시키듯 소리 높여 외쳤다.

"나, 엄마가 될 겨!"

오케이와 다쿠야가 젖은 눈으로 소리쳐 응원했다.

"그래요! 당신은 정말 훌륭한 엄마가 될 거예요!"

"힘내! 하루카!"

그때, 배 속 아기의 힘없는 질문이 쓰구오의 머릿속으로 스며들었다.

(내가 있으면…… 엄마, 외롭지 않게 될까……?)

(응. 엄마와 아빠는 기다리고 계셔!)

"나, 이 아이와…… 만나고 싶어!"

하루카의 숨결이 떨린다. 그 목소리가 닿았는지, 배 속 아이가 기뻐한다.

(나도…… 엄마 만나고 싶어!)

그 순간, 태아의 심박이 회복되고, 분만이 급속히 진행되기 시작했다.

—좋아! 흡인하지 않고 이대로 가도 되겠어!

쓰구오는 흡인기를 옆에 내려놓고 하루카를 이끌었다.

"하루카 씨, 눈은 계속 뜨고 계세요! 잘하고 있습니다!"

"그래요~! 숨을 천천히~ 내뱉으면서~."

달리기 주자와 함께 달리듯 쓰구오와 오케이가 진행 상황을 지켜본다.

지금까지는 분만할 때 말을 건네는 것은 거의 조산사에게 맡겼던 쓰구오였지만, 이날은 적극적으로 자신이 말을 건네고 있었다.

하루카는 착각했는지,

"엄니! 엄니!"

하고 불렀다. 이따금 뭔가를 쥐려고 뻗은 손을 다쿠야가 꼭 잡아 주었다.

"하루카! 괜찮여!"

목숨을 건 쓰구오의 설득

쓰구오의 귀에 사랑스러운 여자아이의 목소리가 메아리친다.

(엄마! 엄마!)

미치도록 어머니의 모습을 쫓아 헤맨 하루카의 마음과, 하루카의 행복을 위해 태어나려는 새 생명의 기도가 공명한다.

"엄니!"
(엄마!)

천국에까지 가 닿을 듯한 하루카와 태아의 절규가 포개진 순간, 갓난아기가 오케이의 손바닥에 스륵 내려왔다.

……응애! 응애! 응애!

분만실 안은 생명력 넘치는 여자아이의 울음소리로 가득 찼다.

"3시 5분! 축하해요~, 하루카 씨!"

"축하드립니다! 애쓰셨어요!"

하루카의 아기는 무사히, 이 세상에 태어났다.

큰 임무를 마치고 어머니가 된 하루카의 안심한 표정을 보고, 쓰구오는 비로소 어깨의 힘을 뺐다.

"자~, 당신들 아기예요~."

측정을 마치고 아기옷을 입은 갓난아기를 오케이가 하루카의 가슴에 가만히 올려 주었다. 하루카는 조심조심 작은 생명을 안아 들면서 오열했다.

"미안, 필요 없다고 말혀서…… 나, 몹쓸 엄마여……"

갓난아기는 천천히 눈을 뜨며 동그란 눈동자에 하루카를 담는다. 오케이는 아기의 젖은 머리카락을 천천히 어루만져 주었다.

"당신 어머니에게 무슨 일이 있었는지는 몰라요. 하지만 적어도 막 태어났을 때는, 당신의 행복을 간절히 바랐을 거예요……"

"맞어요, 오케이 씨…… 그것만으로도 행복혀요……"

하루카는 갓 태어난 딸에게 사랑스러운 눈빛을 보냈다. 그리고 천장을 올려다보며, 후욱 하고 숨을 쉬었다.

　　　　　　　목숨을 건 쓰구오의 설득

(엄니, 고마워……)

　오케이가 하루카와 다쿠야에게 갓난아기의 손바닥에 가만히 손가락을 올려놓으라고 했다. 다쿠야가 살며시 내민 집게손가락을 갓난아기가 꼬옥 잡자, 두 사람은 기쁜 듯 시선을 주고받으며 말했다.
　"대박!"
　―그 손을 놓으면 안 돼요……
　쓰구오는 세 사람의 모습을 지켜보며 마음속으로 응원을 보냈다.
　정원에서는 달빛을 받으며 경쟁하듯 울어 대는 귀뚜라미의 아카펠라가 밤의 오네 산부인과를 뒤덮고 있었다.

'밀착 케어' 카운슬링

"그때의 쓰구 짱은, 정말 멋졌어요~. '만나고 싶다고 기도하면 아기는 반드시 태어날 겁니다!' 하고 소리치는데~ 무슨 의학 드라마 보는 것 같았어요!"

그날 이후 직원실에 오기만 하면 오케이가 하루카의 분만 이야기를 몇 번씩이나 해서, 쓰구오는 부끄러워 몸 둘 바를 몰랐다.

"오케이 씨, 이제 좀 그만하세요."

"아기는 당신을 만나러 먼 하늘에서 왔어요, 천사예요!' 라는 말도 하고."

오케이는 오른손 집게손가락을 뻗어 하늘을 가리켰다.

"이제는 너무 부풀리는 거 아니에요? 난 그런 말 한 적 없어요."

"앗~? 그런 말은 안 했나요, 쓰구 짱~~~?"

"그런데, 그, '쓰구 짱'이라는 거, 뭐예요?"

"다치바나 선생님이라고 부르면 너무 딱딱하잖아요. 이젠 그냥 '쓰구 짱'이라고 부를게요."

"두 사람, 제법 괜찮은 콤비인걸."

빨갛고 커다란 히비스커스가 그려진 노슬립 원피스를 입은 쓰바키야마가 커피 잔을 두 손에 들고, 안경 안쪽에서 눈을 가늘게 떴다.

"다치바나 선생, 오케이, 슬슬 가야죠."

그 말에 오케이는 몸을 곧게 펴며 머리핀을 다시 꽂았다.

"가시죠, 쓰구…… 다치바나 선생님."

"네……"

오늘은 산후 우울증을 경험한 스기우라 유코의 세 번째 밀착 케어 날이었다. 절박유산으로 입원 중인 유코는 이미 임신 20주에 접어들었다.

밀착 케어는 나란히 심어 놓은 정원의 라벤더가 잘 보이는 케어룸에서 실시되었다. 연두색 벽지와 크림색 소파가 상쾌한 인상을 주고, 스위트오렌지 아로마가 은은하게 향기를 풍기는 방이었다.

안정이 특히 중요한 유코를 병실에서 옮기는 게 걱정이라는 말도 있었지만, 역시 이 공간에서 마주하는 시간이 유코에게도 소중할 것 같았다.

유코는 지난 두 번의 밀착 케어를 통해 '아기를 낳고 싶지 않다'던 말을 바꾸지는 않았지만, 그렇다고 중절수술도 결정하지 않았다. 지난번 밀착 케어에서는 태동을 느끼고는 '힘들다'며 울었다. 유코의 마음은 크게 흔들리고 있었다.

한편, 남편인 고헤이는 조금씩 변화하고 있었다. 산후우울증에 대한 이해가 거의 없었던 고헤이에게 유코의 말은 상상도 못 한 것들뿐인 모양이었다.

왜 지금까지 대화를 하지 않았을까, 하고 쓰구오는 생각했지만 쓰바키야마의 매끄러운 유도로 서서히 속마음을 드러내게 되었다는 것도 알 수 있었다.

쓰구오는 유코가 무엇을 생각하고, 무슨 이야기를 하는지, 쓰바키야마에 의해 어떻게 자신의 마음과 마주해 가는지를 알고 싶었다. 그것은 주치의로서 당연한 것이었지만, 쓰구오 자신이 유코와 모친의 관계가 남 일 같지 않다고 공

'밀착 케어' 카운슬링

감하고 있었기 때문이기도 했다.

또한 유코의 산후 심리를 알아 가는 일은 자살한 구스노키 유리의 마음속에서 무슨 일이 벌어졌는지를 깨닫는 실마리도 되었다.

그 사건과 마주하는 것은 당시의 괴로웠던 감정을 다시 떠올리게 만드는 행위이기도 했지만, 남몰래 고통받고 있는 쓰구오를 자연스럽게 배려해 주는 오케이와 쓰바키야마의 존재 덕분에 버틸 수 있었다.

쓰바키야마 앞에 유코와 남편인 고헤이가 나란히 앉고, 그 대각선 방향 뒤쪽에서 쓰구오와 오케이가 부부를 지켜보았다.

부부 앞에 시원한 카모마일 차가 들어 있는 유리컵을 내려놓고, "드세요" 하고 권한 후 쓰바키야마가 말을 꺼냈다.

"매번 말씀드립니다만, 여기에서 이야기할 때는 두 가지 규칙을 염두에 두셨으면 합니다. 하나는 무슨 이야기를 해도 괜찮다는 것. 두 분이 말씀하시는 것에 대해 저희는 그것이 옳다 그르다 하는 판단을 하지 않습니다. 여기서 이야기하는 내용은 결코 다른 사람에게 옮길 리 없으니까 안심하고 말씀하세요."

"네. 이야기하고 싶지 않으면 억지로 말하지 않아도 되고, 힘들면 도중에 그만둬도 괜찮다고, 전에 말씀하셨죠?"

고헤이는 폭포수처럼 흐르는 땀을 손수건으로 닦으면서 대답했다. 35도가 넘는 불볕더위 속을 일하다 말고 달려온 모양이었다.

"그렇습니다. 또 하나는 울고 싶을 때는 울어도 된다는 것. 운다는 행위는 대화에 방해된다고 생각하는 분도 계시지만 눈물을 흘리는 일은 감정의 발로, 곧 커뮤니케이션의 일부입니다. 우는 건 좋지 않다고는 절대 생각하지 말아 주십시오."

"눈물을 흘리는 것도 몸에 좋다는 것 같던데요. 아니, 저는 남자라서 좀처럼 울지 않습니다만. 그래도 예전에 보았던 영화, 아, DVD로 보았는데요, 그건 감동적이라 남자인 저도 울었습니다. 그 제목이 뭐였더라. 바…… 뭐였는데. 아, 유코 당신도 같이 봤잖아. 출산하고……"

유리창을 희미하게 흔들듯 들려오는 매미 울음소리가 고헤이의 말과 겹친다.

쓰바키야마가 "으흠!" 하고 헛기침을 했다.

"고헤이 씨, 하던 이야기로 다시 돌아가도 될까요?"

"앗, 네, 죄송합니다. 저도 모르게 옆길로 샜네요……"

'밀착 케어' 카운슬링

지금까지 실시된 두 번의 밀착 케어를 통해 쓰바키야마는, 이야기 주제에서 자주 벗어나는 고헤이가 그 사실을 지적하면 기분 나빠 하는 기색 없이 원래 주제로 금방 돌아온다는 사실을 알고 있었다.

"그동안의 말씀을 통해 유코 씨는, 산후 우울증에 걸렸을 때의 심정을 이야기해 주셨습니다. 그 말을 듣고 고헤이 씨는 어떻게 느끼셨는지, 오늘은 그것부터 시작해 볼까요?"

"그러죠. 그러니까, 육아가 보통 일은 아닐 거라고 생각은 했지만, 설마 그때 그렇게 많이 힘들어하는 줄은 몰랐기 때문에 깜짝 놀랐어요. 자주 울긴 했는데, 아아, 아기가 태어나서 행복하다고만 생각해서."

계면쩍은 듯 고헤이는 "하하하!" 하고 웃었다.

"그럴 리가 없잖아……"

그렇게 말하며 고개를 숙이는 유코의 옆얼굴을 고헤이는 약간 불만스러운 듯 쳐다보았다.

"하지만 말하지 않으면 모르잖아? 게다가 나도 최대한 도와줬다고 생각하는데."

"도와줬다고…… 응, 하긴, 기분 내킬 때만……"

"무슨 뜻이야?"

"내가 정말 필요로 할 때는 아무것도 해 주지 않았으면서……"

이전까지는 자신의 이야기에 소극적이던 유코였지만, 밀착 케어의 효과인지, 조금씩 자신이 느낀 것을 말로 표현하게 되었다.

"그렇게 말해도…… 확실히 표현하지 않으면 몰라. 목록 같은 걸 만들어서 구체적으로 지시해 주었으면 좋았을 텐데."

"지시라니…… 집이 무슨 회사도 아니고. 그리고 꼭 일일이 말로 해야만 해? 내 상태를 보고 뭘 하면 좋을지 눈치챌 수도 있는 거잖아?"

"하지만 내가 알아서 해도, 그게 아니라고 했잖아? 게다가, 당신 말이 백번 옳다 해도 그게 왜 애를 지우고 싶은 이유가 되는 건데! 내 아이이기도 한데, 자기 마음대로……"

더 이상 말하면 엉뚱한 방향으로 흘러갈 것 같다고 느낀 고헤이가 입을 다물었다. 다리를 꼬면서 약간 거칠게 유리컵을 집어 든 후 빨대에 입을 갖다 댄다. 쓰바키야마는 고헤이를 따라 하듯 카모마일 차를 한 모금 마셨다.

밀착 케어로 한 걸음씩, 하지만 착실히 접근하고 있는

부부 관계였지만 오랫동안 평행선을 그려 왔던 응어리는 좀처럼 풀리지 않았다.

고헤이가 속으로 삼킨 말을 쓰바키야마는 마침 잘됐다는 듯 화제에 올렸다.

"고헤이 씨는 유코 씨가 어떻게 해 줬으면 좋겠다고 말해 주길 바라는 거죠?"

"그렇습니다. 눈치채지 못한 건 미안하지만 결국 확실히 말해 주지 않으면 모르잖아요, 남자는."

"유코 씨, 정말 어떻게 해 주길 바라는 건가요? 그것에 대해 이야기해 볼래요?"

유코는 일단 쓰바키야마에게 눈길을 보낸 후, 무릎 위에 포갠 손등으로 시선을 떨구었다.

"저는…… 좀 더, 대화를 하고 싶었어요……"

고헤이가 어이없다는 듯 말했다.

"대화라니……, 하고 있잖아. 나도 말이 없는 편이 아니고, 무슨 말이든 다 들어 줄 용의는 있는데……"

"그렇지 않아."

"무슨 뜻이야?"

"그러니까……"

유코는 다시 입을 다물며, 모르겠어, 하고 말하듯 고개를 내저었다.

"아무 말도 안 해 주면서 눈치채 달라니, 난 무리야. 대체 어떤 대화를 원한다는 거야?"

"……"

쓰바키야마가 다시 침묵하는 유코를 격려하듯 "유코 씨" 하고 말을 건넸다.

"사실은, 어떻게 해 주길 바라는 건가요? 괜찮아요, 생각나는 대로, 뭐든 다 말해 봐요."

유코는 숨을 깊이 내뱉더니, 눈을 감은 채 이야기하기 시작했다.

"제 이야기를 들어 주길 바랐어요…… 제 이야기를. 남편으로서, 잘 받아 주길 바랐어요. 자기 이야기만 하지 말고……"

고헤이는 외국어라도 듣는 것처럼 미간에 주름을 잔뜩 모았다.

"제가…… 엄마로서도, 아내로서도 잘하는 게 아무것도 없어서 '나는 엄마 자격이 없어' 하고 말했을 때, '그렇지 않아'라고 그냥 부정만 하지 말고…… '잘하고 있어' 하고…… 인정해 주길 바랐어요……"

"……그게 무슨?"

"너무 애쓰지 않아도 돼' '충분히 잘하고 있어'라고……"

"나는…… 유코가 너무 애쓴다고 생각했기 때문에 '그렇지 않아'라고 말했던 거야."

"그렇게 들리지 않았어."

"무슨 소리야?"

"속으로는 엄마 자격이 없다고 생각했으면서……"

"그렇지 않아."

"하지만 '그런 생각이 들면, 좀 더 열심히 하면 되잖아'라고 말했잖아."

"어…… 그랬나?"

쓰구오는 오케이와 함께 부부의 대화를 기도하는 심정으로 지켜보고 있었다.

지금까지의 이야기로 보아, 유코는 노력가로 어떤 일이든 열심히 해서 결과를 만들어 내는 여성처럼 보였다. 지금은 대형 식품회사에서 근무하며 매니저 일을 맡고 있었다. 그건 어쩌면 쓰구오와 마찬가지로 어머니 말에 상처받으면서도, 어머니에게 인정받고 싶다는 바람이 원동력이 되었던 것인지도 모른다.

그런 유코였기 때문에 더욱 '너무 애쓰지 않아도 된다'는 한 마디가 듣고 싶었던 것이다. '당신은 충분히 잘하고 있다'. 그런 말을 듣는 것만으로 마음이 얼마나 편해지는지, 쓰구오도 잘 알고 있었다.

하지만 고헤이의 입장도 쓰구오는 남자로서 이해할 수 있었다. 고헤이는 육아에 관심이 없는 것도 아니었고, 자기 나름대로 역할을 잘 수행하고 있다고 생각했다. 회사에서 목표를 구체적으로 지시해 달라고 상사나 동료에게 말하듯, 똑같이 말하고 싶은 심정인 듯했다. 게다가 나름대로 배려한다고 한 말조차 유코를 궁지로 몰아넣었다면, 대체 어떻게 해야 좋단 말인가.

이날의 밀착 케어는 평행선만 달리다가 종료되었다.

두 사람은 과연 서로를 이해할 수 있을까. 쓰구오의 머릿속에 그런 걱정이 스쳤다.

아스팔트에 생겨난 아지랑이를 쓰구오는 암울한 기분으로 바라보았다.

엇갈린 부부

지난번 밀착 케어가 있고 일주일 후, 네 번째 밀착 케어가 진행되었다. 법적으로 중절수술이 가능한 임신 22주 미만까지 일주일 남았다.

케어룸의 꽃병에 꽂힌 싱싱한 하얀 백합이 달콤한 향기를 뿜어내고 있었다.

이날은 플루메리아가 전체적으로 흐드러진 남색 원피스를 입은 쓰바키야마가 차분한 목소리로 말을 꺼냈다.

"지금까지의 이야기를 종합해 보면, 두 분 모두 서로를 생각하는 마음은 충분합니다. 하지만 뭔가가 어긋나고 있어요. 그게 혹시, 마음속에 있는 것을 서로에게 잘 전달하지 못하고 있기 때문이 아닐까요?"

"맞아요. 유코가 자신의 생각을 좀 더 말해 준다면, 나도 어떻게 고쳐 나갈지 알 수 있을 것 같아요."

"그럼 내가 잘못했다는 거야? 내가 말하지 않아서 문제가 있다고?"

"아니, 그런 의미가 아니라……"

"하지만 그렇게 말하고 있잖아."

"그러니까……"

그렇게 말하다 말고 조개껍질처럼 입을 다문 고헤이가 창밖으로 시선을 보냈다. 유코는 고개를 숙인 채 긴 머리를 만지작거린다.

어색한 침묵이 무겁게 내려앉았다. 갑자기 이상해진 분위기를 견디지 못하고 쓰구오는 눈을 감았다.

그때 불안해하는 남자아이의 목소리가 쓰구오의 머릿속으로 들어왔다.

(선생님…… 아빠와 엄마는 괜찮을까요……?)

(음…… 글쎄……)

　　　　　　　　엇갈린 부부

(엄마는 나와의 '약속'을 잊고, 나를 포기해 버릴까요?)

(이런 일은 시간이 좀 걸리니까…… 조금만 더 지켜보도록 하자.)

(……알겠습니다.)

예전에는 시원시원하고 또렷한 목소리를 들려주던 유코의 태아가, 요즘은 그 명랑함에 그늘이 드리워져 있었다.

쓰바키야마가 분위기를 환기시키듯 목소리의 톤을 살짝 밝게 했다.

"그럼 접근 방식을 바꿔 볼까요? 당시 유코 씨의 심정은 들었지만, 고헤이 씨는 어떠셨나요?"

"저요?"

의표를 찔린 듯 고헤이가 되물었다.

"그래요. 아마 유코 씨도 아이가 태어난 후, 고헤이 씨가 어떤 생각을 하고 있는지 잘 몰랐을 것 같은데요?"

쓰바키야마가 웃음기 담긴 시선을 던지자 유코는 조용히 고개를 끄덕였다.

"고헤이 씨에게도, 아버지가 되어 어떤 기분이었는지 이야기를 들어 보는 건 어떨까요?"

고헤이는 머리를 긁적이며 유코 쪽을 쳐다보았다.

"나는…… 그래요. 아이가 생겼다고 해서 굳이 내 태도
나 생활을 바꿀 필요는 없다고 생각했어요……"

"무슨 말씀이죠?"

쓰바키야마가 한 손으로 안경테를 들어 올리자 반짝하
고 렌즈가 반사되었다.

"그게, 출산을 하면 여자에서 엄마가 된다고 흔히들 말
하잖아요. 주변에서 '더 이상 여자로 보이지 않는다'고 말
하는 사람들도 있으니까, 나는 그렇게 되지 말자고 생각했
죠."

유코는 이해할 수 없다는 듯 떨떠름한 표정으로 고헤이
를 보았다.

"그렇군요. 그러니까, 둘 다 갑자기 변하면 균형이 깨질
테니, 자신은 일이나 생활 스타일을 바꾸지 말자, 아이가 생
겼어도 여전히 아내로서, 여자로 대하자, 그렇게 생각했다
는 건가요?"

"맞아요, 맞아, 바로 그거예요!"

"고헤이 씨 나름대로 유코 씨를 소중히 생각한 거군요."

"네, 그랬습니다. 나는 마리가 태어나서 정말 기뻤어요.

내가 할 수 있는 일은 열심히 일해서 돈을 벌고, 가족과 즐겁게 지내는 거라고 생각했기 때문에 더욱 일에 몰두했어요."

쓰바키야마는 고헤이의 이야기를 다시 정리하여 말하는 걸로 자신이 이해하고 있다는 것을 드러냈다. 그리고 유코의 반응에서 그의 주장이 전달되지 않았다고 느꼈을 때는 최대한 쉽게 풀어서 유코에게 말해 주어 두 사람의 윤활유가 되려고 애썼다.

쓰바키야마는 조금 전과는 반대로 속도를 늦추며 유코에게 말했다.

"알겠습니다. 이 말을 듣고 유코 씨는 어떻게 느끼셨나요?"

유코는 잠깐 입을 떼는가 싶다가 시선만 허공을 헤매고는 고개를 숙였다.

"괜찮아요."

쓰바키야마가 그렇게 말을 건네자, 유코는 살짝 숨을 들이마시고 나서 이야기하기 시작했다.

"저는…… 함께, 변하고 싶었어요."

"어?"

고헤이는 영문을 모르겠다는 듯 유코의 얼굴을 보았다.

"저는 결혼해서 성이 바뀌었고…… 임신해서 체형이 바뀐 후 출산을 했고…… 언제라도 사라져 없어질 것 같은 작은 생명이 갑자기 눈앞에 나타나, 친구 관계도 다 바뀌었고, 외식도 못 하고, 밤에도 외출할 수 없었어요. 전 생활이 180도 바뀐 거예요."

"그렇죠."

"아무튼 그런 변화에 압도돼서……, 사회에서 갑자기 나만 뒤처진 것 같아서 너무 고독했어요. 그럴 때 옆에서 함께 의지가 돼 주었다면…… 마음이 든든했을지도 몰라요."

"흐음……"

고혜이는 이해할 수 없다는 몸짓을 하고는, 의자에 몸을 기대며 다리를 꼬았다.

"하지만 나도 나름대로, 어쨌든 마리를 씻겨 주기도 했는데……"

"집안일 같은 건, 해 주지 않아도 됐어……"

"어? 잘하지는 못했지만 나름대로 열심히 했는데."

"그렇게 해 준 건 기뻤지만, 그보다……"

"그보다?"

"일요일에 골프 치러 나가지 않기를 바랐어."

"그것도 다 일의 연장이라 어쩔 수가 없잖아."

　　　　　　　　　　　엇갈린 부부

"알고 있어. 그래서 불평한 적도 없어. 지금까지 단 한 번도……"

유코는 손수건으로 얼굴을 가린 채, 더 견디지 못하고 흐느끼며 말했다.

"당신이 그렇게 열심히 일하는 거 아니까…… 내가 무능하고 못났다는 말을 할 수가 없었어…… 불만이나 속마음을, 좀 더 이렇게 해 주면 좋겠다는 말을…… 할 수가 없었다고."

"뭐야, 그게! 말해 줬더라면 좋았을걸."

"말할 수 없었다고!"

유코는 큰 목소리로 감정을 드러냈다.

"말을 해 버리면 무능한 엄마라고 여기지나 않을까, 갈 데까지 가서…… 이혼하게 되는 건 아닐까……"

"그럴 리가 없잖아!"

"하지만 그렇게 생각했다고!"

유코는 그렇게 말하고는 엎드려 울었다.

고헤이는 잠시 생각에 잠겼다가 쓰바키야마에게 질문을 던졌다.

"쓰바키야마 씨, 이런 걸 물어봐도 되는지 모르겠지만

쓰바키야마 씨 생각을 좀 들려주실 수 없을까요?"

"네? 제 생각이오?"

"네. 나는 아무래도 여자들 사고방식을 모르겠어요. 솔직하게 의견을 들려주실 수 없을까요? 같은 여자로서."

그 말을 듣고 쓰바키야마는 기쁨을 감출 수 없다는 듯 미소를 지었다.

"기꺼이 대답해 드리죠. 어떤 거죠?"

"그게, 유코는 '말할 수 없었다'고 했고, 실제로도 원하는 것을 좀처럼 말해 주지 않았어요. 나 같으면 상대방에게 부탁하고 싶은 건 확실히 말로 합니다. 쓰바키야마 씨는 '말할 수 없었다'는, 그 유코의 심정을 아시겠어요?"

"음, 그래요…… 저도 좀 과도하게 노력하는 구석이 있어서, 알 수 있을 것도 같은데……"

"예를 들면요, 예를 들어?"

고헤이가 몸을 앞으로 내밀었다.

쓰바키야마는 "그래요……" 하고 입술을 깨물며 잠시 생각하고 나서 두 손으로 안경을 벗었다.

"일반적인 경우, 보통 테라피스트는 사적인 이야기는 하지 않게 되어 있지만, 지금은 두 분에게 제 경험을 이야기하는 것도 필요할지 모르겠다 싶은데, 들어 주시겠어요?"

"네. 꼭 좀 부탁합니다."

"저기…… 제가 남자로 태어났다는 이야기는 전에 했죠?"

"네. 정말 놀랐어요. 그런 사람이 있다는 건 알고 있었지만 설마 쓰바키야마 씨가……"

쓰바키야마는 호적상으로는 남자였다는 사실을 예전에는 숨기고 일했다.

하지만 10년 전쯤, 어느 환자에게서 '남의 속 이야기는 실컷 다 들었으면서 자기가 남자라는 사실은 전혀 말하지 않았다. 배신당한 기분이다'라는 지적을 받고야 말았다. 결국 신뢰 관계가 망가진 그 경험을 통해 쓰바키야마는 상황에 따라 이른 단계에서, 남자로 태어났다는 사실을 커밍아웃하자고 방침을 바꿨다.

사실을 알고 난 환자 쪽에서는 하늘과 땅이 뒤바뀐 듯한 충격을 받지만 '그런 중요한 사실을 말해 주었다'고 느껴 쓰바키야마를 더욱 신뢰하게 되고, 마음속에 있는 것을 털어놓는 환자가 늘었다고 한다.

"어쩌면 사례가 비슷하지 않다고 생각될지도 모르겠지만…… 도움을 요청할 수 없는, 다른 사람에게 털어놓을 수 없는 경험을 저도 해 봤기 때문에 알 것 같기도 합니다."

"그렇군요……"

고헤이는 쓰바키야마가 이야기하려는 내용을 짐작했는지 고개를 크게 끄덕였다. 쓰바키야마도 두 사람을 향해 똑같이 고개를 끄덕여 주었다.

"제 마음이 여자라는 걸 늘 말할 수 없었어요. 주변 사람들에게 '남색'이라는 말을 들어도 아무 대꾸도 못 한 채, '도와 달라'고 누구에게도 말할 수 없었죠……"

"과연……"

"다섯 살 무렵에 꽃을 잔뜩 따서 어머니에게 꽃다발을 만들어 준 적이 있어요. 한창 꽃을 따는 동안에는 너무나 즐거워서, 엄마가 이걸 보면 얼마나 좋아할까 싶었죠. 하지만 그걸 드렸을 때 고맙다는 말 한 마디 듣지 못하고, '남자아이가 무슨 이런 걸, 걱정스럽다'고만 하셔서…… 딱 한 번뿐이었지만, 그 후로는 어머니와 어떤 말도 할 수 없게 됐어요……"

"그랬군요……"

"성인이 되어 어머니에게 '난 여자야' 하고 커밍아웃했을 때, '왜 말해 주지 않았느냐'며 우셨는데, 그저 미안하다는 말밖에는 할 수가 없었어요…… 마음속에 있는 것을 끄집어낸다는 건 정말 용기가 필요한 일이에요……"

엇갈린 부부

쓰바키야마는 고조된 감정을 억누르듯 쓴웃음을 지어 보였다.

"정말 힘든 건…… 속마음을 털어놓을 수 없는 거랍니다……"

고헤이도 쓰바키야마를 흉내 내듯 괴로운 표정을 지으며 작게 고개를 끄덕였다.

매미 울음소리조차 들리지 않는 무언의 시간이 흘렀다.

잠시 후, 고헤이가 꽃병의 백합을 바라보며 불쑥 중얼거렸다.

"내가…… 틀린 건가."

케어룸 안의 시선이 고헤이에게 집중되었다.

고헤이는 "하하하!" 하고 웃으며 머리를 긁적이더니, 쓰바키야마를 올려다보았다.

"내가 좀 더 많이 위로해 주었으면 좋았을까요? 좀 더 옆에 있으면서 이야기를 들어 주었으면 좋았을걸, 그러면 됐는데……"

고헤이는 오랜 의문이 풀린 듯 개운한 표정을 지어 보였다.

"그래…… 유코 혼자만 그런 생각을 품게 만들고, 혼자만 애쓰게 했어…… 미안해."

고헤이가 그렇게 말하자, 유코는 눈두덩을 손수건으로 누르며 "아니야……" 하고 고개를 저었다.

'나 나름대로 노력했다'며 양보하지 않던 고헤이가 유코의 마음을 받아들이자, 비로소 엇갈리기만 했던 두 사람의 마음이 가까워지기 시작했다. 이제부터다. 이제 유코는 배 속의 아기를 낳겠다고 마음먹을 수 있을까. 쓰구오는 기적을 바라는 심정으로 기도했다.

고헤이는 지금까지 언급하지 않았던 핵심으로 발을 들여놓았다.

"나는 말이야, 출혈 소동으로 깜짝 놀랐지만 그때, 태아에게 두 눈이 생겼다는 말을 듣고 정말 기뻤어. 마리에게 남매가 생기고, 넷이서 시끌벅적하게 살게 되겠구나 생각해서. 유코, 여러 힘든 일이 있을지도 모르지만, 함께 노력하면 안 될까……"

유코의 얼굴에 그림자가 드리웠다.

"앞으로는 좀 더 이야기를 들어 줄게."

"……"

"좀 더 많이 도와줄 테니까……"

"하지만……"

"하지만?"

"······당신은 그리 쉽게 변하지 않을 거야······"

"뭐야! 힘들게 생긴 생명이잖아!"

고헤이가 자신도 모르게 소리쳤다. 지체 없이 쓰바키야마가 끼어들었다.

"고헤이 씨, 진정하세요."

"왜······ 왜 내 아이를 낳지 않겠다는 거야······"

고헤이의 눈이 촉촉이 젖기 시작했다.

"배 속 아이를······ 만나고 싶지 않냐고······"

유코도 다시 볼을 적신다.

"나도······ 사실은······ 만나고 싶어······ 정말······ 낳고 싶어······"

"그럼 낳으면 되잖아!"

"하지만, 또 우울증에 걸릴 것 같아서······ 무서워서 견딜 수가 없어······"

"괜찮아! 나도 잘 돌봐 줄게!"

"무리야! 당신은 날 대신할 수 없어!"

"그런 소리 하지 말고!"

"또 그때처럼 힘든 건 싫어!"

유코의 비통한 절규에 고헤이는 대답할 말이 없었다.

"안 그래도, 좋은 엄마가 될 자신이 없는데, 아이는 더 이상 낳을 수 없어. 이번에는 날 제어하지 못하고 결국 죄를 지을지도 몰라."

"……"

그렇게 말하고 유코는 마치 봇물 터지듯 지금까지 속에 담아 두었던 생각을 털어놓았다.

"당신은 아기를 낳는다는 게 어떤 건지, 더 나아가 키우는 게 어떤 건지도 전혀 몰라. 아이는 장난감이 아니잖아? '배고프다'고 말하면 먹을 걸 만들어야 하고, 먹다 흘리면 닦아 줘야 해. 그러다 다 식은 내 밥을 데워 먹으려고 하면 '안아 달라' '놀아 달라'고 하지, 잠깐 물건 좀 사러 갈 때도 일기예보를 확인하고, 옷은 어떻게 입혀야 하는지, 혹여 가게 안이 춥지나 않을까 겉옷 한 벌, 갈아입을 셔츠 한 벌 정도는 더 가지고 가야 해. 가게까지 가는 동안에도 어찌나 칭얼거리는지, 다른 데로 새기도 하다가 겨우 가게에 도착했을 때는 완전히 기진맥진, 뭘 사러 왔는지도 까먹지만 그래도 사긴 사야 해. 당신, 예전에 아기랑 같이 잘 수 있어서 좋겠다고 했지?"

"어, 아, 그랬나?"

"응, 그랬어. 이것도 해야 하고, 저것도 해야 하고, 할 일

엇갈린 부부

천지인데 옆에 같이 누워 주지 않으면 안 자. 어떨 땐 한 시간 이상 옆에서 같이 자는 척해야 하고, 겨우 잠들어 나 혼자만의 시간이 됐다 생각하면 금방 또 깨서, 정신 차리고 보면 밤이야. 다시 밥 먹여야 하지…… 난 내 생활, 시간, 친구, 경력 모든 걸 희생하며 아이를 키워야만 해. 이렇게 아이를 키우기 힘든 사회에서 말이야. 당신은 그걸 전부 알면서도 나더러 아이를 낳으라고 하는 거야?"

말을 마친 후 유코는 누구의 눈치도 보지 않고 울음을 터뜨렸다. 고헤이는 흐느끼는 아내를 그저 멍하니 내려다볼 뿐이었다.

거기에는 쓰구오가 전혀 몰랐던 엄마의 고뇌가 있었다. 힘든 일이라는 건 머리로는 알고 있었지만 육아가, 이렇게나 엄마를 궁지로 몰아넣고, 이렇게까지 갈등과 오해를 만들어 낼 줄이야……

시계의 초침 소리가 케어룸에 울려 퍼진다.
쓰구오의 머릿속으로 남자아이의 분명치 않은 목소리가 흘러 들어왔다.

(엄마는…… 나를 싫어하는 건 아니겠죠?)

(그래. 너의 일과는 다른 문제가 있는 것 같다……)

(엄마가 울면…… 나도 슬퍼져요……)

평소와 달리 침울한 태아를 어떻게 달래 주면 좋을까. 이 부부는 과연 어떻게 될까. 쓰구오 역시 앞이 보이지 않아 어찌할 바를 모르고 있는데, 고헤이가 갑자기 털썩하고 큰 소리를 내며 바닥에 정좌를 했다.

"유코, 부탁해!"

그렇게 말하며 고헤이는 두 손을 앞으로 하고 이마를 바닥에 갖다 댔다.

"자, 잠깐……!"

유코는 예상치 못했던 고헤이의 행동에 허둥지둥 몸을 일으켰다.

"두 번 다시, 두 번 다시…… 외롭게 만들지 않을 테니까…… 부탁해!"

"뭐, 뭐 하는 거야……!"

쓰구오와 오케이, 쓰바키야마도 곤란한 표정으로 서로의 얼굴을 쳐다보았다.

"내 아이를, 낳아 줘!"

엇갈린 부부

"여보…… 그만둬."

고헤이는 바닥에 이마를 찧으며 코를 훌쩍거리기 시작했다.

"나……, 부탁할 방법이 이것밖에 떠오르지 않아. 유코의 마음도 전혀 몰랐고, 아기를 키우는 게 얼마나 힘든지도 몰랐던 몹쓸 남편이었지만…… 그래도, 유코와 마리, 배 속 아기를 소중하게 생각하는 마음만은 진심이라는 걸, 알아줘……"

"……"

"나, 아니 우리 두 사람의 아기를 낳아 줘……"

"……"

"유코도, 아이들도 반드시 행복하게 해 줄게. 부탁해!"

고헤이는 엎드린 채 소리 내어 울기 시작했다.

눈물을 흘리며 절하는 남편을, 입술을 꼭 깨문 채 바라보고 있던 유코가 소파에서 일어나 고헤이 옆에 쪼그려 앉았다.

"엎드려 빌다니……"

바보 같아……, 하고 작게 속삭이는가 싶더니 그 어깨를 부둥켜안고 유코 역시 함께 흐느껴 울었다.

엎드려 절하는 형식이기는 했지만, 유코에게 그것은 남

편이 처음으로 다가와 준 느낌이었을 것이다. 그리고 안정을 되찾은 유코가 각오한 듯 고헤이를 바라보았다.

"나, 아기 낳을게……"

고헤이가 엉망인 표정 그대로 유코를 올려다본다.

"그러니까 이제 울지 마……"

"나, 열심히 노력할게…… 열심히……"

고헤이는 더욱 큰 소리로 울었다.

그때 쓰구오의 머릿속으로 또 하나의 울음소리가 메아리쳤다.

(으앙! 으앙! 다행이다!)

유코의 배 속 아기였다. 익숙한 어른 말투가 아닌, 한없이 어리기만 한 아이처럼 큰 소리를 내어 울고 있었다. 지금까지의 과정을 몹시 불안해하며 줄곧 지켜보았던 것이다. 드디어, 드디어 엄마가 자신을 낳기로 결심했다……

(으앙! 으앙!)

유코와 고헤이가 웃음을 되찾고 쓰바키야마와 악수를

나누었다. 오케이는 눈물을 흘리는 바람에 화장이 완전히 다 지워졌다. 부부는 쓰구오와 다시 마주하며, "새삼 잘 부탁드립니다" 하고 함께 인사했다. 쓰구오는 그 말에 담긴 책임을 고스란히 느끼며, 역시나 깊이 고개를 숙였다.

그동안에도 계속 배 속 울음소리는 그치지 않았다.

오케이의 과거

정원의 버드나무를 흔드는 바람에서 여름의 끝을 느끼기 시작했다.

유코는 23주 차에 퇴원하여, 그 후로는 집에서 안정을 취하기로 했다.

그때까지도 일주일에 한 번, 총 여섯 번의 밀착 케어를 받았고, 부부는 하루하루 서로에게 다가갔다. 오해가 모두 사라진 건 아니었다. 유코가 확실한 자신감을 되찾아 출산을 준비하게 된 것도 아니었다. 그래도 오네 산부인과의 도움을 받으며 두 사람은 출산이라는 공통의 목표를 향해 나아가려 하고 있었다.

고헤이는 퇴원 날에도 병실로 찾아와 유코를 신경 써 주며 짐을 정리했다.

"무리하지 말고 가만히 있어. 몸 생각해야지."

"응. 고마워."

"저기…… 방금 나, 멋진 남편 같지 않았어?"

그 말에 발끈한 듯 유코가 한쪽 눈썹을 치켜올렸다. 그것을 보았는지 지체 없이 딸인 마리가 끼어들었다.

"정말~ 아빠는 쓸데없는 말로 점수를 깎여. 내 말이 맞지, 엄마?"

"그, 그래……"

딸의 날카로운 지적에 유코는 쓴웃음을 지었다.

(선생님, 정말 신세 많았습니다!)

오랜만에 활기찬 목소리가 날아들었다. 유코의 태아였다.

(무럭무럭 크렴.)

(네! 엄마와 아빠를 도와주셔서 정말 감사했습니다!)

(다음에 다시 만나자.)

(요즘 엄마가 자주 쓰다듬어 줘서, 나, 기뻐요!)

(그래? 그거 잘됐구나.)

"다음엔 부모 교실에서 만나요."

"아무튼 1월 예정일까지 방심하지 않겠습니다. 연말 휴가는 없습니다."

고헤이는 그렇게 말하고, 차에 유코와 마리를 태운 후 돌아갔다.

아직 늦더위가 심했지만 불어오는 바람은 어딘지 모르게 시원했다. 유코 일행의 차가 화단 옆을 지나갈 때 무성히 자란 분홍색 코스모스가 흔들렸다.

주차장까지 배웅한 쓰구오는 다시 걸어 돌아오는 길에 오케이에게 말했다.

"잘됐어요, 저분들."

"맞아요~. 하지만 아직은 방심할 수 없죠."

"아, 왜요? 고헤이 씨도 많이 변한 것 같은데……"

오케이의 과거

"인간의 본질은 그리 쉽게 변하지 않아요. 부부라는 생물은 복잡하거든요."

수많은 부부의 고민과 함께해 왔음을 눈치채게 만드는, 오케이의 그 널찍한 등짝을 쓰구오는 종종걸음으로 쫓아갔다.

"유코 씨의 경우 친정어머니와의 관계가 산후 우울증의 원인이 된 측면도 있기 때문에, 다음엔 그 부분을 해결해야지, 안 그러면 모든 게 해결됐다고 말할 수 없을지도 몰라요."

"그럴까요······"

"그리고 앞으로도 기복은 있을 거예요. 하지만 남편분이 잘 받아 주시기만 한다면 틀림없이 극복할 수 있을 거예요. 저렇게 급격히 변하는 사람도 별로 없는데. 그래서 좀 위태로워 보이기는 하지만, 뭐 긍정적으로 생각하는 게 중요하니까!"

"······그렇죠."

쓰구오와 오케이 모두, 마치 자신들을 납득시키려는 듯 고개를 끄덕이고는 저물어 가는 하늘을 올려다보았다. 파란색, 보라색, 오렌지색, 붉은색. 수많은 색깔이 뒤섞여 구름을 일곱 빛깔로 물들여 간다. 그 모습은 각각 다르지만 함께 살아가는 쓰구오들과도 비슷했다.

"왠지 유코 씨 이야기를 듣다 보면 어머니 생각이 나요."

갑자기 불어온 바람에 머리칼을 나부끼던 오케이가 쓰구오로부터 등을 돌린 채 중얼거렸다.

"전에 말씀하셨죠. 다섯 살쯤에 병으로 돌아가셨다고……"

"맞아요. 저한테 늘 다정하셨고, 귀여워하며 키워 주셨죠. 이런 저를 말이에요."

몸을 빙글 돌리며 장난기 가득한 표정으로 웃는다. 쓰구오도 함께 미소 지었다.

"자궁경부암이었는데…… 당시에는 저 때문에 어머니가 병에 걸렸는지도 모른다고 생각했어요."

"어? 왜요?"

"제가 평범하지 않게 태어나서 하느님이 어머니한테 벌을 내린 게 아닐까 하고……"

"그…… 그럴 리가 없잖아요!"

"네. 하지만…… 어렸으니까, 저도 모르게 그렇게 생각했어요…… 그리고 줄곧 저는 벌받은 아이라고 생각해서, 마음이 여자라는 걸 숨기고 살아왔었죠……"

"그랬군요……"

　　　　　　　　　　　오케이의 과거

"누구도 나를 사랑해 주지 않을 거다, 돈을 내고서라도 사랑받고 싶다, 그렇게 생각한 시기도 있었어요. 아기를 낳고 키우는 사람이 너무 부러워서 힘든 때도 있었고요. '게이'라고 부르면, '난 게이가 아니야. 여자야' 하고 소리치고 싶을 때도 있었죠. 하지만 '웃으면 복이 온다'고 하잖아요. 웃다 보면, 웃게 하다 보면 복이 와요. 그러니 일단은 웃어야죠."

그렇게 말하며 오케이는 자조적으로 웃었다.

"중학생 때 스모 시합은 최악이었어요. 다 큰 처녀의 상반신을 홀렁 벗기다니, 고문이었다고요. 그래도 다른 남학생이랑 발가벗고 시합하는 건 즐거웠는데."

오케이는 아무렇지 않게 그런 말을 하고는 콧구멍을 벌름거렸다. 쓰구오는 어린 시절의 오케이가 얼마나 힘들었을까 생각하자, 가슴이 먹먹해졌다.

"오케이 씨…… 힘들었겠네요……"

쓰구오의 말에 오케이는 석양을 등지고 쓰구오를 돌아보았다. 역광이라 그 표정은 알 수가 없었다.

"고마워요, 쓰구 짱. 당신, 멋진 남자가 됐군요."

오케이와 얼굴을 마주하고 그 말을 듣자 쓰구오의 가슴이 뛰었다.

"쓰구오라는 이름 때문에 많은 일들을 겪었겠지만, 그 덕분에 여러 감정들을 맛보게 되었을 테고 그러면서 더욱 훌륭한 남자가 된 거 아니겠어요?"

"어, 아니……"

쓰구오는 얼굴을 붉히며 코트 호주머니에 손을 찔러 넣었다.

"쓰구 짱과 처음 만났을 무렵엔, 아직 무서워서 커밍아웃할 마음을 먹지 못했어요. 하지만 알고 지내던 야나기 원장님이 많이 응원해 주셨죠."

오케이는 다시 앞을 향해 걷기 시작했다.

"원장님이……"

"어머니가 병에 걸린 건 저 때문이 아니라고, 제가 저답게 살아가는 게 어머니에게는 더 큰 기쁨이 아니겠느냐고 하셨어요. 그리고 한 사람이라도 더 많은 임산부와 아이들을 행복하게 해 줄 수 있는 일을 같이해 보지 않겠느냐고 제안해 주셔서……"

"그래서 여기로……"

"맞아요. 원장님 덕분에 저답게 살아가자고 마음먹게 됐어요. 그리고 수술을 받고 호적을 바꾼 후 조산사 자격을 땄죠. 아기를 낳을 수 없는 몸이기 때문에 더, 다른 각도에서 아기를 잘 낳도록 도울 수 있을 거라고 생각했어요."

인생은, 어떻게 바뀔지 모른다. 이날의 하늘처럼 맑을 때도 있고, 구름이 낄 때도, 황사가 뒤덮을 때도 있다. 하지만 그 모든 것에 의미가 있다.

쓰구오 역시 대학병원에서 그런 사건이 생기지 않았다면 여기 올 일도 없었을 것이다. 그때는 자신이 왜 이런 일을 당해야만 하는 건가…… 하고 생각했었지만, 그런 일이 없었으면 만나지 못했을 사람들이 여기에 있다.

"저는 이곳에 와서 정말 좋아요."

"……저도요."

"쓰구 짱도 그렇게 생각해요?"

오케이는 선명하게 채색된 하늘을 향해 두 팔을 뻗으며, 마치 작은 여자아이처럼 말했다.

"엄마, 지금 나를 보고도 예쁘다, 예쁘다 하고 머리 쓰다듬어 줄 거죠!"

그 후 한결같이 쓰구오의 일상은 충실했다.

수많은 분만에 입회하고, 수많은 검진을 행하며, 부모 교실에서는 출생 계획표 작성과 호흡법 지도에도 관여했다. 이따금 아카펠라 동아리 동료들과 부모 교실에서 노래

했고, 그리고 단골 일본요리점 '10월의 여주'에서 친목을 도모했다.

눈 깜짝할 사이에 북풍이 정원의 이파리를 떨어뜨리는 계절이 되었고, 마침내 오네에도 이른 눈이 내렸다.

원내의 크리스마스트리 장식이 사라지고, 소나무와 금줄이 대신했다.°

쓰구오가 '언니 산부인과'에 오고 나서 첫 새해를 맞이한 것이다.

° 일본에서는 정초 대문 앞에 소나무 가지와 금줄을 장식한다.

오케이의 과거

유코의 진통이 시작됐다!

수선화가 오네 산부인과 정원에 색채를 더한 1월.

칙칙한 파란색 바다에 하얀 물보라가 거칠게 일렁이고 있었다. 이 시기는 오네의 거친 파도를 좋아하는 서퍼들이 몰려드는 게 일상이었지만 모든 게 얼어붙을 만큼 기온이 내려간 오늘만은 파도를 타러 오는 사람이 거의 없었다.

마침내 스기우라 유코의 진통이 시작되었다. 눈 예보가 있던 토요일 점심나절이 지나고 남편인 고헤이와 딸 마리와 함께 왔다.

진통실에 들어서자 고헤이가 곱은 손을 비비면서 세 사

람의 코트와 목도리를 재빨리 옷걸이에 걸기 시작했다. 노란색 롱니트와 레깅스를 입고 작은 가방을 목에 건 마리는 엄마를 위해 직접 만든, 작은 주먹밥을 소중하게 테이블 한가운데에 내려놓았다.

밖의 차가운 바람을 맞아서인지 볼이 살짝 상기된 마리의 얼굴에는 콧물을 훌쩍인 흔적이 남아 있었다.

느릿한 진통이 찾아와 유코가 "후웁!" 하고 소리를 냈다. 고헤이는 서둘러 유코의 등을 쓸어 주려 했지만,

"아, 아직, 괜찮아······"

하는 말을 듣고 곧바로 미안한 듯, 이것저것 챙겨 온 짐을 다시 풀기 시작했다.

진통의 파도가 가라앉을 즈음, 쓰구오와 오케이가 방으로 들어왔다.

"갑자기 추워졌네요~. 아마도 조금 있다가 눈이 내릴 것 같아요~."

마리가 평소처럼 오케이에게 뛰어왔다.

"어머, 마리 짱, 오늘 니트, 너무 귀엽다~."

마리는 긴장이 됐는지, 평소처럼 재잘대지 않았다.

"마리 짱, 엄마는 우리가 잘 돌봐 드릴 거니까 걱정하지

마.”

오케이가 마리의 눈높이로 자세를 낮추며 볼을 두 손으로 감싸자, 마리는 웃으며 “응” 하고 작게 대답했다.

쓰구오의 머릿속으로 친밀함을 담은 활달한 말소리가 들려왔다.

(선생님, 수고 많으십니다! 오늘 잘 부탁드립니다!)

(드디어 오늘이구나. 상태는 어때?)

(최근에는 엄마가 자주 말을 걸어 줘서 정말 좋아요!)

태아의 건강한 상태를 듣고 쓰구오의 긴장도 풀렸다.

“어떤가요? 진통이 점점 세지고 있나요?”

쓰구오가 묻자 유코의 얼굴에 그늘이 졌다.

“왠지 요즘 들어…… 또 조금, 걱정이 되네요……”

그 말을 듣고 고헤이가 곧바로 “여보, 이제 와서……” 하고 말하다가,

“……또, 또 조금 걱정이 되나 보군, 그래, 그래……”

하고 유코의 말을 그대로 되뇐다.

밀착 케어와 아빠 교실 등을 다니며 고헤이도 제법 유코의 마음을 이해하게 되었다.

쓰구오도 이 산부인과에서 성장한 사람 중 하나였다.

"괜히 불안하거나 무서워질 때가 있어요. 저도 그런 경험이 있어서 압니다."

"엇? 다치바나 선생님도 그런 적이 있어요?"

"네? 어, 없어 보이나요?"

쓰구오가 웃어 보이자, 유코가 의외라는 듯이 말했다.

"그게, 의사 선생님은 우리 같은 보통 사람들과는 다를 줄 알았는데……"

"그렇지 않습니다. 저도 고민이 많습니다."

"예를 들면요? 어떤?"

고헤이가 몸을 앞으로 들이밀며 끼어들었다.

"그건 좀, 실례잖아……"

유코가 나무랐지만 고헤이는 물러서지 않았다.

"그래도, 선생님 고민이 뭔지 들어 보고 싶은데."

쓰구오는 여전히 웃으면서 부드러운 목소리로 대답했다.

"저는…… 사실 오랫동안 환자분들과 이야기하는 게 두려웠어요."

유코의 진통이 시작됐다!

"우리 같은 환자하고요?"

"그래요~. 여기 처음 왔을 때는 이 사람, 컴퓨터 화면만 보고, 환자분들 눈을 보며 이야기하지 못했거든요."

오케이가 놀리듯 고작 몇 개월 전의 쓰구오가 어땠는지 과장스럽게 이야기했다.

"아, 지금도 말을 잘하진 못합니다만."

쓰구오는 부끄러운 듯 어색하게 웃었다.

유코는 약간 눈이 부신 듯 쓰구오를 바라보았다.

"왠지 저…… 선생님을 인간적으로 좋아하게 됐어요."

"네?"

갑자기 '인간적으로 좋다'는 말을 듣고, 부끄럽고 어색해진 쓰구오는 의사 가운 호주머니에 손을 슬그머니 집어넣었다. 고헤이도 곧바로 대화에 끼어들었다.

"늘 우리 이야기를 차분히 들어 주셨잖아요. 저로서는 좀처럼 하기 힘든 일인데……"

"당신이 너무 수다스러운 거지."

유코가 지체 없이 핀잔을 주자 마리도 맞장구를 쳤다.

"맞아, 맞아! 아빠는 입에 지퍼를 채우지 않으면 인기 못 끌어!"

"무리야, 무리 무리 무리! 사람은 그렇게까지 급작스럽게 못 변해!"

고헤이가 손바닥을 휘휘 내젓자,

"괜찮아요~ 인간은 마음만 먹으면 변할 수 있어요. 저도, 이렇게~ 변했으니까요."

지체 없이 오케이가 익살을 부렸다. 실내가 웃음의 소용돌이에 감싸인다.

(하하하하하하!)

유코의 태아도 함께 웃었다.

쓰구오는 최근 들어 알아챈 게 있었다. 부모가 웃으면 배 속 아이도 웃는 일이 많은 것 같다고.

그때 웃으며 모두를 바라보던 유코의 눈동자에 반짝거리는 게 생겨났다.

"왜, 왜 그래?"

"응…… 처음 여기 왔을 때가 생각나서…… 지금 이렇게 당신과 마리, 선생님들에게 둘러싸여 출산할 날이 오다니, 생각지도 못했거든……"

"그렇지…… 고마워."

고헤이가 유코의 어깨를 꼭 끌어안았다.

유코의 진통이 시작됐다!

"그때, 당신은 가족을 위해 아무것도 해 주지 않을 거고, 그래서 나 혼자만 끙끙대고 있다고 생각했는데…… 일하는 시간도 당신한테는 가족의 시간인 거였어."

"아니, 아니……"

"당신이 열심히 일해 줘서 우리는 고생 않고 살 수 있었어. 지난번 밀착 케어를 받고 처음 깨달았어……"

유코와 고헤이는 퇴원 후에도 밀착 케어를 계속 받아, 서서히 부부간의 거리를 좁히고 있었다.

"나도…… 유코가 있었기 때문에 여기까지 올 수 있었어. 고마워."

"마리도~ 엄마 아빠, 고마워~."

"마리, 고마워."

눈을 붉히며 웃는 유코의 모습을 바라보며, 오케이가 눈물을 글썽거렸다.

"고맙다고 말하면서 출산하다니, 모두들 멋지네요~ ♪"

(이제 곧~ 만날 수 있네요~ 기다려요~ ♪)

배 속에서는 남자아이가 씩씩하게 노래 부르고 있었다.

쓰구오는 약간 위축된 듯 노래 부르는 목소리가 마음에

걸렸다.

(무슨 걱정되는 일 있어?)

(그래요. 왠지, 답답한 느낌이 들어요.)

(그래? 태어날 때는 좁은 길을 통과해야 해서, 좀 답답하게 느낄 수도 있어. 뭔가 이상하면 곧바로 말해.)

(알겠습니다. 아, 근처 다른 아이가 곧 태어날 것 같은데, 가 봐 주세요. 저는 그 아이 연락을 받고 나서 나가려고 생각하고 있어요.)

재미있는 말을 한다. 여러 분만이 겹쳤을 때 누가 먼저 태어날지는 모른다. 이 아이 말이 사실이라면 태아들끼리 의사소통 같은 것을 하고, 어쩌면 '형님 먼저, 아우 먼저' 서로 양보하며 태어나는 경우도 있을지 모른다. 자신도 모르게 쓰구오의 눈꼬리가 밑으로 내려갔다.

"아야야……"

유코의 진통이 시작됐다!

유코에게 다시 진통 발작이 찾아왔다. 긴장한 고헤이가 재빨리 말했다.

"어떻게 하고 싶어? 등 쓸어 줄까? 물 마실래? 주먹밥? 아, 김밥이었나?"

유코가 허리에 손을 짚으며 중얼거렸다.

"좀…… 조용히 해……"

"……"

유코를 오케이에게 맡기고 옆 분만실로 가던 쓰구오의 가슴으로 서서히 뜨거운 감정이 복받쳤다.

유코가 비장한 표정으로 '낳고 싶지 않다'고 호소했던 그날.

쓰구오가 쓰러지고, 오케이가 화를 내며, 클리닉 직원 모두가 함께 문제를 해결해 나가자고 단결했던 그날.

고헤이가 엎드려 절하며 유코에게 아기를 낳아 주기를 애원했던 그날.

그러고 나서도 우여곡절은 있었지만 유코는 아기를 낳기로 결심했고, 드디어 오늘을 맞이할 수 있었다. 쓰구오의 마음속에 성취감 같은 것이 생겨났다.

결로로 뿌옇게 흐린 창을 통해 밖을 보니, 솜사탕 같은 눈이 내리기 시작하고 있었다.

붉은 경종

옆방 출산이 끝나고 쓰구오가 분만실로 옮긴 유코의 상태를 보러 가자, 방금 전의 평온했던 광경과는 딴판이 되어 있었다.

"아파!!!!!"

유코의 호흡은 흐트러진 채, 고통으로 몸을 비틀며 절규하고 있었다. 이마에서는 땀방울이 호수처럼 퍼졌고, 관자놀이에는 혈관이 툭툭 튀어나와 있었다.

쓰구오는 분만대로 다가가, "아프죠~" 하고 되뇌며 등을 쓸어 주는 오케이에게 상황을 물었다.

"어떤가요?"

"파수되고 나서 갑자기 진통이 시작됐어요."

"어느 쪽인가요?"

"고위파수°예요. 분만은 진행되고 있는 것 같은데, 뭔가……"

오케이가 납득이 안 된다는 표정을 짓는데 유코가 다시 크게 소리쳤다.

"아앗!!!!"

숨결이 헉헉, 쌕쌕하고 거칠어 호흡법은 더 이상 의미가 없었다.

"유코 씨, 힘내요. 아기도 힘내고 있으니까요~. 천천히 숨을 내뱉어 볼까요~. 네, 하아~~~."

"네에……, 아파요!!!"

오케이의 유도에 맞추려고 하지만 유코는 곧바로 몸을 뒤틀었다.

"아파요…… 아파……."

고헤이는 어쩔 줄 몰라 하며 옆에 앉아 있다가, 유코의 날카로운 비명에 맞춰 얼굴을 찡그렸다.

"으윽!"

°   자궁구보다 위쪽에서 파수가 일어나는 경우.

유코가 입을 삐죽 내밀고 다시 짐승처럼 울부짖었다. 그때까지 가만히 참으며 "엄마, 힘내" 하고 고헤이의 무릎 위에서 말을 걸어 주던 마리였지만, 엄마의 변한 모습이 무서웠는지 그만 울음을 터뜨리고 말았다.

고헤이는 어쩔 수 없이 마리를 데리고 분만실 밖으로 나가기로 했다.

유코에게 붙여 놓은 태아 심박 모니터에서는 쿵쿵쿵쿵쿵…… 하고 심장 소리가 급하게 흘러나온다.

첫째 출산 때도 꽤 아팠을 테고, 이 정도 몸부림치는 임부는 얼마든지 있다. 하지만 쓰구오는 유코의 서서히 창백해지는 피부와 통증 표현에 안 좋은 예감이 들었다.

쓰구오는 분만 진행 상황을 확인하기 위해 내진을 실시하기로 했다.

─자궁구는 6센티미터 열림. 스테이션(태아의 내려온 상태)은 마이너스 2. 출산 자체는 문제없이 진행되고 있어. 좋아. 차분히 상태를 지켜보자……

그렇게 생각한 순간 뚝뚝 끊어지는 목소리가 쓰구오의 고막에 울려 퍼졌다.

(선생님…… 잘은 모르겠지만 답답……해요……)

─답답하다고……?

태아가 이런 호소를 하는 경우는 상당히 드물었지만 지금까지 몇 번 정도는 있었다. 그 대부분은 모니터에 뭔가 이상이 나타나지도 않았고, 최종적으로는 별 탈 없이 태어났다. 게다가 분만 때는 좁은 산도産道를 통과하기 때문에 필연적으로 태아는 약간 답답함을 느끼게 되는 것이다. 그래서 쓰구오는 이런 목소리가 들려도 별로 당황하지 않고 신중하게 상태를 지켜보았다.

(뭔가…… 이상해요……)

다시 술렁이는 목소리가 들려왔다. 쓰구오는 태아의 심박을 확인했다. 모니터만 보아서는 태아의 상태는 양호했고, 긴급을 요하는 일은 없어 보였다.

─어떻게 된 거지……?

쓰구오는 흐트러진 머리로 몸부림치는 유코에게 말을 건네며, 배에 손을 대 보았다. 약간 딱딱하기는 했지만 근육

강직이라고 할 만한 것도 아니었다. 경복부 초음파 검사를 해 보았지만 특별한 이상은 보이지 않았다.

(무서워요, 선생님!)

태아의 비통한 목소리가 쓰구오의 머릿속을 파고들었다.

(뭐가 무서운데?)

(모르겠어요! 답답해요!)

태아의 긴박한 호소에 쓰구오의 머릿속에 어느 가능성 하나가 떠올랐다.

—혹시…… 조박?

태내에서 아기에게 영양과 산소를 보내 주는 태반은 아기가 태어난 후 자연스럽게 자궁에서 떨어져 보통 10분 이내, 늦어도 30분 정도면 체외로 배출된다. 그런데 어떤 원인으로 아기가 아직 태내에 있는 동안 태반이 자궁벽에서 떨어져 나가는 경우가 있는데, 이것을 '상위태반조기박리', 즉 '조박'이라고 한다.

—설마…… 현재 상태에서는, 임부와 태아가 강한 통증을 호소하고 있을 뿐이야. 이걸로 조박을 의심하는 건 지나친 생각 아닐까……

"으으! 아아!"

(다, 답답해요!)

만약 정말 조박이라면, 극히 위급한 상태이기 때문에 당장이라도 제왕절개를 해서 살려야만 한다. 순조로워 보이던 분만 중에 갑자기 발생하는 경우가 있는데, 태반이 떨어지면 태아에 대한 산소 공급과 혈류가 멈추게 되면서 아기의 생명을 빼앗기도 한다.

—무슨 일이 벌어지고 있는 거지?

쓰구오는 반신반의하며 다시 경복부 초음파 검사를 하여, 조박 증상 가운데 하나인 태반의 후면에 혈액이 몰려 있지나 않은지, 혈종이 생기지는 않았는지 확인해 보려고 했다.

계속 유코에게 붙어 있던 오케이가 쓰구오에게 다가와 불안한 듯 말했다.

"뭔가, 이상하지 않아요?"

"저도…… 그렇게 생각하고 있어요……"

그 말을 듣고 오케이가 곧바로 너스콜을 하여 에리카를 호출했다.

조박은 진단이 상당히 힘든 병이다. 초기 단계에서 확정 진단하는 경우는 거의 없어서, 박리가 된 후, 즉 심각한 사태가 되고서야 비로소 알아채는 성가신 병이다.

(선생님!! 답답해요!!)

태아의 목소리가 점점 심각해졌다.

(알았어! 지금 알아보고 있어!)

말은 그렇게 했지만 에코 화면에서는 조박이나 기타 이상을 뒷받침할 만한 것은 아무것도 나오지 않았다.

—대체 어떻게 된 거지?

이 상태로는 조박이라고 진단 내릴 수 없다. 임부가 몸

붉은 경종

부림치는 것은 분만 중에는 흔한 일이고, 태아로부터의 정보도 아무런 근거가 없다. 의학적으로는 아무런 문제가 없는 것이다.

(어떻게 답답한지 가르쳐 줄래?)

(점점…… 수, 숨을, 쉴 수가 없어요……)

─숨을 쉴 수가 없다고?

아직 출산까지 많이 남은 이 시점에서 산소가 부족하다면, 그것은 태아의 생사와 직결된다.

에리카가 분만실로 들어왔다. 곧바로 심상치 않은 분위기를 감지하고, 여차하면 흡인분만이나 긴급 제왕절개로 자연스럽게 이행할 수 있도록 준비를 시작했다.

(뭔가, 주위에 보이는 게 있니?)

(물이…… 빨개졌어요……)

─물이 빨갛다고……? 어딘가에 출혈이 있는 건가?

조박 증상 중 하나로 외출혈이 있지만, 유코의 질에서는 나오지 않았다. 쓰구오는 곧바로 유코를 내진했지만 질내에서도 출혈은 발견되지 않았다.

(점점 빨개지고 있어요…… 뭐지, 이거……)

ㅡ자궁 내에서 출혈이 늘고 있다는 건가……? 아아! 혹시…… 혈성 양수血性羊水?

혈성 양수란 투명한 양수에 혈액이 섞여 붉어지는 현상이다. 태반이 자궁에서 떨어질 때 그 출혈이 양수 안에 침투하므로, 이 단계에서 혈성 양수가 확실하다면 조박일 가능성이 높다.

ㅡ조박이 지금 막 시작됐고, 이 아이가 그걸 가르쳐 주고 있는 건가?

(알았어! 어떻게든 해 볼게!)

임부의 강한 진통. 원래라면, 있을 리 없는 태아의 호소. 이것들만으로는 상당히 위험하고 거친 진단이라는 걸 쓰구오도 당연히 알고 있었다. 하지만 만약 정말로 조박이라면

붉은 경종

미룰 수 없었다. 그것이 과학적이지 않더라도 쓰구오에게는 확신이 있었다. 태반이 완전히 떨어져 나가면 태아는 순식간에 자궁 안에서 사망하고 말 것이다. 그런 사례를 대학병원 시절 몇 번인가 목격했다.

"원장님을 불러 주세요!"

쓰구오가 에리카에게 그렇게 지시했을 때, 태아가 힘없는 목소리로 말했다.

(엄마……, 엄마……)

곧바로 원장이 뛰어왔다. 유코에게 "힘내세요~ 좋아요" 하고 말하며 재빨리 태아 심박 모니터로 눈길을 준다.

"상당히 아파하는데, 다치바나 선생, 어떤 상황인가요?"

쓰구오는 바로 원장에게 호소했다.

"원장님! 저는 조박인 것 같습니다!"

"조박?"

원장은 험악한 표정으로 즉시 내진을 하는 것과 동시에,

"다치바나 선생! 초음파 대 봐요!"

하며 유코의 배 상태를 서둘러 확인했다.

잠시 후 원장은 목소리를 낮추며 말했다.

"음, 다치바나 선생. 심박은 정상이고, 태반 후면의 혈종도 확실히 보이지 않아요. 외부 출혈도 없는 것 같고…… 이거, 정말 조박 맞을까요?"

모니터와 에코, 임부의 상태만 보면 역시 그런 징후는 없다.

"으으으으으!"

"틀림없이 고통스러워하고는 있지만……"

유코의 상태를 살피면서 원장이 고개를 갸웃거렸다.

(선생……님…… 이제, 숨을……)

(알았어! 지금 당장 꺼내 줄게!)

쓰구오는 마음속으로 그렇게 외치고는 원장에게 헐떡이며 말했다.

"원장님, 조박이 틀림없습니다! 긴급 카이저(제왕절개)를 해야 합니다!"

"하지만 다치바나 선생, 이것만으로는 조박으로 진단할 수 없어요."

"아뇨, 조박입니다! 아기가 괴로워하고 있어요!"

쓰구오는 자신도 모르게 태아에게서 들은 정보를 원장에게 말하고 말았다. 의료인으로서 제정신이 아니라고 할지도 모르겠지만 더 이상 선택지가 없다고 쓰구오는 각오했다.

"아기가…… 괴로워하고 있다고……?"

원장과 오케이, 에리카가 알 수 없다는 듯 서로의 눈을 쳐다보았다.

"물이 빨갛다고 했어요!"

"물이 빨갛다니…… 무슨 소리야?"

"조금 전부터 아기가 괴로워하고 있습니다! 물이 빨갛다면 혈성 양수예요!"

그렇게 거칠게 내뱉은 순간……

철퍽……!

유코의 질에서 붉은 물이 쓰나미처럼 흘러넘쳤다.

그 자리의 모두가 얼어붙었다.

"당장 제왕절개를!"

원장은 그렇게 소리치며 실내의 모두에게 수술 준비를 지시했고, 모두 즉시 움직이기 시작했다.

유코는 격렬한 진통 속에서도 심상치 않은 대화를 들은 모양이었다.

"아기는…… 괜찮은가요?"

의식이 몽롱할 텐데, 쓰구오를 향해 손을 뻗었다.

"반드시, 살릴 겁니다!"

쓰구오가 유코의 손을 잡아 주자, 유코는 강하게 마주 쥐며 필사적으로 호소했다.

"이 아이만은 꼭 살려 주세요!"

"……알겠습니다!"

수술실로 향하면서 쓰구오는,

(조금만 더 힘내!)

하고 마음속으로 외쳤지만 태아의 대답은 없었다.

붉은 경종

긴급 제왕절개!

쓰구오와 원장은 재빨리 수술복으로 갈아입었다.

오케이는 출혈이 계속되어 얼굴이 점점 창백해지는 유코의 팔에 링거를 꽂으면서,

"침착하세요. 당신도, 아기도 모두 무사할 테니까."

하고 계속 말했다.

에리카는 근처 오네 시립병원에 전화하여 소아과 닥터를 호출했다.

모두가 어지럽게 수술 준비를 진행하고 있었다.

마취 때문에 호출된 란마루가 하얀 숨을 토해 내며 수술실로 뛰어 들어왔다.

쿵, 쿵, 쿵, 쿵, 쿵……

피를 쏟고 나서 태아 심박수가 급격히 하강하기 시작했다. 1분 동안 110~160이 정상이라고 하는데, 수술실에 들어왔을 때는 80까지 내려가 회복되지 않는 상태가 계속되고 있었다.

"80…… 70……! 70…… 회복되지 않습니다!"

오케이가 창백한 표정으로 보고했다.

"어? 70?"

란마루가 자신도 모르게 돌아보았다.

"란마루! 계속 움직여!"

지체 없이 원장이 날카롭게 지시하자,

"아, 네!"

하고 란마루는 대답하고는, 삽관 준비를 계속했다.

쿵, 쿵, 쿵, 쿵, 쿵……

태아 심박이 수술실에 있는 사람들의 마음을 휘젓듯 울려 퍼진다.

유코는 덜덜 떨고 있었다.

심박수를 측정하는 도플러를 오케이가 떼어 내고, 쓰구오와 원장은 유코의 복부를 서둘러 소독했다.

긴급 제왕절개!

"마, 마취 들어갑니다!"

란마루가 긴장한 목소리로 소리치며 점적 루트의 측관側管으로 약을 주입했다. 배를 꼬집었다. 반응이 없다. 유코는 순식간에 잠에 빠졌다. 란마루가 솜씨 좋게 유코의 기도에 튜브를 삽관하고 인공호흡기와 연결했다.

"다치바나 선생, 부, 부탁합니다!"

"그럼 긴급 카이저를 시작하겠습니다!"

집도의인 쓰구오는 1분 이내에 아기를 구해 내자고 스스로 목표를 정했다.

쓰구오는 하얀 라텍스 장갑을 낀 손바닥으로 얇은 판자처럼 딱딱해진 유코의 배를 만지며, 주저 없이 세로 방향으로 메스를 집어넣었다.

(금방 꺼내 줄게! 힘내!)

방금 전부터 태아에게 계속 말을 건네고 있지만 목소리는 들려오지 않았다.

지금까지는 태아의 목소리를 듣는 게 성가시다고만 생각했다. 하지만 쓰구오는 처음으로, 건강한 목소리가 다시 머릿속에 울려 퍼지기를 기도했다.

쓰구오는 재빨리 메스를 교체했다. 앞에 선 원장은 출혈을 재빨리 거즈로 닦아 냈고, 란마루는 유코의 심박수와 혈압 등에 문제는 없는지 눈을 빛내고 있었다.

유코에게 달린 인공호흡기의 쉭쉭 하는 건조한 소리, 심전도 모니터의 팟팟팟 하는 소리가 번갈아 가며 수술실 안에 울려 퍼진다.

20초.

쓰구오는 한결같이 입을 일자로 굳게 다문 채, 피부에서 피하조직, 근막, 복막으로, 꼼꼼하면서도 재빠르게 절개를 계속해 나갔다. 순식간에 자궁까지 도달했다.

30초.

쓰구오는 작게 숨을 들이마시고 나서 자궁벽을 열었다. 몸을 둥글게 만 태아와 대량의 출혈 덩어리가 보였다.

—이 아이인가…… 죽지 말아 줘!

쓰구오가 부르는데도 태아의 목소리는 들리지 않는다.

쓰구오는 곧바로 오른손을 푹 집어넣었다. 주먹만 한 아기의 머리를 감싸듯 움켜쥐고, 절개한 출구까지 유도했다.

젖은 머리칼이 나타났다.

쓰구오는 원장을 바라보며 눈짓으로 신호를 보냈다.

"하나둘!"

긴급 제왕절개!

원장이 유코의 배를 눌렀다. 쓰구오는 솜씨 좋게 아기의 양 옆구리를 잡고 끌어 올렸다. 태아의 몸이 나왔다. 얼굴을 드러낸 아기는 지장보살처럼 눈을 감은 채 힘없이 축 늘어져 있었다.

"16시 37분! 나왔습니다!"

45초.

"쓰구 짱, 빠르다……"

오케이가 중얼거렸다.

"잘 부탁합니다!"

쓰구오는 서둘러 탯줄을 자르고, 아기를 오케이에게 건넸다. 준비된 아기용 진찰대로 운반해, 재빨리 양수와 혈액을 닦아 낸다.

오케이가 아기 가슴에 청진기를 갖다 댔다. 보통은 이쯤에서 울기 시작하지만…… 유코의 아기는 축 처진 채 울지 않았다.

쓰구오와 원장은 유코의 지혈을 하면서도 등 뒤에 있는 아기 상태에 온 신경을 곤두세우고 있었다.

오케이가 수건으로 감싼 아기의 등을 기도하는 심정으로 부드럽게 쓸어 준다.

"울어! 부탁이야! 울어 줘!"

보통은 막 태어나 바로 울지 않더라도 5초 정도 지나면 운다. 아무리 길어도 10초를 넘기지 않는다.

호출한 소아과 의사가 입과 코에 흡인 튜브를 삽입하여 아기가 삼킨 혈액과 양수를 흡인. 오케이는 아기가 울도록 자극하며, 필사적으로 자발 호흡을 유도했다.

쓰구오도 기도했다.

―울어 줘! 부탁할게!

아기가 나오고 나서 6초 경과. 7초, 8초…… 아기는 울지 않았다. 10초, 11초…… 수술실은 절망적인 분위기에 감싸였다.

그리고……

으, 으, 후우, 후우, 후, 후……

작고 촉촉한 목소리가 새어 나오더니……

응애! 응애! 응애!

불에 덴 듯 아기 목소리가 수술실에 울려 퍼졌다.

"아기, 괜찮아요!"

긴급 제왕절개!

오케이가 그 못지않게 큰 소리로 무사 소식을 알렸다.

"좋아!"

"됐다!"

원장과 란마루는 자신도 모르게 승리 포즈를 취했고, 쓰구오는 긴장에서 해방된 듯 깊은 한숨을 내쉬었다.

아기의 피부가 점점 분홍색을 띠며 손발을 버둥거리기 시작했다.

유코의 아기는, 살았다.

그 후 곧바로 실 끊긴 연처럼 태반이 흘러나왔다. 자궁에서 떨어졌기 때문일 것이다. 유코의 태반에는 혈종이 달라붙어 있었다. 조박의 확실한 증거였다.

다행히 처치가 빨라서였는지 출혈은 머지않아 멈췄고, 산모도 안정을 되찾았다.

새로 '태어나다'

수술 후, 유코와 아기의 상태가 안정된 것을 확인하고 쓰구오와 오케이는 원장실로 향했다. 무심코 창밖을 바라보는데, 희끗희끗 날리기 시작한 눈이 정원 조명에 반사되어 선명히 보였다.

"이야, 다치바나 선생, 수고수고! 초베리굿 판단이었어요."

"고, 고맙습니다."

"설마 정말로 조박이었을 줄이야. '이럴수수깡' 같은 느낌이었어요. 다치바나 선생 덕분에 두 목숨을 건졌다, 이렇게 자부해도 괜찮지 않을까요!"

틀림없이 쓰구오가 조박이라고 원장에게 알리고 긴급 제왕절개를 하지 않았다면 유코도, 배 속 아기도 위험했을지 모른다. 다만 그것은 원장이 말한 것처럼 '쓰구오의 판단'이라기보다 태아가 가르쳐 줬기 때문이었다.

그런 한편으로, 긴급 사태였다고는 하지만 배 속 아기가 알려 줬다고 말한 게 쓰구오는 아무래도 마음에 걸렸다.

—원장님과 오케이 씨는 어떻게 생각했을까?

이상하게 오해한 채 소문이 퍼지는 것보다 제대로 설명하면 이해해 줄지도 모른다. 흘깃 원장의 옆얼굴을 살폈다. 게다가……

—이 사람들에게 계속 거짓말하고 싶지 않아.

"실은……"

쓰구오는 원장에게로 몸을 돌리며 굳게 결심한 표정으로 똑바로 쳐다보았다.

"실은, 태아가, 가르쳐 줬어요……"

"태아? 아아, 수술 전에도 뭔가 그런 말을 했죠."

쓰구오는 한 번 호흡을 끊고 나서 마침내 중대한 사실을 털어놓았다.

"저…… 어려서부터, 태아의 목소리가 들렸어요……"

"태아의 목소리가……?"

"임부 근처에 있으면, 갑자기…… 머릿속으로 들려올 때가 있어요. 늘 그런 건 아니지만…… 어린아이 목소리로……."

원장은 아무 말도 하지 않았다. 쓰구오는 고개를 숙인 채 말을 이었다.

"아까는 도중에 배 속 아이가 답답하다고, 도움을 요청하는 목소리가 들리기 시작했어요…… 이상하다 싶어서 이것저것 조사를 했는데도 조박이라는 확증이 없어서……, 그래도 물이 빨갛다고 했기 때문에 그건 혈성 양수고, 조박이 틀림없다 싶어서……."

오케이도 눈 깜박이는 것조차 잊어버린 듯 쓰구오를 가만히 바라보고 있었다.

"이건 누구에게도 말한 적이 없습니다만 원장님과 오케이 씨에게는 이야기해야 할 것 같아서……."

쓰구오가 쭈뼛쭈뼛 원장과 오케이의 표정을 살피는데, 두 사람은 멍한 표정으로 쓰구오를 바라보고만 있었다.

─역시…… 내 머리가 이상하다고 생각하는 건가……

쓰구오는 순간 후회하며 변명할 말을 찾았다.

새로 '태어나다'

하지만 다음 순간, 마치 비둘기가 콩알을 쪼아 먹듯 원장이 입을 쩍 벌리고 말했다.

"띠용……!"

그 맥 빠지는 반응에 쓰구오는 덜컥 무릎의 힘이 풀렸다.

"어……"

"혹시 그렇지 않을까, 사실은 생각하고 있었어요."

"쓰구 짱, 드디어 말해 주었군요!"

"네?"

쓰구오는 오히려 충격을 받고 어리둥절한 채 두 사람을 번갈아 보았다.

"좋았어요! 좋았어!"

원장은 쓰구오 옆으로 다가와 울퉁불퉁한 팔로 퍽퍽 쓰구오의 어깨를 때렸다.

"어, 앗, 아니…… 알고…… 계셨어요……?"

"응!"

두 사람은 동시에 고개를 세로로 흔들었다.

"그게~ 참 이상했거든요~."

─눈치채고 있었구나……

생각해 보면 눈치챘어도 이상하지 않았을 장면이 이번 수술 말고도 몇 번인가 있었다. 눈치 빠른 원장과 오케이는

알리고 싶지 않다는 쓰구오의 마음을 존중하여 모른 척 대
해 왔던 것이다.

"커밍아웃, 축하해요. 열심히 해 보자고라고라."

"어? 커, 커밍아웃이오?"

원장이 손을 들어 하이파이브를 하자고 해서, 쓰구오는
의미도 모른 채 짜악 하고 손바닥을 마주쳤다.

"쓰구 짱도 '마이너리티'였다는 거죠."

"아아. 뭐…… 그런 셈이네요."

"이걸로 당신도, 있는 그대로 살 수 있어요. 물론 커밍아
웃한다고 반드시 좋은 건 아니지만."

―있는 그대로 살 수 있다……

그 말을 들은 순간, 쓰구오의 마음속으로 상쾌한 바람이
불어왔다. 섹슈얼 마이너리티인 사람들이 누구에게도 말하
지 못하고 숨겨 온 사실을 용기 있게 주변 사람들에게 말하
는 게 커밍아웃. 그것을 인정받았을 때 이런 기분이 드는 것
일까.

"고맙습니다. 오케이 씨."

사람은 아무리 평범해 보여도 평균치에서 벗어나는 부

새로 '태어나다'

분이 반드시 있다. 그렇게 생각하면 이 세상 모두가 '마이너리티(소수파)'이며, '마이너리티야말로 매조리티(다수파)'라고도 할 수 있다. 인간의 존재 방식은 다양하고 한 명도 같은 사람이 없기 때문에 더욱 서로를 존중하고 협력하며 사는 사회를 만들어야 하지 않을까.

쓰구오는 문득 그런 생각이 들었다.

"배 속 아기와 대화할 수 있다니~ 엣지 있게 멋져요."

원장은 기대듯 쓰구오와 어깨동무를 했다.

"어때요? 다시 태어난 것 같은 기분이 들지 않나요?"

원장의 예상치 못한 해석 방식에 쓰구오는 솔직하게 고개를 끄덕였다.

"'태어나다'…… 확실히 그럴지도 모르겠네요."

그러자 원장이 두 팔을 뻗으며 생각지도 못한 말을 중얼거렸다.

"이야, 다치바나 선생의 두 번째 탄생에도 입회하고 말았네!"

"네? 저, 그게…… 무슨 말씀이신가요?"

"어라, 말하지 않았던가요? 실은 다치바나 선생이 태어날 때, 내가 받았어요."

"엣?"

"어, 원장님, 그게 무슨 말이에요?"

눈을 끔뻑거리는 쓰구오와 원장 사이를 오케이가 그 커다란 몸으로 비집고 들어왔다.

"어머니인 구미 짱이 하쿠아이 대학병원에 있었을 때, 나도 신출내기 산부인과 의사였어요. 구미 짱은 열 달이 될 때까지 쉬지 않고 출근했죠."

어머니와 야나기 원장이 옛날부터 알던 사이라고는 들었지만, 동료였을 줄은 몰랐다. 어머니는 언제나 자신이 필요하다고 생각한 것만 쓰구오에게 말해 주었던 것이다.

"그랬는데 일하는 도중에 산기가 있어서. 게다가 조박이라……"

—뭐? 어머니가 스기우라 유코처럼 상위태반조기박리였다고?

그런 말은 어머니에게서 한 번도 들어 본 적 없었다.

"구미 짱은 엄청난 고통을 호소했어요. 아까 유코 씨와는 비교도 안 될 만큼. 모자가 모두 극히 위험한 상태여서 내가 카이저(제왕절개)를 했죠."

원장은 우람한 팔짱을 끼며, 당시를 회상하듯 이야기를 이었다.

"'난 괜찮아! 아이부터 살려!' 하고, 아까의 유코 씨처럼 진통을 참으며 나한테 매달리던 그 무시무시한 표정은 지금도 잊을 수가 없어요."

─그런 생사를 오갈 정도의 상황에서도 어머니는 나를, 낳아 주었던 건가⋯⋯

"구미 짱은, '태어나 줘서 정말 고마워' 하고 엉엉 울면서, 갓 태어난 다치바나 선생을 한참 동안 안고 있었죠."

─어머니가, 나를, 안아 줬어⋯⋯

쓰구오는 어머니를 생각했다.

깊은 고랑을 느꼈던, 그 어머니를 생각했다.

쓰구오에게는 어머니에게 안겨 본 기억이 없었다.

하지만 적어도 갓난아기였을 때는 안아 주었다. 태어난 것을 축복해 주었다. 게다가 힘들게 낳아 주었다. 당연한 일인지도 모른다. 하지만 그 사실을 새삼 피부로 느끼자, 쓰구오의 가슴속에 따뜻한 그리움이 생겨났다.

─어머니는 잘 지내고 계실까.

최근에는 어머니로부터 전화가 한 번도 오지 않았다. 쓰구오 역시 연말연시조차 아무런 연락도 하지 않고 지냈다. 쓰구오는 자신이 왠지 잘못하고 있다는 기분이 들었다.

마침 원장이 갑자기, 진지한 표정이 되어 말했다.

"구미 쩡에게 전화는 하나요?"

"아뇨, 최근에는……"

"당장 연락해 봐요. '효도하려고 하면 부모는 이미 안 계시고 없다. 묘비에 이불 덮어 봤자 허사다'라고 하잖아요."

그리고 쓰구오는 곧 그 말의 의미를 실감하게 되었다.

새로 '태어나다'

어머니를, 만나고 싶다

    수술 후 두 시간 정도 지나 유코가 마취에서 깨어났을 무렵, 쓰구오와 오케이는 유코에게 갓 태어난 아기를 데리고 갔다.

    침대에 누워 있던 유코의 머리맡으로 아기를 옮겨 주자, 유코는 이불에서 손을 빼 갓난아기의 손을 잡고는 눈물을 글썽였다.

    "태어나 줘서 고마워…… '약속' 지켰어……"

    눈을 감고 있는 아기는 입만 우물거렸다.

    (잘했어요, 엄마.)

쓰구오에게는 아기가 그렇게 말하는 것처럼 보였다.

이제 그 어른스럽던 말투를 못 듣는 건가 하고 생각하자 왠지 쓸쓸한 기분도 들었다. 앞으로 어떤 인생이 기다리고 있을지는 모르겠지만 분명, 이 아이는 듬뿍 사랑받으며 무럭무럭 자랄 것이다. 쓰구오는 그런 생각을 하며 가족 네 명을 바라보았다.

그리고 원장, 쓰바키야마, 란마루, 에리카와 오네 산부인과 아카펠라 동아리가 총동원되어 늘 하던 생일 축하 노래를 부르기 시작했다.

생명의 탄생을 축하하는 대합창이 방 안 가득 울려 퍼졌다.

유코는 눈가를 촉촉이 적셨고, 고헤이와 마리는 박수를 치며 기뻐했다.

그런 가운데 오케이만은 모두와 함께 노래 부르지 않고,

"예이, 예이, 체키아웃, 베이베."

마치 래퍼처럼 손동작을 하며 웃음을 이끌어 냈다.

최근에는 박자를 못 맞추는 현실을 순순히 받아들이고, 남몰래 방향 전환에 나선 모양이었다.

"해피 버스~ 데이~ 투~ 유~~~!!! ♪"

어머니를, 만나고 싶다

쓰구오는 가슴이 마구 뛰었다. 이렇게 기쁜 마음으로 노래 부르는 것은 처음이었다.

오네에 오고 난 후의 하루하루를 떠올렸다. 하쿠아이 대학병원에서의 사건 이후, 괴로워하던 자신을 구출해 준 것은 원장과 오케이를 비롯한 '언니 산부인과'의 사랑스러운 스태프들과, 여기 오고 나서 만난 환자들이었다.

이 사람들과의 만남이 없었다면 자신은 언제까지나, 어둡고 어두운 동굴 속에 틀어박혀 있었을지 모른다. 이곳과, 이 사람들을 만날 수 있었던 건……

―어머니 덕분이다.

어머니가 오네 산부인과를 소개해 주었기 때문에 자신은 지금, 여기서 이렇게 지낼 수 있었던 것이다. 분명 어머니는 방에 틀어박힌 자신을 걱정하여 어떻게든 해 보려고 발버둥 치다가, 마지막 희망을 담아 여기로 보냈을 것이다. 그것을 깨달은 쓰구오는 어머니에 대한 무조건적인 감사의 마음이 흘러넘쳤다.

지금이라면.

지금의 자신이라면, 정말 순수한 마음으로 어머니를 대

할 수 있을지 모른다.

—어머니를, 만나고 싶다……

유코의 병실에서 의식을 마치고 난 후, 근무를 끝낸 쓰
구오는 해변으로 향했다. 온몸을 두꺼운 코트로 뒤덮은 남
자가 선창에서 낚싯줄을 드리우고 있었다. 해변으로 갈수
록 차가운 바닷바람과 꽃잎 같은 눈가루가 쓰구오를 휘감
았다.

쓰구오는 곱은 손으로 스마트폰을 꺼내 오랜만에 본가
전화번호를 찾았다.

그리고 발신 버튼에 손가락을 대려는 그때, 갑자기 휴대
전화가 울렸다. '아버지'라고 표시되어 있었다. 쓰구오는 신
기하게 생각하면서 미소 짓는 동시에 통화 버튼을 눌렀다.

"아, 여보세요……"

"쓰구오니?"

"응, 오랜만이네요……"

쓰구오는 오랫동안 연락하지 못한 것을 먼저 솔직하게
사과했다.

하지만 다음 순간.

　　　　　　　어머니를, 만나고 싶다

수화기 너머의 아버지가 한 말에 쓰구오는 얼어붙고 말았다.

"저기…… 줄곧 말하지 못했는데, 네 엄마가……"

주위에서 파도 소리마저 사라지고, 발치의 모래가 무너져 내리는 듯한 충격 속에서 쓰구오는 겨우 전화기를 다시 움켜쥐었다.

태어나 줘서 고마워

쓰구오가 집에 도착하자, 옅은 갈색 카디건을 걸친 아버지 요시타카가 추위에 몸을 떨며 맞아 주었다.

현관에는 매년 이맘때 소나무가 장식되어 있었는데, 올해는 살풍경한 그대로였다.

"어머니는?"

"방에 있다. 지금은 깨어 있을 거야."

쓰구오는 눈이 내려앉은 더플코트를 벗지도 않고 두 손을 부비며, 그대로 아버지를 따라 거실로 향했다.

"왜…… 아무 말도 안 해 준 거야?"

"……너한테 걱정 끼치고 싶지 않다고…… 네 엄마가 말렸어…… 미안하다……"

고타쓰에 앉은 아버지는 귤을 까며 쓰구오에게 담담히 사정을 설명했다.

구미코에게 간세포암(간암)이 발견됐을 때는 3기 치료를 목표로 해야 하는 상태였다. 그런데 외과 수술은 성공했지만 재발이 반복되어 암은 더욱 진행, 새로운 치료약도 시도해 보았지만 간의 상태가 악화되어 지속이 곤란한 지경에 처하자 구미코는 퇴원하기로 결심했다고 한다.

처음 진단받았던 게 1년 3개월 전쯤. 쓰구오가 마침 구스노키 사건으로 절망에 빠져 있을 때였다. 그러니까 쓰구오가 집으로 돌아왔을 무렵 어머니는 이미 치료를 시작했던 것이다. 돌이켜 보면 그때 이상하게 여위어 있었고, 황달기도 보였었다. 징후는 있었던 것이다.

─왜 눈치채지 못했을까……

쓰구오는 고타쓰에 두 팔꿈치를 괴며 얼굴을 덮었다. 급속히 따뜻해진 볼이 서서히 뜨거워진다.

"담당 의사 말로는 2주 정도밖에 안 남았대……"

"……"

쓰구오는 너무 충격을 받은 나머지 아무 말도 할 수 없었다. 그런 상태가 되기까지 왜 알려 주지 않은 것일까……

"마지막은 여기서 떠나고 싶다고 해서……"

요시타카가 귤의 얇은 껍질을 까면서 아득한 눈으로 중얼거렸다.

예전에 어머니가 전화를 걸어 와 새로운 닥터를 고용했다고 말한 것도 서서히 일할 수 없게 되리라는 것을 알고 환자들에게 피해가 가지 않도록 하기 위한 조치였다. 결코 쓰구오를 포기해 버린 게 아니었던 것이다.

쓰구오는 무거운 발걸음으로 어머니가 있는 방으로 향했다.

'쓰구오 너한테 하고 싶은 말이 있다는구나……'

아버지의 말이 머릿속에서 몇 번이고 되풀이되었다. 쓰구오는 엉망인 기분인 채 어머니의 방 문을 노크하고 더할 나위 없이 무거운 문을 열었다.

거기에는 9개월 전쯤에 만났을 때와는 비교도 할 수 없을 만큼 여위어 전혀 다른 사람처럼 변해 버린 어머니 구미코가 있었다. 쓰구오는 경악했다. 하지만 어머니에게 그런 모습을 보이지 않으려고 필사적으로 냉정을 가장했다.

"어서 오렴…… 쓰구오……"

코 밑에 튜브를 부착한 구미코가 천천히 침대에서 상반

신을 일으켰다. 복수가 찼는지 배가 임산부처럼 부풀어 있었다.

"일까지 쉬고 오게 해서, 미안하구나……"

구미코의 목소리에는 힘이 없었지만 말투는 또렷했다. 쓰구오는 짓눌릴 듯한 감정을 겨우 삼키고 떨리는 목소리였지만 태연한 척 애를 썼다.

"무슨, 말이야…… 왜…… 말해 주지 않았어?"

"야나기 씨 병원에서 열심히 일하고 있는 것 같아서……"

"아니, 병에 걸린 사실을 안 건 그 전이었잖아?"

그렇게 말하자 구미코는 무거워 보이는 눈꺼풀을 닫으며 후후후, 하고 희미하게 웃었다.

쓰구오는 병원 부인과에 근무하던 시절, 말기 환자를 입회했던 적이 몇 번 있었다. 의사가 되기 전까지 사람은 죽음이 가까워지면 계속 잠만 잔다고 생각했는데 마지막까지 그럭저럭 대화도 할 수 있구나 하고 느꼈던 게 떠올랐다.

메마른 입술을 혀로 적시려는 구미코의 몸짓을 보고 쓰구오는 침대 옆에 놓인 페트병을 들어 구미코의 입가로 가져갔다. 빨대를 입에 넣고 구미코는 물을 조금 마셨다.

"그동안…… 미안했어."

갑작스러운 구미코의 말에 쓰구오의 마음은 크게 흔들

렸다.

"가, 갑자기 무슨 사과를?"

"쓰구오는 늘 '착한 아이'였어…… 하지만 그건, 엄마가 시키는 대로 해 준 것뿐, 이었지……"

구미코는 띄엄띄엄하긴 했지만 계속해서 말했다.

"좀 더 하고 싶은 대로, 하게 해 줬으면, 좋았을걸…… 미안, 하구나."

"……그렇지 않아."

쓰구오로서는 그렇게 말하는 게 고작이었다.

지금까지 들어 본 적 없는, 어머니의 온화한 말투였다. 따뜻함으로 가득한 어머니의 목소리였다. 뼈뼈 말라 금방이라도 생명의 등불이 꺼지려는 어머니와 이렇게 마주하는 시간을 가졌다는 기쁨과, 왜 오늘에 이르는 동안 아무것도 할 수 없었나 하는 회한이 동시에 가슴속에서 솟구쳤다.

"야나기 씨 병원은…… 어떠니?"

"응. 다들 잘 대해 주셔. 요즘은 일하는 게 즐거워."

구미코는 순간 눈을 감고 만족스러운 표정을 지었다.

"나, 산부인과 의사가 되길 정말 잘했다고 생각해."

"그래. 다행이구나……"

구미코는 천천히 미소 지으며 눈을 감았다. 쓰구오는 어

　　　　　　　　태어나 줘서 고마워

머니의 주름투성이 얼굴을 가만히 바라보았다. 피부는 노래서 황달 증상을 보이고 있었다. 가려운지 긁은 흔적이 몸 여기저기에 있었다.

'의사는 남의 건강은 잘 보살피지만 정작 자신은 돌보지 않는다'고 흔히들 말한다. 어머니도 환자를 우선하느라 자신의 건강은 소홀히 했을 것이다.

실내를 둘러보자 전기스토브가 세 대 놓여 있었다. 구미코의 몸이 식지 않도록 요시타카가 설치했을 것이다. 그중 한 대가 치치치치, 하고 소리를 내자 구미코는 잠에서 깬 듯 천천히 눈꺼풀을 들어 올렸다.

"저기, 쓰구오……"

"응……"

"나는 말이야, 사람은 누구나 행복하기 위해 태어났다고 생각해."

"행복하기 위해, 태어났다고?"

"그래…… 그 첫 번째 도움을 주는 게 산부인과 의사의 일이야."

—사람은 행복하기 위해 태어났다. 그 첫 번째 도움을 주는 게 산부인과 의사……

짧은 이 말 속에 어머니의 철학이 응축되어 있었다.

입술이 말랐는지 구미코는 작게 입을 벌렸다. 쓰구오는 어색한 몸짓으로 빨대를 입에 대 주었다. 분만 중에 임부의 남편이 빨대로 아내에게 물을 주는 모습은 매일같이 보았다. 삶과 죽음이라는 특별한 상황 앞에서 쓰구오는 코가 찡해 왔다.

"쓰구오, 저기 말이야……"

뭔가를 말하려다가 입을 다무는 어머니에게 쓰구오는 부드럽게 말을 건넸다.

"왜? 엄마, 뭐든 다 말해."

잠시 후 비로소 구미코는 복수로 크게 불룩해진 배를 천천히 문지르며 말을 이었다.

"나는…… 늘, 너를, 안아 줄 수 없었단다……"

쓰구오의 가슴이 쿵, 뛰었다.

"나는 말이지, 너무 엄하게 자라서…… 어리광 부리는 걸 몰랐어…… 네게 어떻게 애정을, 표현하면 좋을지…… 몰랐던 거지……"

"그런 거, 상관없어……"

쓰구오가 자신도 모르게 어머니의 손을 잡자, 어머니도 힘없이 같이 맞잡았다.

태어나 줘서 고마워

"안아 주고, 싶다고도, 생각했지만…… 도저히, 그럴 수가 없었어…… 그래서 늘 엄하게만 대하고 말았단다…… 미안, 하다……"

"……"

구미코는 배를 문지르던 가냘픈 팔을 쓰구오 쪽으로 뻗었다.

"쓰구오…… 한번 안아 봐도, 되겠니……?"

쓰구오는 상상도 할 수 없었던 어머니의 한 마디에 당혹스러워하면서도, 천천히 어머니의 침대 옆으로 몸을 숙였다. 어색하게 무릎을 꿇고는 어머니 쪽으로 고개를 들었다.

"좀 더…… 이리로……"

쓰구오는 좀 더 어머니에게 머리를 가까이 가져갔다. 막대기 같은 앙상한 팔이 희미한 힘으로 쓰구오의 등을 감쌌다. 어머니의 팔은 터무니없을 만큼 가벼웠다. 쓰구오는 다시 좀 더 어머니 쪽으로 다가가, 어머니의 품에, 몇십 년 만에 얼굴을 묻었다. 여윈 어머니의 몸에서 온기가 서서히 전해졌다.

—늘…… 이러고 싶었는데……

"엄마……"

흘러넘친 눈물이 쓰구오의 뺨을 타고 내려왔다.

"쓰구오…… 태어나 줘서, 고맙다……"

그 말을 들은 순간, 지금까지 막혀 있었던 모든 감정이 파도처럼 단숨에 밀려왔다.

어머니가 머리를 쓰다듬어 주던 어린 시절의 기억.

혼났을 때 한없이 슬프기만 했던 기분.

좀 더 어머니에게 잘해 드릴 수는 없었을까 하는 후회.

지금까지 길러 준 어머니에 대한 고마움.

강렬히 어머니를 갈구하던 매일……

그리고 지금, 어머니를 잃게 된 슬픔.

쓰구오는 소리 높여 울었다.

어린아이처럼 어머니 품에서 격렬하게 울었다.

"쓰구오. 너라면, 틀림없이 괜찮을 거야……"

구미코는 떨리는 손으로 쓰구오의 등을 계속 어루만지고 있었다.

어떤 인생을 살 것인가?

며칠 동안 구미코는 혼수상태에 빠져 있다가 2주 후 조용히 숨을 거뒀다.

쓰구오에게는 너무나도 갑작스럽고 허망한 어머니와의 이별이었다. 하지만 마지막 며칠 동안 나눈 말, 안아 주었던 온기는 어린 시절부터 간직해 온 쓰구오의 마음속 응어리를 하나, 또 하나씩 풀어 주었다.

어머니가 사라지고 없다는 상실감은 앞으로도 수없이 되살아날지 모른다. 하지만 쓰구오의 마음에는 언제까지나 사라지지 않을 따뜻한 등불로 남았다.

장례식은 어머니가 살아 있을 때 원하던 대로 가족장으

로 치렀다.

아버지 요시타카는 담담히 상주 노릇을 했고, 눈물을 보이지도 않았다. 거의 감정을 드러내지 않는 아버지답다고 말한다면 아버지다웠지만, 오래 함께해 온 부부의 작별이란 이런 것일까. 아니면 투병 생활을 지켜보는 동안 아버지나름대로 각오해 왔던 것일까. 쓰구오로서는 아버지의 마음을 헤아리기가 어려웠다.

장례식이 끝나고 화장터로 장소를 옮겨 어머니의 몸을 화장했다.

뼛가루가 되기를 기다리는 동안 아버지와 둘만의 시간이 흘렀다. 얼마만인지도 모를 만큼 오랜만이었다.

옆에 앉은 아버지는 창밖의 흘러가는 구름을 멍하니 바라보기도 하고, 화장터에서 건네준 서류를 들척이다가 뭐라고 말하려는 듯 입을 삐죽였다가는 "음" 하고 신음하는 등 안절부절못하는 듯 보였다.

한편 쓰구오는 한 번도 입어 보지 않았던 상복에 몸을 꼼지락거리다가 아버지에게 뭔가 말을 걸어 볼까 했지만, 생각나는 말이 없어 결국 팔목에 두른 염주를 의미도 없이 만지작거리기만 했다.

긴 정적이 지나고 요시타카가 서툴게 입을 열었다.

어떤 인생을 살 것인가?

"오네는…… 어, 어떠냐?"

"응…… 즐겁게 지내고 있어."

"그곳이 분명, 너를 빛나게 해 줄 거라고…… 어머니가 말씀하셨다."

"엄마가?"

"쓰구오다운 삶을 발견하게 될 거라면서."

어머니는 어떤 생각으로 자신을 오네 산부인과로 보냈을까…… 새삼 어머니 생각에 가슴이 먹먹해졌다.

"어머니는 병명을 알고 나서 특히, 어떻게든 너를 사회로 복귀시키려고 안간힘을 썼어……"

"그랬구나……"

"몸에 안 좋으니까 그만두라고 몇 번을 말했는데…… 식사는 반드시 자기가 만들겠다며 말도 듣지 않고……"

쓰구오는 구미코가 매일 만들어 주었던 그 식사를 주마등처럼 떠올렸다. 쓰구오가 좋아하는 목이버섯을 듬뿍 올린 채소 볶음, 어머니가 좋아하던 전갱이 난반즈케,° 어린아이 때부터 변함없는 너무 단 달걀말이, 정말 좋아했던 민

○   기름에 튀긴 생선에 초절임 간장을 끼얹어 먹는 일본의 가정식
      요리.

스커틀릿……

"틀림없이, 알아줄 거라면서……"

—힘들었을 텐데, 얇게 썰어서 말린 무나 무청으로 만든 나물은 내 몸을 걱정해서 만드신 거였나……

"젊어서부터, 한번 결심하면 절대 듣지 않는 여자였어……"

하고 말하며 향수에 젖은 듯 창밖을 바라보았다.

그런가 싶었는데 요시타카는 갑자기 입술을 떨며, 흑흑, 하고 울기 시작했다.

"지난 1년 동안…… 충분히 각오했던 일인데, 어이가 없구나……"

그렇게 말하더니 아버지는 등을 둥글게 말고 울었다. 처음 보는 아버지의 울음이었다. 쓰구오는 부드럽게 아버지의 등을 쓸어 주었다.

'그 사람이 제일 강해. 정말 강한 사람은 나처럼 큰 소리 내지 않아.'

생전에, 누워 있던 침대 위에서 어머니가 그렇게 말했다.

말수가 적고 조용한 아버지가 강인하고 고집 센 어머니를 받아 주며 감싸 왔다. 자신은 그런 부부 밑에서 태어나 성장했다. 그 사실을 이제야 솔직하게, 감사할 수 있을 것 같았다.

"엄마가 직접 만든 요리, 알고 있었어……"
쓰구오는 갑자기 작아진 아버지의 등을 바라보았다.

풀려 간다. 온갖 감정들이.
슬픔도, 미움도, 두려움도, 모든 것이 풀어진다.
그리고 여기서부터, 다시 이어갈 행복이 있다.

─사람은 행복하기 위해 태어났다. 그 첫 번째 도움을
주는 게 산부인과 의사……
어머니가 가르쳐 준 말이 쓰구오의 마음속에서 되살아
난다.
자신은 어떤 산부인과 의사가 되고 싶은가?
어떤 인생을 걸어가고 싶은가?

생명을 이어 가며 살다

봄꽃이 흐드러지게 핀 어느 날. 올해도 오네 산부인과 정원에는 왕벚나무 꽃의 분홍색이 하늘을 가득 덮고 있다.

구름 한 점 없는 맑은 파란 하늘이 펼쳐진 일요일 오늘, 클리닉 정원에서는 1년에 한 번 있는 감사제 'ONE SUN'이 열렸다.

지역 주민들에게 감사의 마음을 담아, 오네 산부인과 직원들이 온갖 준비로 내원객을 대접하는 것이다. 참가자는 그야말로 매년 900명이 넘는다.

커다란 스피커에서는 밝은 음악이 울려 퍼지고, 부지 안은 돗자리 위에 앉아 도시락을 먹는 가족들로 넘쳐 나고 있었다.

그리고 스태프들은 모두 매년 그랬듯이 자신만의 '코스프레'로 몸을 감쌌다.

야나기 유키오 원장은 콩깍지 모자를 머리 전체에 푹 뒤집어쓰고, 동그란 구멍 밖으로 얼굴만 내밀고 있었다.

"이게 매년 아이들에게 초인기거든요~."

그렇게 말하면서 우락부락한 팔에 좌우 두 명씩, 어린아이들을 매달고 있었다. 그야말로 콩이 주렁주렁 열린 것 같았다.

평소보다 훨씬 더 화려하게 화장한 오케이는 때 이른 고이노보리°를 머리에 세 개나 만들었다. 안 그래도 키가 큰데 고이노보리까지 포함하면 2미터 30센티미터는 될 것 같았다. 오케이의 머리에 솟은 고이노보리가 움직일 때마다 구름 같은 관중이 이동해 간다.

한 사람 한 사람과 포옹하면서 사진 촬영에 응하고 있는 두 사람의 모습은 마치 테마파크의 캐릭터들 같았다.

○   종이나 천으로 잉어 모양을 만들어 기旗처럼 달아매는 것.

아무런 모자도 쓰지 않고 편한 사복 차림으로 그런 광경을 멀찌감치 바라보며, 쓰구오는 혼자 벚나무 아래 덩그러니 서 있었다.

　오케이와 원장에 비해 쓰구오를 아는 사람은 별로 없다. 하지만 그래도 많은 만남이 있었다.

　그리운 생각에 젖어 있는데, 활기차게 손을 흔들며 젊은 남녀가 달려왔다.

　"다치바나 쌤―!"

　금발을 완전히 검은색으로 되돌리고 자연스러운 화장을 한 이바라키 하루카였다. 남편인 다쿠야는 컬러 콘택트렌즈 대신 안경을 썼다. 다쿠야가 안고 있는 여자아이는 포동포동해서 건강해 보였다.

　쓰구오는 자신에게 말을 걸어 주는 환자가 있다는 사실에 행복했다.

　하루카는 한바탕 아이에 대해 쓰구오에게 이야기해 준 후 갑자기 바지를 말아 올리기 시작했다.

　"쌤, 이거 봐요!"

　그러자 거기에는, 그 진홍빛의 장미와 글씨 문신이 있기는 했는데, 새겨진 내용이 바뀌어 있었다.

　'히로미 메이'

꽤 억지스러운 느낌은 들었지만, '히로시'를 '히로미'로 교묘하게 바꿔 놓았다. 아이의 이름이었다.

"지난번에 고쳐 본 건디~ 괜찮은 아이디어 같지 않은게 라~?"

다쿠야가 독특한 억양으로 자랑스럽게 가슴을 폈다.

다쿠야는 최근 시내에 있는 정원수 가게에 취직했다. 오네 산부인과에도 이따금 들러 정원 관리를 해 주고 있다.

다쿠야가 히로미를 어르는 동안 하루카는 돗자리 위에서 솜씨 좋게 도시락을 차려 냈다. 안에는 채소를 너무 넣어 모양이 일그러진 달걀말이와 토끼 모양 사과, 바나나 등이 들어 있었다.

"지금은 하나씩, 제가 원했던 걸, 이 아이헌티 해 주고 있어라."

쓰구오는 친구의 도시락을 부러워했다고 하루카가 말했던 게 생각났다.

"쌤, 아이에게 애정을 쏟으면서 자신을 치료한다는 게 가능한게라?"

"가능할 겁니다."

"육아란 게 참 힘든디……"

돗자리 위에서 노는 다쿠야와 히로미를 바라보며 하루

카의 표정이 풀어진다.

"저, 이 아이를 만나 정말 좋당게요."

하루카가 활짝 웃는 것을 보고, 산부인과 의사로서의 기쁨이 솟는다.

그때 히로미가 다쿠야를 잡고 일어나, 그대로 한 걸음, 두 걸음, 세 걸음 앞으로 나갔다.

처음 걷는 것이리라. 하루카와 다쿠야가 서로를 마주 보며 소리쳤다.

"대박!"

그때 스기우라 유코 가족이 지나갔다.

"아, 선생님! 수고가 많으십니다!"

짐을 잔뜩 실은 유모차를 미는 고헤이는, 아직 쌀쌀한 기운이 남았는데도 굵은 땀을 뚝뚝 흘리고 있었다.

"어떠세요, 요즘은?"

쓰구오가 말을 건네자, 유코는 마스크를 벗고 생긋 웃으며 대답했다.

"정신없어요. 아직은 잠만 자는데…… 그래도 남편이 도와줘서 그럭저럭 해 나가고 있어요."

쓰구오는 카페나 실내 놀이 코너 등에서 갓 태어난 아기와 마리를 데리고 엄마들과 담소하는 유코를 이따금 보았었다.

"이야, 정말 육아는 24시간 영업이에요. 24시간 영업이라고 하니, 저기 오네 대로에 새 편의점이 생겼던데요. 오랜만에 왔더니……"

유코와 마리는 고헤이를 차가운 눈빛으로 바라보면서도 입은 웃고 있었다.

"정말 아빠는, 종알종알 수다가 너무 심해."

"앗, 미안, 미안. 그나저나 무슨 이야기 하고 있었지?"

고헤이가 계면쩍은 듯 웃자, 안고 있던 갓난아기가,

"빠―!!"

하고 소리치며 손발을 버둥거렸다. 마치 금방이라도,

(선생님, 수고가 많으십니다!)

하고 말하기 시작할 것 같았다.

"선생님, 저 최근에 어머니와 조금씩 대화하게 됐어요."

"잘하셨어요. 쓰바키야마 씨에게 들었습니다."

유코는 행복한 육아를 하기 위해서라도, 충실한 인생을 걷기 위해서라도 부모와의 관계를 개선하고 싶다며 쓰바키야마에게 상담을 받고 있었다.

"시간은 좀 걸리겠지만 남편하고도 좋아졌으니까 틀림
없이……"

"응원할게요."

유코의 표정은 부드러웠다. 아기를 둘러싸고 가족 모두
가 웃고 있었다. 그 웃음 사이를 노란 나비들이 팔랑팔랑 날
아간다.

그때 멀리 이벤트 부스에서 에리카가 손짓하고 있는 게
보였다.

"다치바나 님!"

쓰구오는 유코 가족에게 인사하고 무대 뒤편으로 향했
다. 이제부터 아카펠라 동아리 발표다.

란마루에게서 턱시도를 건네받고 쓰구오는 간이탈의실
에서 서둘러 옷을 갈아입었다. 무대 아래로 가자, 등이 활짝
트인 독특한 꽃무늬의 롱드레스를 입은 쓰바키야마가 얌전
히 서 있었다. 에리카는 큰 가슴을 강조하는 파란색 드레스
차림이었다.

평소에는 하얀 옷만 입던 스태프들이 공식 의상을 걸치
고 등장하자, 단숨에 커다란 환호성이 터져 나왔다.

생명을 이어 가며 살다

"원장님!"

"에리카 씨, 예뻐요!"

쇼킹핑크 컬러에 일곱 색깔 스팽글이 빼곡하게 달린 드레스를 입은 오케이는 격정적인 댄스를 선보였다. 그 사이사이 마이크를 한 손에 쥐고 노래를 불렀지만 보기 좋게 어긋난 음정에 회장은 대폭소로 뒤덮였다. 마지막엔 가발을 관객석으로 던지고 수없이 키스를 날리며 퇴장했다.

아카펠라 동아리는 세 곡을 부른 후 뜨거운 반응 속에서 끝났다.

무대 뒤에서 서로의 노고를 치하하는 가운데, 야나기 원장이 쓰구오에게 슬쩍 말을 걸었다. 턱시도를 말끔하게 차려입은 원장은 밤마실 나온 못 말리는 아저씨처럼 보이기도 했다.

"수고수고. ONE SUN은 즐거웠죠?"

"네. '당근'입니다."

"초베리굿이었죠~?"

"멋진 구성이었어요. '깜놀'……"

쓰구오가 원장의 특기인 옛날 유행어를 사용해서 둘 다 웃음이 터졌다.

"드디어…… 새 출발이네요."

쓰구오는 자세를 바르게 하고 원장을 보았다.

"정말, 신세 많았습니다."

쓰구오가 하늘을 올려다보자, 바람에 흔들리던 꽃잎들 사이로 빛줄기가 쏟아져 내렸다.

"사람은 모두 행복하기 위해 태어났다. 그 첫 번째 도움을 주는 게 우리 산부인과 의사의 일이라고 어머니가 가르쳐 주셨어요. 어머니가 남겨 주신 그 마음을 이어받아 아버지와 함께 다치바나 산부인과를 '언니 산부인과' 같은 클리닉으로 만들겠습니다."

원장은 눈이 부신 듯 손으로 가리며 눈물을 글썽였다.

"다치바나 선생, 사랑은 순환하는 거예요. 누군가에게서 받은 사랑을 누군가에게 돌려주는 거죠. 그 누군가가 또 다른 누군가에게로 연결되어 가고요. 이 세상은 모든 게 연결되어 있어요."

"이제야…… 제 이름이 좋다고 생각하게 됐습니다. 저는 늘 '가업을 이어받아 살아가야 한다'고 생각했거든요. 하지만…… '태어난 생명을 계속 이어 가게 하고 싶다', 그런 바람이 담겨 있는 게 아닌가 싶어서."

"생명을 이어 간다……는 뜻의 '쓰구오繼生'. 최고의 이

　　　　　　　　생명을 이어 가며 살다

름이네요."

"네…… 열심히 해 보겠습니다고라고라!"

"좋았어!"

그렇게 말하며 두 사람은 팔을 굽혀 알통 만드는 포즈를
취했다.

—여기 온 지 '열 달'이 지났나……

쓰구오는 오네 산부인과에 처음 왔을 무렵에도 하쿠아
이 대학병원에서 그 일이 있은 지로부터 열 달 정도 지났다
는 생각을 했었다.

셔츠 단추가 하나 떨어져 있었다. 집에 가면 꿰매야겠다
고 생각하며 소매를 올렸다. 옛날에 어머니에게 혼나면서
바느질을 배웠던 게 떠올랐다.

—이제부터 다시 시작이네……

그때 쓰구오가 갑자기 괴상한 소리를 질렀다.

"아아!!!!!"

깜짝 놀라 펄쩍 뛰던 란마루가 돌아보았다.

"왜 그래요, 다치바나 선생?"

"생각났어요……"

"쓰구 짱, 뭐가 생각났다는 거죠?"

"오케이 씨의…… 옛날, 이름……."

모두의 시선이 일제히 쓰구오와 오케이에게로 쏟아졌다.

그때 원내 PHS를 손에 든 에리카가 달려왔다.

"다치바나 님! 니라사키 님의 진통이! 강해졌사옵니다!"

쓰구오는 알았다고 대답하며 서둘러 분만실로 향했다.

"자, 잠깐, 다치바나 선생! 오케이 씨의 옛날 이름이 뭐였는데요?"

"그러니까 그건, 전생의 이름이라고!"

정원에 모두의 웃음소리가 메아리친다. 그 소리가 반짝반짝 빛나며 하늘 높이 올라갔다. 그때 온갖 색깔의 풍선이 하늘을 향해 날아올랐다.

쓰구오가 의사 가운을 걸치며 분만실 문을 열자, 비치보이스의 노래 〈서핑 USA〉가 들려왔다.

"다치바나 선생님, 마침 잘 왔어요! 이제 곧 큰 파도가 와요~."

그렇게 말하며 손짓하는 사람은 작은 서핑보드 위에서 '파도타기'를 하고 있는 니라사키 와카나의 남편이었다. 분만대 위에서는 변함없는 밤송이머리의 와카나가 이마에 땀을 흘리며, 삐죽 내민 입으로 천천히 숨을 토해 내고 있었다.

"하~~~~~!"

"야호!!"

(야호! 아빠, 엄마, 갈게요~!)

옆의 아기 침대에는 작년에 태어난 아기가 잠들어 있었다. 오네 산부인과에서의 근무 첫날, 쓰구오가 출산 현장에 입회했을 때 태어난 아기는 이제 곧 한 살이 된다.

"그, 그래요, 그래, 그런 식으로."

최근 들어온 짧은 머리의 조산사가 당혹스러워하며 와카나에게 말을 건넸다. 1년 전에는 간이 철렁했던 '서핑 분만'이었지만 오네 산부인과에서 지내며 쓰구오의 그릇은 넓은 바다처럼 변해 있었다.

"와카나 씨, 기분은 어떠신가요?"

"좋아요. 하~~~~~!"

와카나는 일그러진 웃음을 보이며 대답했다.

태아의 심박과 비치보이스의 노래가 분만실에 리듬을 만들어 준다.

"선생님, 이제 곧 태어날 거예요! 같이 서핑하죠!"

약간 뚱뚱한 서퍼 남편이 보드 위에서 흔들리며 쓰구오

를 불렀다.

"아, 아뇨, 전, 서핑해 본 적이 없어서요."

"다치바나 선생과 함께 '에어서핑'하는 게 우리 출산 플랜이었거든요! 부탁해요."

서퍼 남편은 도저히 거절하기 힘든 이유를 붙이며 보드에서 내려와, 팔을 벌리고 에스코트했다.

"자자자, 어서요!"

쓰구오는 현란한 무지개색이 칠해진 보드를 바라보며 생각했다.

—이제부터는 모든 사람들이 행복하게 태어날 수 있는 공간을 내가 만들어 가는 거야.

—더할 나위 없이 소중한 생명을 이어 가도록 도와야 해.

—모두가 자신의 인생을 환히 빛낼 수 있도록, 밝은 미래를 꿈꿀 수 있도록……

"그럼, 실례하겠습니다."

쓰구오는 숨을 가다듬으며 보드 위에 올라타 두 팔을 앞뒤로 벌렸다.

여러분, 수고 많으셨습니다! 저자인 고다 도모입니다! 이번 작품 『오네 산부인과』를 읽어 주셔서 정말 감사합니다! 많은 분들께서 '초베리굿'이라고 생각하셨다면 기쁘겠습니다!

이 작품은 3년에 걸쳐 매일같이 영혼을 담아 썼습니다. 정말…… 힘들었어요……(한참 먼 곳을 바라보는 눈).

실은, 처음 반년 동안은 전혀 다른 이야기를 썼어요. 하지만 주변 반응이 별로였습니다…… 이럴 때, 여러분은 어떠세요? 스토리를 다시 고민해 수정하는 사람이 많을 거라고 생각하는데, 저는 '이 이야기는 살짝 고친다고 해도 근본적으로 인정받을 수 없을 것 같다……'고 직감하고, 눈물을 머금고 완전 폐기했습니다. 그리고 이 작품의 내용으로 방향을 전환하여 새로운 꿈과 희망을 걸었습니다.

반년에 걸쳐 캐릭터를 만들고, 1년 동안 계속 썼지만 갑자기 담당 편집자인 스즈키 나나오키 씨로부터 청천벽력 같은 NG! 왜냐하면 소설에서는 10만 자 조금 못 되게 쓰는 게 적당한데, '80만 자'나 썼기 때문에(웃음)!

잘 생각해 보면 글자 수 제한이 있는 건 당연한데, 영상이 본업인 저는 그런 걸 전혀 확인하지 않고 '처음이니까 일단은 자유롭게 써 보세요' 하고 나나오키 씨가 친절하게 하신 말을, '그러죠!' 하고 진지하게 받아들여, 생각나는 대로 썼더니 엄청난 사태가 벌어지고 말았습니다! 몹시 낙담하여 5일 정도 상심 여행을 떠났죠……

다시 마음을 정리하고 '열심히 해 보자고라고라!' 작심한 후 원래 원고에서 약 90퍼센트를 커트! 산후 우울증이라는 테마를 추가하고 다시 1년에 걸쳐 고쳐 쓴 것이 이 작품되시겠습니다. 휴우……

영화감독인 제가 이번에 소설에 도전한 것은 지금까지

공개해 온 '다큐멘터리 영화'가 아니라 가볍게 읽기 좋은 '오락 소설'을 만들어, 보다 많은 분에게 생명과 가족에 대한 메시지를 전달할 수는 없을까, 하고 생각했기 때문입니다. 더 나아가 '나중에 영상화하기 위한 원작'이라는 이미지로도 쓰면서, 시적인 문체보다는 모두가 상상하기 쉬운 단순한 문체로 일관했습니다(아니, 쓰고 싶어도 쓸 수 없어서 이런 변명을 합니다). 서툰 문장이 많아 죄송합니다.

이번 작품에서 가장 어려움을 느꼈던 것은 역시 LGBT에 관한 묘사입니다. 수십 명의 당사자분들을 취재하고(이 작품의 섹슈얼 마이너리티에 관한 에피소드의 대부분은 취재를 통해 얻은 것입니다), 총 4명에게 감수를 받았지만 그래도 이 작품의 내용은 그들, 그녀들의 가치관을 대변하지는 못합니다.

제가 노력한 것은 당사자와 비당사자의 가교 역할을 하는 것. 섹슈얼 마이너리티가 아닌 저는 아무래도 당사자 여러분과 세부적인 차이가 생겨나고 말지만, 그런 제 안에서 생겨난 의식의 차이를 없애고, 비당사자 여러분들이 알기 쉽게 전달하는 것이 오히려 양자의 관계를 더욱 돈독히 만들어 주지 않을까…… 생각해서 더욱 애를 썼습니다.

즉 '비당사자로서, 비당사자에게 전하는' 것을 우선했기 때문에 당사자분들에게는 쌍수를 들어 환영하지 못할 묘사도 있으리라는 것 역시 알고 있습니다. 의도치 않게 상처를 입은 분이 계시다면 이 자리를 빌려 사과드리고 싶습니다. 정말 죄송합니다. 다만, 당사자 여러분에 대한 사랑과 공감을 가득 담아 쓰려고 했다는 것을 이해해 주신다면 기쁘겠습니다.

산부인과 클리닉을 무대로 한 것은 '탄생'을 테마로 10년 가까이 취재, 촬영하던 중에 많은 사람들에게 전하고 싶은 에피소드가 많았기 때문입니다. 하지만 비판적으로 전하는 것보다 웃고 우는 오락 작품으로, 그리고 확실한 리얼리티가 있는 작품을 만들고 싶었습니다(사실 서핑 분만이나 문신 이야기 같은 것은 창작이 아닙니다!).

또한 저는 취재하는 사람으로서 의료 종사자와 환자를 접하게 되는데 아무래도 이 관계에는 갭이 있기 마련입니다. 그것을 메우면 좋겠다고 생각했을 때 문득 '게이 탤런트가 의료인이라면?' 하는 아이디어가 떠올랐고 재미있을 것 같았습니다(웃음). 마침 그 무렵 트랜스젠더인 의사를 만난 것도 큰 영향이 있었습니다. '탄생'과 LGBT를 합쳐서 파고들어 가는 동안 이 작품의 다른 테마이기도 한 고독과 대

화, 타인과의 차이에 어떻게 접근해 갈 것인가 하는 문제에
봉착하게 되었습니다.

그를 위해 이 작품은 '가까우면서도 먼 사람들'을 과감
히 마주 보게 했습니다. 쓰구오와 오케이, 섹슈얼 마이너
리티와 그렇지 않은 사람들, 의료인과 환자, 남편과 아내,
어머니와 자식(태아를 포함해서), 그리고 쓰구오와 어머
니…… 이런 것도 생각하며 읽으셨다면 제가 전하고 싶었
던 메시지가 더욱 잘 전해졌을지도 모르겠습니다.

덧붙여 산후 우울증을 경험한 스기우라 유코 이야기를
묘사하기 위해 50명 이상의 산후 우울증 경험자를 취재했
습니다. 아빠로서 엄마의 기분에 공감하는 부분도 있었고
(저는 현재 초등학교 2학년 딸을 둔 아빠입니다), 이런 점
들은 현재 제작 중인 다큐멘터리 영화 〈엄마를 그만둬도 되
나요?〉와도 관련이 있습니다. 제목은 충격적일지 모르지만
엄청 웃기는 육아 영화입니다. 이것도 기대해 주시길!

마지막으로 원고를 기다려 주신 편집 담당 스즈키 나나
오키 씨를 비롯한 스태프분들, 그리고 감수와 취재를 협력
해 주신 수많은 여러분에게는 진심으로 감사를 드립니다.
정말 고마웠습니다!

또한 공적, 사적으로 저를 지탱해 주는 아내 겸 프로듀

서 우시야마 도모코, 그리고 딸인 시구사에게는 특대 감사와 애정을! 소설을 쓴다는 것은 영화 제작보다 훨씬 고독한 작업이었습니다. 바로 옆에 가족이 없었더라면 저 같은 적당주의 인간은 분명 도중에 포기했을 겁니다. 그러는 동안 아내에게 뇌동맥류가 발견되기도 하는 등 인생에 있어 힘든 시기를 보냈지만 공적이나 사적으로 고락을 같이하며 작품을 만들었습니다. 고마워! 사랑해요!

그럼 이 정도로 마치겠습니다. 또다시 여러분과 만날 수 있는 날까지, 안녕!

자궁 출신의 모든 동료들에게 사랑과 감사를 보냅니다.

고다 도모

오네 산부인과

초판 1쇄 펴낸날 2021년 10월 15일

지은이 고다 도모
옮긴이 김해용
펴낸이 김영정

펴낸곳 (주)현대문학
등록번호 제1-452호
주소 06532 서울시 서초구 신반포로 321(잠원동, 미래엔)
전화 02-2017-0280
팩스 02-516-5433
홈페이지 www.hdmh.co.kr

ISBN 979-11-6790-070-8 03830

* 책값은 뒤표지에 있습니다.
* 파본은 구입처에서 교환해 드립니다.